FROM《フロム》 BLACK《ブラック》
～ドＳ《エス》極道の甘い執愛～

もくじ

FROM《フロム》 BLACK《ブラック》
～ドS《エス》極道の甘い執愛～

第一章

緊急事態である。

私、椎名里衣《しいなさとい》がこの世に生を受けて二十年。二年前、育ての親だったおじいちゃんを亡くし、家族と呼べる人がいなくなった私は、高校卒業後に田舎《いなか》から都会に出た。就職した会社は、なんの因果かブラック企業。仕事を辞めたいと思いながらも社長が怖くて辞められず、営業として馬車馬《ばしゃうま》のように働いている。

この二年、数々の修羅場《しゅらば》をくぐり抜けてきた。けれど、ここまでのピンチに出くわしたことがあっただろうか。いや、ない。

「これは酷《ひど》いなァ。ほら見てみろよ、バンパーがベッコベッコだわ。これはなァんも言い訳できねェなァ？」

「ぶつかってきた時は、チンピラが喧嘩でも吹っかけてきたのかと思ったっスねー」

「確かにそれくらいの勢いがあったよな、ははは」

そう言いながら迫ってくる三人組は、とてもガラが悪い。危険な雰囲気をぷんぷんさせていた。

一番はじめに口を開いたのは、スキンヘッドに蛇骨《じゃこつ》の刺青《いれずみ》が入った男で、次はワインレッドのシャツに黒ネクタイという、ホスト風の茶髪の男。最後のひとりは、逆三角形の黒いサングラスにアロハシャツを着た男だ。

はっきりわかる。この人たちはタチが悪い人種だ。まったく関わりたくないタイプだけど、今こうして私が絡まれているのは、自分のせい。

ここは国道で、日はとっぷり暮れている。

数分前、私は社有車に乗って、営業先から会社に戻っていた。そして、あろうことか接触事故を起こしてしまったのだ。

連日のサービス残業で疲労もピークを超えていたのか、赤信号で停車中、ブレーキを踏む力を抜いていたらしい。ハッと気づいた時には、目の前の車にゴツッとぶつかっていた。

慌《あわ》てて外に出たら、ぶつけた車からもぞろぞろと人が出てきて——それが、先ほどのセリフを放《はな》った三人だ。

黒塗りの高級車。黒フィルムの貼られた窓。ガラのよくないお兄さんたち。

その情報だけでわかる。この人たちはいわゆる『ヤ』がつく職業なのだろう。

そんな三人が、ポケットに手を突っ込んで顎《あご》を突き出し、私を囲い込んでいる。信号はすでに青になっていたが、周囲の車は私たちを避《よ》けて走っていた。

信号の目の前で停車し続けているのに、クラクションも鳴らされない。おそらく、あの様子はヤバイとみんなわかっているのだ。君子《くんし》危《あや》うきに近寄らず——と。

男たちはまるで肉食獣みたいに私を見ている。この女をどう料理してやろうか、と考えているのだろう。

私がガタガタと震えて身を縮こませていると、ふいに黒塗りの車のドアがガチャリと開き、黒いスラックスに包まれた長い足が現れた。

新たに出てきたのは、驚くほど眉目秀麗《びもくしゅうれい》で長身の男だった。柔和《にゅうわ》な笑みを浮かべ、眼鏡をかけている。

スキンヘッドの男が、振り向いて彼に声をかけた。

「獅子島《ししじま》」

獅子島と呼ばれた男は、ゆるやかに眼鏡のブリッジを押し上げる。

「まぁまぁ、そんなに威嚇《いかく》しては、彼女も畏縮《いしゅく》してしまうでしょう。可哀想に、震えていますよ？」

彼は穏やかな笑顔で、気味が悪いほど優しく目を細めている。彼の言葉に三人の男たちの雰囲気が和《やわ》らぎ、ふっと肩の力が抜けた気がした。

この人たちはヤがつく職業の方々みたいだけど、獅子島という人は、比較的優しいのかもしれない。ひょっとすると、このままお咎《とが》めなしで解放してくれるのかな。そんな期待を持って見上げると、彼はにっこりと笑みを向けてくる。

「とりあえず移動しませんか？　でないと、いつまで経っても取るものが取れないでしょう。大事な車を傷つけてくれたのですし、ちゃんとあなたの誠意を見せてもらわなければ、ね？」

優しく、いっそ甘いと言えるほどの猫撫《ねこな》で声《ごえ》で、男は悪魔のようなことを口にした。

顔が引きつり、身体がいっそうがたがたと震える。やっぱり獅子島も、ヤがつく職業の人なのだ。

本当に、私はどうして、よりにもよってこんな人たちの車に社有車をぶつけてしまったのか。これが運命なのだとしたら、相当不幸な星のもとに生まれてきたのだとしか思えない。

私は社有車の後部座席に押し込まれた。隣にはスキンヘッド男がどっかりと座った。そして運転席にアロハシャツ男が乗る。逃げたくても、わずかな隙も見つからない。

黒塗りの高級車には、茶髪と獅子島が乗り込んだ。

社有車は走り出し、路地に入って小さなコインパーキングで停まった。黒塗りの車も隣に停車する。

スキンヘッド男に促《うなが》されて社有車から出る。夜のコインパーキングは、まるでスポットライトのように白い防犯ライトに照らされていた。

「ご足労いただき、ありがとうございます。さて、これはまた派手に傷がつきましたね。後ろのバンパーがすっかりへこんでいます。修理に幾らかかるでしょうか」

男たちに囲まれた私に、獅子島が話しかけてくる。しかし私は答えるどころではない。とにかく警察に連絡しなければ。震える手でポケットから携帯電話を取り出すと、あっという間に取り上げられた。

しまった！　隠れて電話するべきだった。

携帯電話を掴んだ獅子島は、ニッコリと微笑む。私は顔から血の気が引くのを感じた。

「あの……」

なんとか声を絞《しぼ》り出すと、獅子島が「なんですか？」と返してくる。

「しゅ、しゅうりだいは、おいくらくらいかかるんでしょうか？」

この際、多少ふっかけられてもいい。それよりも、さっさとお金を払って逃げたい。しょせん、彼らの目的はお金なのだ。数十万なら、なんとか貯金で賄《まかな》える。

獅子島はふむと相槌《あいづち》を打ち、顎《あご》に指を添えて、スキンヘッドの男に顔を向けた。

「お幾らくらいでしょうね。桐谷《きりや》、わかりますか？」

「そーだなァ。バンパーの交換、塗装、内部点検も兼ねるとなると、まぁいいお値段になるんじゃねェか？　車だけで二百万くらいか」

「にひゃくっ⁉」

声が裏返る。いやいや、ない。どんな高級車でも、バンパーをへこませただけで二百万だなんて。ぱくぱくと口を動かし、声にならない悲鳴を上げていると、アロハシャツの男が黒塗りの車をぺしぺし叩いた。

「直すのは車だけじゃないよ。ぶつかった時、強い衝撃を感じたからさぁ。もしかしたら首を痛めてるかも。治療費も出してくれないと、割に合わないよね」

「それに修理に出す間、車がないとなると仕事に支障が出るし、病院通いするにも時間がかかるし、慰謝料も払ってもらいたいっスねー」

茶髪男まで乗ってくる。

獅子島に桐谷と呼ばれたスキンヘッドの男は腕を組み、威圧的に私を見下ろした。

「まぁ、諸々の費用を合わせると、ザッと計算して七百万くらいかな」

「なっ……!?」

目玉が飛び出そうになる。七百万ってなんだ。新車一台を余裕で買える値段じゃないか。唖然《あぜん》として立ち尽くしていると、桐谷が心外そうな表情をした。

「割と良心的な金額だぞ。俺の知り合いは、車を軽く擦られただけで、千二百万くらい巻き上げたし」

「それはまた、実に金払いのいい人に巡《めぐ》り合えたのですね。うらやましい話です。きっと上手に話し合いをされたのでしょう」

そう言ったのは獅子島だ。

「相手が手を打つ前に、免許証と勤務先と住所を押さえたからな。妻子がいると簡単に払ってくれるし、家族さまさまだよ。ははは」

ほがらかに笑い合う獅子島と桐谷。しかし会話の内容はどう聞いても笑えない。

どうしたらいいのか。携帯電話は取り上げられてしまった。夜の帳《とばり》が落ちてあたりは暗く、人の気配はない。ここで大声を上げたところで、駆けつけてくれる人はいるのだろうか。それよりも私が声を上げたことによって、目の前の男たちが激高《げきこう》する可能性のほうが高い気がする。

私が思考を巡《めぐ》らせていると、獅子島があらためて声をかけてきた。

「さて、お嬢さん。七百万が相場だそうですが、今すぐ払えるとおっしゃるなら、示談成立。今回の件はなかったことにしましょう。しかしその表情を見るに、どうやらお金を用意するのは難しそうですね？」

力なく、こくんと頷《うなず》く。どうしよう。どうすればいいんだ。私がぼんやりしていなければ、こんなことにはならなかったのに。

自然と顔は俯《うつむ》き、黒いアスファルトをジッと見つめる。涙は出ない。泣いたところで、この人たちは許してくれそうもないが。

獅子島は楽しそうにくすりと笑う。

「さて、お金がないなら困りましたね。とりあえず財布を預かりましょうか」

「へっ、あ、はいっ」

はじまった。いよいよ私はカスカスになるまで搾《しぼ》り取られるのだ。獅子島は優しげな表情を浮かべているが、やっていることは極悪である。顔のよさや物腰の柔らかさに騙《だま》されてはいけない。

そろりとポケットから財布を取り出し、獅子島に渡す。抵抗したところで奪われるだろうから、今は言う通りにしておいたほうが利口《りこう》だ。

使い古された私のお財布は、黒の柔らかい革製。刻印のようにデザインされた花柄が気に入っている。高校の入学祝いにおじいちゃんが買ってくれた一品ものだ。

獅子島が財布を開くと、ファスナーにつけているお守りが揺れた。これもおじいちゃんにもらった交通安全のお守りだ。交通安全……効かなかったよ、おじいちゃん……

「うーん。思っていたよりも赤貧《せきひん》な方ですね」

獅子島の言葉に、三人の男たちも私の財布の中を覗き込んで、声を上げる。

「うっわ、これはひどい。まさかこれ、全財産じゃねえよな？」

「そんなわけあるか。でも今時珍しいな。クレジットカードが一枚もないぞ」

「後はポイントカードとレシートだけか。しょぼいなー」

言いたい放題である。クレジットカードはなんとなく持つのが怖くて、作っていない。

確かにお財布の中には千円札一枚しか入っていないが、私は必要な額しか持ち歩かないだけで、アパートにはまだ幾らかお金がある。もちろん銀行にも。さすがに七百万はないけれど。

「どうする？　コレ、売れるかな」

私を親指で示しながら、不穏なことを口にするアロハシャツ。

「顔はたいしてよくねェからなァ。かといって身体がイイわけでもねェし。繁華街で小銭を稼ぐくらいにしか、使い道ねェだろ」

スキンヘッドの桐谷は、私の頭からつま先までを値踏みするように眺《なが》めて、言いたい放題言う。余計なお世話だと思ったが、口には出せない。

獅子島は、困ったように腕を組んだ。

「ふむ。商品としては今ひとつのようですね。ですがこちらとしても、払うものは払っていただきたいですし、ここはひとつ、セオリーとは違う使い方をしてみましょうか」

財布から抜き出した私の運転免許証を手に、にっこりと笑う獅子島。そして、ゆっくりと言い含めるように、私に話しかけてきた。

「これは提案ですが、あなた、うちで働きませんか？」

「……え、はたらく？」

獅子島を見上げると、彼は「ええ」と頷《うなず》き、眼鏡の奥にある目を細める。

「私は会社を経営しているのですがね、前から事務員が欲しかったんですよ。あなたさえよければ、うちで働いてもらい、そのお給料でお金を払ってはいかがでしょう」

ヤクザにしては良心的な提案をしている気がする。金が払えなかったら身体で稼げと言われるのかと思いきや、どうやら仕事内容は単なる事務員のようだ。悪くない。

だが、話には続きがあるらしく、獅子島はニコニコ笑顔で人差し指を横に振った。

「でも、それだけだと私がいい人みたいですよね。だからもうひとつ、あなたに務めを果たしてもらいましょう」

いい人みたいって自分で言わないでほしい。七百万を笑顔で請求してる時点で、まったくいい人じゃないし。

おかしな言い分をかざしながら、眼鏡の男は笑顔のままで「難しいことじゃないですよ」と言った。

「ただ、私の趣味に付き合ってくだされればいいのです」

「しゅ、趣味ですか？」

「ええ。ひとりではできない趣味を持っていましてね。一応いくつかの条件があるのですが、あなたはなかなか素質がありそうです。きっと、私も楽しめることでしょう」

「……はぁ」

何を言われているのかよくわからないが、私は適当に相槌《あいづち》を打つ。すると、桐谷が「へぇ？」と楽しそうな声を上げた。

「なんだ、獅子島。こういう娘が好みだったのか？」

「ええ。すれた感じのしない真面目な雰囲気が好ましい。初心《うぶ》そうなところも高評価です」

「初心《うぶ》ねえ。単に童顔で田舎《いなか》くさいだけだろ」

何気に私をけなす桐谷。次に話に加わったのは茶髪男だ。

「でも真面目っ子をグチャグチャにする楽しみはありそうっスね」

「別にグチャグチャにしたいわけではありませんよ。真面目であることは私の趣味において大切な要素のひとつなんです。不真面目な人はすぐに堕《お》ちますからね。それではつまらないでしょう？」

なるほどー、と頷《うなず》く男たち。

私は話がさっぱり見えない上に、嫌な予感がひしひしとしてくる。

そうだ。嫌な予感しかしない。獅子島は一見穏やかで優しそうだけど、確実にヤバイ人だ。そんな人が経営する会社の事務員なんて、絶対ろくでもないところに決まっている。

それに、私は大きな問題をひとつ抱えていた。話が盛り上がっているところで水を差すのは勇気がいるけど、これだけは言っておかねばならない。私はおずおずと手を上げた。

「あの……、スミマセン。あなたの提案に乗るのは、たぶん無理だと思います……」

そんな私の言葉に、桐谷が「あぁ？」と酷《ひど》くドスのきいた声を上げて睨《にら》んでくる。

はっきり言って、めちゃくちゃ怖い。だけどそんなに凄《すご》んでも、無理なものは無理なのだ。私に転職は許されない。否《いな》、会社を辞めることが許されないのだ。むしろ、辞められるのなら、とっくの昔に辞めている。

辞められないのは、私の勤める会社がいわゆるブラック企業だから。ヤクザとそう変わらない悪《あく》辣《らつ》な社長のもと、私たち営業は慢性的な睡眠不足を抱えて、奴隷のように働いている。あの社長が私という働きバチを手放すわけがない。

迫力のある睨《にら》み顔に囲まれながら、私はたどたどしく自身の境遇を説明した。

――私の働く会社は、とある企業に属する小さなフランチャイズの工務店。住宅のリフォームや耐震工事が主な事業内容で、営業である私は、客から契約をもぎ取ってくるのが仕事だ。その営業方法は訪問販売とテレアポだった。

『常に瀬戸際《せとぎわ》と思え。目標売上は這《は》いつくばってでも達成しろ。まずは身内に売れ』

そんな言葉を聞かされ続ける毎日。

営業は疲れ果てた手足を動かし、なんのために働いているのかわからないまま、働きバチのように担当エリアを回る。給料はほぼ歩合制。最低賃金は約束されているが、社長の満足する数字が取れなければ給料泥棒のレッテルを貼られ、地獄の説教と数時間にわたる正座を強《し》いられる。私も何度か目標を達成できなくて、その地獄を味わったことがある。

本当はみんな、会社を辞めたくて仕方がない。しかし辞めることができないのだ。社長は全社員の個人情報を掌握《しょうあく》しており、脅迫も辞さない鬼だ。

その鬼の所業を見たのは、元社員が退職しようとした時だった。彼は無断欠勤を繰り返し、退職届を送ってきた。すると社長は、彼の家族や親戚すべてに嫌がらせの電話をし、彼の中傷を書いたビラを自宅周辺にばらまいたのだ。終《しま》いに、『辞めたいなら損失金額を払え』と元社員を脅し、ノイローゼになるまで追い込んだらしい。結局その人は、身内から大金を借りて損失金額を払い、会社を辞めた。

逃げれば最後、尻の毛までむしられて泣きを見る。そう痛感した一件だった。

もちろん、公的な相談所に駆け込み、救いを求めるという手立てはある。しかしその後に待ち受けている社長の報復を考えると、誰も行動に移せなかった。

求人雑誌には『アットホームな社風です』って書いてあったのに、毎日が絶対零度《ぜったいれいど》の寒々しい職場である。

それらのことを話し終えると、私の向かいでヤンキー座りをしていたアロハシャツの男が、「フーン」とかるーく相槌《あいづち》を打った。そして彼はすぱーっとタバコの煙を吐き出す。

そろそろこのあたりの住民が、フラリと夜の散歩に出てこないものか、と周囲を見渡してみる。

しかし、ここは本当に都会なのかと疑ってしまうほど人通りがなくて、悲しい。

ぐー、と小さく腹の音が鳴る。夕飯の時間などとっくに過ぎているし、そろそろ会社に帰らないと、課長から文句の電話が来るだろう。

「なかなかブラックなところで働いてんだねー。苦労してんだな」

「悪辣《あくらつ》でいいじゃねェか。俺はその社長、気に入ったなァ」

「最近はカタギのほうがタチ悪いって聞くっスねー」

世間話でもするかのように軽い会話を交わす男たち。ただ、獅子島は会話に参加せず、私の免許証を眺《なが》めて黙り込んでいた。

「あの、つまりそういうわけなので、私は会社をすぐに辞めることができないんですよ。だから、どうか許してもらえないでしょうか。七百万は無理ですけど、修理代は払いますから」

「んーどうする、獅子島。さすがに七百万はやめとく？」

アロハシャツの男が獅子島に声をかける。

ちょっと待て。『七百万はやめとく？』って、やっぱりその金額は、法外にふっかけているって自覚しているんじゃないか。なんてひどいヤクザなんだ、と心の中で憤慨《ふんがい》する。

すると獅子島はゆっくりと視線を上げ、私の顔をジッと見た。

「――椎名、里衣」

「え？」

私の名を呼んだ獅子島の視線が、ねっとりと身体中にまとわりついた気がする。

奇妙な感覚に思わず身を震わせた。彼は微笑みこそ維持しているが、目が笑っていない。

それなのに、なぜか、嬉しそうに見えた。まるで、ようやく見つけたと言っているかのように。

「私は方針を変えるつもりはありません。あなたには七百万分、うちで働いてもらいますよ。……そうですね、数年といったところでしょうか」

「数年！　そんなに長い間⁉」

「では、もっと稼げるところで働きますか？　性風俗店でがんばれば、一年くらいでしょうか。ご希望なら、あなたを紹介しても構いません」

性風俗。そこで一体どのような仕事をするのか詳しくは知らない。けれど、不特定多数の男性に対して、いかがわしいことをするのはわかる。

……そんなの嫌すぎる。そもそも、どうして私はこんな状況になっているの？

藁《わら》にも縋《すが》る思いで、私は獅子島に訴《うった》える。

「さっきも言いましたけど、私、会社を辞めることが難しいんです。あの社長が許してくれません。あの人はヤクザ相手でも平気で喧嘩を売る人なんです。鬼で悪魔で銭ゲバの拝金主義者なんですよ。だからどうか私を事務員として雇うことは諦めて、小金で我慢してもらえないでしょうか！」

「ふふ、それでは是非、社長さんにはその悪辣《あくらつ》な手腕を振るってもらいましょうか」

獅子島は懐《ふところ》からスマートフォンを取り出し、どこかに電話をかけはじめる。私の必死の訴《うった》えなど、のれんに腕押し状態で、彼は聞く耳などひとつも持っていないらしい。

「――すみませんね、作業中に。実はひとつ、最優先でやっていただきたい仕事があります。内容は身辺調査。隅々まで洗ってください。対象は……」

言葉を切り、チラリと見るのは私が運転していた社有車。車体に貼られたステッカーには、でかでかと社名が書かれており、獅子島はそれを口にする。

「はい。代表取締役を調べてください。……ええ、そうですね。では三十分後に」

電話を終えると、彼は懐《ふところ》にスマートフォンを戻しつつ、黒塗りの高級車の後部ドアを開けた。

「乗ってください」

「……え」

「せっかく見つけた働き手ですから、逃《のが》すつもりはありませんよ。このままウチの事務所に向かいますので、乗ってください」

まじですか。アパートに帰ることも許されないのですか。

事態がめまぐるしく進んでいく。もしかして私、大変なことに巻き込まれている？

ゆっくりと状況をのみこんでいく。自分の立場を、自覚して――

気付けば地面を蹴り、逃げだしていた。このままではろくなことにならないと、本能が察知した。

しかしそんなのは、抵抗のうちにも入らなかったらしい。獅子島はすぐさま追いつくと私の手首を掴み取り、強く引っ張った。そのまま引きずられるように高級車まで連れていかれ、後部座席に押し込められる。

「や、やだ！　許して。お金なら払うから、何年かけても払うからーっ」

「それはありがたい。是非、私の会社で働いてお金を払ってもらいましょう」

「違うの、今の会社で働いて返すって言ってるの。あなたたちは、お金さえ手に入ればいいんでしょう？　なんであなたのところで働かなきゃいけないの。性風俗も嫌だけど、あなたの会社で働くのも嫌なのーっ！」

「ここであなたを解放すれば、すぐに警察に駆け込むでしょう？　桐谷、出してください。曽我《そが》と黒部《くろべ》はその車を会社に返しておいてください。黙ってガレージに置いておくだけでいいですから」

「うぃっス」

「了解っス」

コインパーキングに残ったアロハシャツの男と茶髪男が返事をする。それと同時に、いつの間にか運転席にいた桐谷がエンジンをかけ、車が動き出した。

「どうして？　バンパーをへこませたくらいで、なぜこんな目に遭《あ》わなきゃならないの！」

「それは厄介《やっかい》な私たちに出会ってしまったからですよ。運の尽きだと思って、諦めてください」

「自分で厄介《やっかい》とか言わないで。これって拉致《らち》でしょ。警察にバレたら、捕まっちゃうんだから！」

「ええ、だから捕まらないように、あなたを隠しておかないとね。ふふ、里衣は威勢のいい娘ですから、なかなか楽しめそうです」

私の腕を掴んだまま、にっこりと笑う獅子島。

どうして彼はずっと、穏やかで優しい笑みを浮かべているのだろう。まるで顔に仮面を貼りつけているみたいだ。そう思った瞬間、身体がぞくりと震えた。


車は淡々と道を走っていく。どうやら繁華街に向かっているようだ。夜の街にふさわしい色鮮やかなネオンがあちこちを照らし、居酒屋やクラブといったお店が見えてくる。

車が停まったのは、そんな繁華街の一角。一階がシャッターつきのガレージになっている、コンクリートの三階建ての建物だった。ガレージで停車すると、車から降ろされる。

獅子島に腕を掴まれたまま、私は周囲を見渡した。

住宅という感じはしない。入り口は硝子扉《がらすとびら》だし、店名の書かれたステッカーが張ってある。

「ここ、どういうところなの。ヤクザの事務所じゃないの？」

「まさか。普通の事務所ですよ？　ヤクザにも生業《なりわい》は必要ですからね。こう見えて私たちも、真面目に働いているんです」

「う、嘘！　だって……、真面目に働いてる人は、こんなことしない！」

二の腕を引っ張られて歩きながら、噛《か》みつくように怒鳴《どな》り立てる。

なのに獅子島は、「誤解ですよ」と明るく笑う。

「誰にも迷惑をかけていない。きちんと税金も納めていますしね」

「私はめちゃくちゃ迷惑してます！」

「それはあなたが先に迷惑をかけたからですよ」

「だ、だからって、いきなりこの仕打ちはない！　車のバンパーをへこませたくらいで、どうしてこんなことになるのよ！」

ばたばたと暴れるが、腕を掴む彼の手は少しも力がゆるまない。

階段を上《のぼ》って二階に着くと、三階へ続く階段と磨《す》り硝子《がらす》の扉がある。獅子島は右側の扉を開き、中に私を引きずり込む。

——そこは思っていた以上に汚く、いかにも男所帯な、タバコ臭い事務所だった。

フロアは広すぎず、狭すぎず、といったところだろうか。床は土埃《つちぼこり》にまみれて茶色く、目の前には汚れた応接セットの黒いソファとテーブルがあった。そこに置かれたアルミ灰皿は、吸い終わったタバコでハリネズミ状態だ。左側の壁は一面窓になっていて、その前にはスチールデスクが四つ置かれ、どれも書類の山がいくつもできている。天井を見上げれば、埃《ほこり》であちこちが黒ずんでおり、ところどころに蜘蛛《くも》の巣まであった。

なんだこの劣悪《れつあく》な環境。思わず嫌悪の表情を浮かべると、脇から「お疲れさまです」とボソッとした低い男の声が聞こえてきた。

振り向くと、そこにはやたら背が高く、ひょろっとした男がいた。薄汚れたジーンズに、グレーのパーカーを着ている。酷《ひど》く猫背な上にフードを目深《まぶか》に被っているせいで、顔の造りがよくわからない。

「滝澤《たきざわ》。急に調査を押しつけて悪かったですね」

「イエ、仕事ですから」

獅子島はパーカー男――もとい滝澤の返事に頷《うなず》くと、私に声をかけてくる。

「里衣。こちらは滝澤虎雄《とらお》と言います。桐谷、あなたも挨拶《あいさつ》してください」

スキンヘッド男は、ソファでタバコを吸いながら軽く手を上げる。

「……桐谷揚武《ようむ》だ」

最後に獅子島が、にっこりした笑みを向けてきた。

「私は獅子島葉月《はづき》と申します。よろしくお願いします」

「はぁ……」

全力でよろしくしたくない。しかしそんなことは言えず、曖昧《あいまい》な返事をしておいた。

ふいにジットリした視線を感じる。横を向くと、滝澤がフードの陰から私を見ていた。

これはもしかして、私も自己紹介しなくてはいけない空気なのだろうか。しばらく悩んだ後、口を開いた。

「私は、椎名里衣と言います」

ぺこりと頭を下げる。

シンとした事務所で、天井の蛍光灯がしらじらと私たちを照らす。窓の外から酔っ払いの笑い声が聞こえてきて、外の世界とはまったく違う雰囲気に居心地が悪くなった。

……自己紹介、しないほうがよかったかな。

私がそんな思いに駆られた時、入り口のドアがガチャリと開く。

「ただいまー！」

「帰ったっス！」

その声で、一気に事務所の雰囲気が明るくなる。入ってきたのは、先ほど会ったばかりの男ふたり。茶髪にワインレッドのシャツ男と、逆三角形のサングラスにアロハシャツの男だ。

「おかえりなさい。今、里衣に自己紹介をしていたのですよ。これからは共に働く仲間ですからね」

さらっと言った獅子島に、私はとっさに抗議する。

「ちょっ、私、まだ了承してない！」

「俺は曽我竜也《たつや》だよー。よろしく、里衣ちゃん」

私の言葉などサラッと流して挨拶《あいさつ》したのは、アロハシャツの男。続いて茶髪のホスト男が敬礼するように片手を額《ひたい》に当てた。

「黒部敏《さとし》だ。これからよろしくな。いやぁ、これからは面倒な事務処理をしなくていいかと思うと、気が晴れるな。滝澤もそう思うだろ？」

はっはっは、と笑った黒部は、滝澤の肩をぽんと叩く。滝澤は無言だったが、小さく頷《うなず》いた。

「さて、全員揃ったことですし、さっそく滝澤の報告を聞きましょうか」

さくさくと話を進める獅子島さん。私は慌《あわ》てて彼のスーツをぐいっと引っ張った。

「ちょっと勝手に話を進めないでよ。大体、社有車がいつの間にか会社のガレージに置かれていて、運転していたはずの私がいないなんて、どう考えても事件じゃない！　今頃きっと警察が――」

「心配なさらなくても大丈夫ですよ、里衣」

「心配してないです！　わ、私を誘拐《ゆうかい》なんてしたら、警察が絶対に動くって言ってるの。大事《おおごと》になる前に解放したほうが、身のためだよ」

「残念ながら今の警察はこれくらいでは動きませんよ。それに、あの会社はもうすぐあなたに構っていられなくなりますから」

にこにこと笑って、不穏なことを言う獅子島。

一体どういう意味だろう。思わず眉をひそめると、滝澤がポケットからスマホを取り出し、操作をはじめた。そして口を開く。

「株式会社リフレトラスト代表、渡島健次郎《としまけんじろう》。五十二歳、バツ一。無類のギャンブル好きで、多額の借金を抱えている。ヤミ金にも手を出していた」

「……え？」

リフレトラストは私が勤めている会社で、渡島は社長だ。しかし何を言われているのか理解できず、首をかしげる。

そんな私をよそに、滝澤はスマホを片手に淡々と『報告』を続けた。

「カネは現在返済中。自社の利益に手を出している」

「なるほど。会社のお金を着服して、ヤミ金の返済にあてているのですね」

――借金、ヤミ金、利益の着服……着服？

滝澤の言葉を脳内で整理していて、思いっきり引っかかった。

「ま、待って、あの社長、うちの会社の利益を着服してたの？」

戸惑う私の言葉に、滝澤はコクリと頷《うなず》く。唖然《あぜん》とする私。しかも、滝澤の報告はまだ続く。

「内縁の妻と同居している。女はスナックの経営者。四十五歳、バツ二」

「ふむ、セオリー通りの小者ですね。これなら簡単に潰《つぶ》せそうです」

「つ、潰《つぶ》す？」

物騒な発言に目を丸くする。獅子島は「ええ」と事もなげに頷《うなず》いた。

「あなたが自主的に会社を辞めることができないのであれば、会社ごと潰《つぶ》すしかないでしょう？どうせブラックな会社なんですし、困る人なんて、社長さんご本人くらいしかいないのでは？」

「そ、それは……」

言い返せない。確かに、社員はみんな辞めたがっているし、モラハラに悩まされてヘトヘトだ。だけど、そんなに簡単に話が進むのだろうか。会社を潰《つぶ》すなんて、決して容易じゃないはず。

しかし獅子島はニコニコした笑みを崩さず、私の背中を軽く叩いてきた。

「里衣はなんの心配もしなくて結構ですよ。すべて私のほうで片付けておきますからね。とにかくあなたは、ここで七百万円分働いてくだされればいいのです」

「待ってよ！　その七百万って、正当な金額じゃないよね？　単なる言いがかりでしょ！　どうして払わなきゃいけないの！」

「ふふ、法にのっとった請求書が欲しいのですか？　それでしたら後日、いくらでも用意して差し上げますよ。ですがこのままだと、あなたはいつまで経っても隙を見て逃げ出しそうですね。かといって、四六時中監視するわけにもまいりませんし……」

ふむ、と困ったように腕を組む獅子島。やがて、名案を思いついたと言うようにポンと手を打った。

「里衣、ふたつ選択肢を差し上げましょう」

「選択肢？」

「はい。監禁か軟禁、好きなほうを選んでください」

な、何を、言っているんだろう、この男は。

「どっ、どっ、どういう意味？　か、監禁か軟禁って！」

「監禁を選んだ場合は、そこの倉庫で生活と仕事をしてもらいます。軟禁を選んだ場合は、この上にある私の部屋で生活して、日中はこの事務所で仕事をしてもらいます。当然ですが、私の許可なしで外出することは禁じます。電話で助けを求めるのもだめですよ？」

にこにこと獅子島が説明するが、うまく理解できない。ただ、彼が私に究極の選択を強《し》いているということはわかった。

「い、いくつか質問があるのだけど、まず、倉庫って何?」

『おちつけ。里衣、おちつけ』と心の中で繰り返しつつ、思いついた質問を投げてみる。

すると獅子島は楽しそうに微笑み、すっと人差し指で事務所の一角を示した。応接セットのすぐそばだ。

「あそこです」

そこにあるのはスチールドア。曽我がガチャリとドアを開けてくれる。

その部屋の中には、段ボールやガラクタが詰め込まれていた。広さは六畳ほどだが、物が多すぎて足の踏み場がない。

「こ、こんなところに監禁されたら、寝る時はどうしたらいいの! あとトイレとかお風呂とか!」

「誰かがいれば出して差し上げますが、いなかったら我慢してください。お布団は用意してあげます」

待て。我慢なんて無理です。人間の生理現象はどうにかできるものじゃない。

私は唖然《あぜん》として倉庫を眺《なが》めてから、ギギギと獅子島に顔を向けた。

「もうひとつ質問なんですが……、た、例えば軟禁を選んだとして。あなたの言葉を無視して逃げたり、電話で助けを求めたりしたら……私をどうするのでしょうか?」

オドオドと問いかける。すごく聞きたくない質問だったが、聞かないのも怖かった。

獅子島はまるでその質問を待っていましたとでも言うように、満面の笑みを浮かべる。

「私は、周りの人たちに、執念深いと言われていましてね」

「はぁ」

「一度恨《うら》んだ相手は絶対に忘れません。女性でも容赦するつもりはありません」

「と、言いますと……？」

「つまり、一時的に警察で保護されたとしても、私はあなたを逃がすつもりはない。警察の保護が解けたら、すぐに捕まえて完全に監禁しますね。ただ閉じ込めるだけでなく、逃げられないように物理的な処置を施《ほどこ》します」

指をふりふり揺らして、獅子島は酷《ひど》いことを言う。

「あ、あの、物理的な処置って、どういう」

「一応、私も長くこの世界にいますので、逃げ切るのは不可能だと思ってくださいね」

「質問に答えてー！　物理的って、何をどうするの⁉　私に何をするの⁉」

必死になって問《と》い質《ただ》すと、獅子島は眼鏡のブリッジを指で押し上げ、「内緒です」と言った。

「わからないほうが恐怖心を煽《あお》るでしょう？　そうなった時のお楽しみ、ということにいたしましょう」

「お楽しみ⁉」

私はまったく楽しくない。そして、完全に逃げ場をなくした気分だった。

車のバンパーをほんの少しへこませただけで、怪我人もいない。本来なら、警察と保険会社に電話するだけですべて解決するような些細《ささい》な事故で、私はこんなところに囚《とら》われるのか。

……すべては、関わった男たちがならず者だったから。

カクリと肩を落とす。どうやら無駄な抵抗はせず、この状況において、私にとってマシな選択肢を選ぶしかないらしい。

「軟禁で、お願いします……」

「物分かりがよろしいですね。では軟禁ということで。あなたにお願いするのはひとつだけですよ。許可なしにここを出ないことです。わかりやすいでしょう？」

「嫌になるほどわかりやすいです。……本当に、七百万円分働いたら、ここから出してくれるの？」

「ええ、もちろんです。後でお給料の話をしましょうね」

獅子島の狙い通り、というところなのだろう。『そう言うと思っていました』とばかりの態度が気に入らなくて、私は強がってみせる。

「私が大人しく軟禁されたところで、足がつかないとは限らない。明日警察が押し寄せてきても、知らないからね。私はそうなってほしいけど」

「それは怖いですね。ではさっそく、手筈《てはず》を整えることにしましょう」

獅子島は余裕めいた表情で、おどけたように肩をすくめる。

「滝澤は曽我と一緒に、例の社長の居場所を探してください。黒部はフランチャイズの親会社に連絡を。桐谷は社長の内縁の妻という女を捕まえてください。私も所用を終えたら合流します」

獅子島が言い終わる前に、滝澤と曽我は出かけてしまった。最後まで聞いた桐谷は、ソファから立ち上がると、タバコを咥《くわ》えたまま「リョーカイ」と返事をして部屋を出る。最後のひとり黒部はスマートフォンを弄《いじ》りながら出ていく。

室内は静寂《せいじゃく》に包まれた。私がおそるおそる獅子島を見上げると、彼はにっこりと微笑む。

「さて、里衣が快《こころよ》く軟禁を受け入れてくれたことですし、さっそく私の部屋にご案内しましょう」

獅子島は土埃《つちぼこり》が積もった床をザリザリと音を立てながら歩き、事務所を出る。照明のついていない真っ暗な階段を上がっていく彼に、私は恐々とついていく。

「暗いので足元に気をつけてください。この上は私室だけで、誰かを招くこともなかったですからね。階段に照明をつけていないのです」

「はぁ……」

やがて獅子島は、三階にある無骨なスチールドアを開いた。

一体この先はどんな部屋になっているのだろう。下と同じように汚かったらいやだなぁ、と思っていると、彼は「どうぞ」と手招きした。

ゆっくり室内に入ってみたら、意外と普通の部屋だった。

しかし、酷《ひど》くシンプルだ。打ちっぱなしのコンクリートの壁に、床は黒茶色のフローリング。

部屋の間取りは二階の事務所と似ている。部屋の左角には、セミダブルのパイプベッドとパイプハンガー、黒いラック。向かいの角にはミニキッチンと冷蔵庫、小さなテーブル、椅子がふたつ。家具はそれくらいしかない、殺風景な部屋だ。ベッド側の壁には事務所と同じ磨《す》り硝子《がらす》の窓がある。カーテンはない。

「元々この部屋は、下の事務所と同じ造りになっていたのですが、生活しやすいように手を加えましてね。まぁ、男のひとり暮らしですから多少使いづらいところはあるでしょうけど、慣れてください」

「あの、私がここで生活するのはいいですけど、獅子島さんもここに住むんですよね？」

「もちろんです。ここは私の住居なのですから」

がっくりと肩を落とす。ブラック会社に勤めていても、プライベートだけは平和だったのに。なぜ、突然見知らぬ男とふたり暮らしをするはめに陥《おちい》っているのだろう。

「ベッド、ひとつしかないんですけど」

「ええ、何か問題が？」

問題ありありだ。この男は常識が欠如《けつじょ》しているのだろうか。それともヤクザなんて職業の人に常識を求めるのが間違っているのか。

「あ、あの、せめて部屋を分けてもらいたいのですけど」

「残念ながら、この部屋しか生活に適していないのですよ。そっちのドアの向こうは浴室やトイレですし、あちらのドアの先は私の趣味部屋になっていますので」

「……趣味部屋？」

獅子島が指さしたのは、ベッドがあるほうと真逆の方向。そこには黒いドアがあった。

趣味。そういえばこの人、趣味に付き合えとか言ってなかったっけ。

私の思考を読んだように、獅子島はにっこり微笑んで私の手を握《にぎ》ってくる。

「思い出しましたか？　そうです。あの先にある部屋は、あなたにとって無関係ではありません」

「つまり、あの部屋の中に、付き合ってほしい趣味のものがあるってこと？」

「ええ。少し大変かもしれませんが、そのうち慣れるでしょうし、最初は我慢してくださいね。できれば里衣にも楽しんでもらいたいですが、それはおいおいということで」

ふふ、と意味深に笑う。しかしその笑みは不思議と不安を煽《あお》る。

一体なんなんだ、獅子島葉月の趣味って。

「せっかくですから、見てもらいましょうか。多少ごちゃごちゃしてますが、もしあの部屋で生活なさりたいのであれば止めませんよ。一応ベッドもありますしね」

「……ベッド、あるの？」

趣味部屋に？　頭の中が疑問符でいっぱいになる。

しかしベッドがあるなら、たとえ部屋が散らかっていてもいい。是非その部屋で生活させてもらいたい。

獅子島はドアノブに手をかけつつ、「そうだ」と思い出したように顔を上げた。

「里衣。私の趣味を教える前に、ひとつお願いがあるのですけど、よろしいですか？」

よろしいですか、などと温和に問いかけているけど、私に拒否権はないのだろう。おとなしくコクリと頷《うなず》くと、獅子島は優しく目を細める。

「ずっと言うタイミングをうかがっていたのですが、私のことは葉月と名前で呼んでいただきたいのです」

「な、なまえ？」

思わぬお願いに目を丸くする。獅子島は「ええ」と相槌《あいづち》を打ち、軽くため息をついた。

「実は、獅子島という姓は私の周りに何人かいましてね。勘違いされることがないよう、呼び名を分けてほしいのです」

「はぁ、そうですか」

「里衣とは当分の間、一緒に暮らす仲になりますからね。よろしいですか？」

ドアをキィッと開けながら、彼はあらためて問いかけてくる。

「……まぁ、名前を呼ぶくらい、構わないけど」

「ありがとうございます。では、こちらが趣味部屋になりますよ、里衣」

先に中へ入り、私を誘う獅子島。

趣味とは一体なんだろう。胸をドキドキさせつつ部屋に入ると、そこにはある種の異空間が待ち受けていた。

――なに、この部屋。

六畳ほどのこぢんまりしたそこには、先ほどの部屋と同じフローリングが続いている。

暗く窓のない部屋。中に入った彼が電気をつけると、天井についているダウンライトが灯《とも》り、その『趣味部屋』の全容が目に飛び込んできた。

……が、理解できない。

天井には、頑丈な鉄パイプが張り巡《めぐ》らされている。そこから鎖と金属フックが垂れ下がっていた。

そして奇妙な椅子がある。脚が床に固定されていて、椅子だけがクルクル回るようだ。そして足をのせるところが開いている。あそこに座る時は、自然と足を開かねばならないだろう。

さらには、病院の診察台を思わせる黒いベッドが置かれている。ベッド脇には腰高のカウンターとガラス扉のついたキャビネットがあり、中には銀色に光る医療器具のようなものがいくつか並んでいた。まるで手術でもするかのようだ。

他にも用途不明なものがいくつかあって、奥の壁一面はクローゼットになっていた。殺風景なリビングとは一変して、確かにごちゃごちゃしている。

それにしても、一体何をする部屋なんだろう。まったく予想がつかないけど、嫌な予感だけはひしひしする。ここは勇気を振り絞《しぼ》って聞いてみるしかない。

「ちょ、ちょ、ちょちょちょ」

口が回らなくて、どもってしまう。そんな私に、獅子島は変わらぬ調子で言う。

「落ち着いてください」

「ちょっと獅子島さん！　あの！」

「名前を呼んでくださいとお願いしたでしょう？」

「は、葉月さん！　あの、これ、どういう……ここは何をする部屋なの!?」

「何をするって、この部屋を見てわかりませんか？」

わかりません。あと、理解したくもありません。

完全に腰が引けている私を見て、獅子島、もとい葉月さんがふぅむと腰に手を当て、顎《あご》に指を添える。その指が、すっと室内の一点を示した。

「例えばあれなんか、有名だと思いますよ。部屋の雰囲気に箔《はく》がつくかなと思って、インテリア代わりに買ってみたのですけどね」

ソロソロと彼の指さす方向に目を向ける。そこには、馬の形を模した乗り物が置かれていた。まるで公園にあるバネの乗り物だ。だけど馬の顔はやけにとんがっていて、背の部分が三角形になっている。そして足をのせるところや馬の頬の部分から鎖が垂れ下がっていて、鎖の先には手錠や枷《かせ》があった。

おそらく、あれは三角の背に人を座らせ、手足を拘束するものではないだろうか。うん。使い方はなんとなく理解した。でも、そんなことをしたら、めちゃくちゃ痛いよね？

私は身体を震わせながら、首だけを葉月さんのほうに向ける。

「あの……葉月さんはもしかして私を、ご、拷問《ごうもん》でもするつもり、なの？」

「拷問《ごうもん》してほしいんですか？」

ぶるぶるぶるっと高速で首を横に振る。されたくないに決まっている。

だけど、あれもこれも拷問《ごうもん》するための器具に見えてきた。だってどの置き物にも手錠や足枷《あしかせ》みたいなものが垂れ下がっている。

葉月さんは優しく目を細め、「冗談ですよ」と笑った。

「これが私の趣味なんです。私の趣味はですね、性調教なんですよ。あくまで趣味なので、お遊びみたいなものですけどね。里衣、これからはどうぞ、私の趣味に付き合ってくださいね」

爽《さわ》やかに歯を光らせ、優しい口調でとんでもないことを言ってくる。

「あ、ちなみにここの器具はすべて新品です。私の趣味で改造しただけの部屋なので、まだ誰ひとり入れたことがないのですよ。安心してくださいね」

私は一体どう安心したらいいのだろう。葉月さんの言っていることがわからない。とりあえず自分が大ピンチということはわかった。

いや、ピンチと言うのなら、私が接触事故を起こした時から、危険信号がピカピカと光っていた。しかし今はそれを凌駕《りょうが》して、もっと具体的かつ真剣なピンチだった。

だって『調教の相手になれ』なんて、無茶ぶりにもほどがある。

そんなことは、絶対にやりたくない！

それに、ろくに知識も持たない私が、この人を満足させられるとも思えない。

「む、無理だよ。私、ズブの素人《しろうと》なんだよ!?」

「知っていますよ。あなたがプロだったら、それはそれで驚きます」

くすくすと笑う葉月さん。どうしよう、どうやったら説得できるんだ。

「そうじゃなくて、私、こういう趣味ないし、そもそも興味もなかったから知識もないし。だから、あの」

「別に無理強《むりじ》いはしませんが、断るなら約束を違《たが》えたということで、あなたをお風呂に沈めますよ」

「……お風呂？」

キョトンと首をかしげると、葉月さんがニッコリする。

「風俗店で働いてもらうということです」

「ぎぇ!?　で、でも、絶対無理だよ！　だって、わかんないもん。こ、こんなのとか、あんなのとか、使い方とか全然わかんないし！」

必死に椅子やベッドを指さして喚《わめ》く私。しかし葉月さんは「え？」と意外そうに首をかしげた。

「使うのは私なんですから、あなたが使い方を覚える必要なんてありませんよ」

ごもっともな言葉に、私は言い訳を失って口ごもってしまう。

「い、いや、そうかもしれないけど……何より、こんなの付き合えって言われても、付き合えないよ！　わ、私、マゾじゃないし！」

調教されるってことは、鞭《むち》で叩かれたり、ろうそくを垂らされたりするんでしょう？　そんなの嫌に決まっている。世の中には、そういうことをされるのが好きな人がいるらしいけど、私は違う。痛いのも熱いのも嫌だ。

それなのに、何故か葉月さんはすごく嬉しそうに、満面の笑みを浮かべた。

「もちろん存じていますよ。逆にマゾに目覚めていたら困ります。全力で嫌がるから、楽しいんじゃないですか。泣きわめいて拒絶する相手を、無理矢理拘束して好き勝手するのがいいんですよ。やがて相手が快楽に目覚め、屈辱《くつじょく》の中でオーガズムに達する瞬間、私はカタルシスを感じるのです。だから、里衣は私に遠慮することなく嫌がってくださいね」

な、何を言っているんだろう、この人は。彼の言葉は半分以上が理解不能だ。

本当に、こんなオソロシイところで生活しなくちゃいけないの？

身体がガクガクと震え、半泣き状態の私に、葉月さんは菩薩《ぼさつ》のような微笑みを向けてきた。

「どうしても辞退なさりたいのでしたら、それでも結構ですよ？」

「で、でも、辞退したら、私は風俗店に売られるんだよね？」

葉月さんは、事もなげに「はい」と頷《うなず》く。なんてことだ。これは究極の選択である。

風俗店で金を稼ぐか、ここで事務職として金を稼ぎながら葉月さんの趣味に付き合うか。

はっきり言って、どっちも嫌だ。

しかしそんなことも言えずに、私はただただ震える。

すると葉月さんは、キャビネットを開き、黒い鞭《むち》を取り出した。葉月さんが振ると、鞭《むち》はピシイッとしなる。

「せっかくですから軽くウォーミングアップをしておきましょうか。あなたのことも、ちゃんと知っておきたいですからね」

鞭《むち》の先を軽くしならせながら微笑む葉月さんは、めちゃくちゃ怖い。

あと、ウォーミングアップって何？　調教用語？　違うよね。

私はじりじりと葉月さんから距離を取り、ついに壁にべたりと張りついた。

「ああああああの、ほら、あの、い、今はちょっとっ、ほら、夜ですし！」

「ええ。これから夕飯を食べて寝るだけですから、丁度いいじゃありませんか」

言い訳のチョイスを間違えたらしい。私は慌《あわ》てて方向転換する。

「丁度よくない！　あああ、あと忘れてたけど、ごはん食べたい！　お腹がすきました！」

「調教が終わったらごはんをあげますよ」

「ひぃ！　や、あの、ほら、桐谷さんたちが帰ってくるかもしれませんし……！」

「この部屋は防音になっておりますので、物音は階下に響きません。それから所員のことはまったく気にしなくて結構です。彼らは私の趣味を理解していますからね」

理解済み!?　つまり私がこういう目に遭《あ》うことを知っているのか。恥ずかしい！

いよいよ逃げ場がなくなって身体をこわばらせる私の前に、葉月さんがしゃがみこむ。そして下から覗き込むように私を見上げると、ツイッと胸元を、鞭《むち》の先でなぞってきた。

「さぁ、そこのベッドで横になってください。まずはあなたの身体を『点検』させてもらいますよ。もちろん抵抗なさっても結構ですけどね」

どうせ抵抗しても無駄なんだよね……

私は一分ほど悩んだあと、トボトボ歩いて黒い診察台――もといベッドに向かった。すべては自業自得なのだ。そもそも車をぶつけなければ、こんな悲惨なことにはならなかった。

私はしぶしぶベッドに上がる。横になると、葉月さんが鞭《むち》を持ったまま近づいてきた。

葉月さんは満面の笑みで、私の頬に鞭《むち》をピタピタと当ててくる。そして「いい表情ですね」と満足そうに言った。一体私はどれだけ怯《おび》えた顔をしているのだろう。

「さて、では脱がしますね」

「ままま、待って!?」

仕事着であるスーツの上着に手をかけられて、私は慌《あわ》てて葉月さんの手首を掴む。眼鏡がきらりと光り、彼は嬉しそうな顔をした。

「なんでしょう。もしかして自分で脱ぎたいのですか？」

「そそそそんなわけないっ！　そうじゃなくて、な、なんで脱がすの？　点検って、脱がないとだめなの⁉」

「当然でしょう。脱がなければ、何もはじまりません」

まじか。ウォーミングアップの時点で脱がなくてはいけないのですか。

脱がないといけないと思うと、急に恥ずかしさの度合いが上がる。それになんだか怖い。

「って、ああーっ！　すでに脱がされてる‼」

私がボヤボヤ考えている間に、葉月さんはスーツの前ボタンをはずし終え、ブラウスのボタンまではずしていた。なんて手が早いんだろう。

慌《あわ》ててブラウスの前を閉じようとすると、葉月さんはそれを制止するように、私の喉元《のどもと》にビタッと鞭《むち》を突きつけてくる。

「駄目ですよ。隠してはいけません。そう、手を下ろして。次に抵抗したら、拘束しますからね」

「……うう」

力なくだらりと腕を下ろす。抵抗しても状況を悪くするだけだ。どうしても無視できない抵抗感があるけれど、私は必死にその感情を抑え込む。

すると、葉月さんがくすくすと笑った。

「この程度で恥辱《ちじょく》を感じているとは、先が思いやられますね？　とっても楽しみです」

「っ、意地悪」

「ええ、そうですね」

葉月さんは細い鞭《むち》を手の内で回し、グリップをブラの下から差し込んだ。そしてグイッとブラを上にずらす。

「ですが、意地悪とはまた、可愛い表現ですね。はじめて言われましたよ」

葉月さんが何か言っているが、それどころではない。

だって、胸が露《あら》わになっているのが、恥ずかしくてたまらない。

「ささやかな胸ですね。もしかしてAカップですか？」

「失礼な、Bだよ！　そ、それに、寄せて上げたら、Cカップのブラも入るから！」

「最近の下着は詐欺ですよねぇ。黒部がガッカリおっぱいと名付けていましたよ」

黒部……あのホストっぽい茶髪男か。ガッカリおっぱいとはまた酷《ひど》い名付けだ。

葉月さんの鞭《むち》がゆるりと動く。鞭《むち》とは本来打つものだが、葉月さんはどうやらそれで私を傷つけるつもりはないらしい。ただ、硬い鞭《むち》の先で私の胸をなぞっていく。線を描いたり、乳輪の形を辿ったりを繰り返す。

気づけば私はこぶしを硬く握《にぎ》り、フルフルと小刻みに震えていた。

「もっと力を抜いてもいいですよ。今日は点検だけですし、何もしませんから」

裸を見たり、鞭《むち》で胸を弄《いじ》ったりすることは、私の認識では『何かしている』うちに十分入る。しかし、彼にとってはそうではないらしい。だとすると、点検が終わった後に何が待ち受けているのか——怖すぎて考えたくもない。

胸を鞭《むち》でつつき、本当に点検をするかのようにジッと凝視する葉月さん。

どうしても恥ずかしくて、顔を背《そむ》けてしまう。

「色白ですね。乳輪も綺麗な色をしていますし、形もいい。乳首がやや小さいですね。ここだけは少し幼い感じがします」

ツン、と胸の先端をつつかれた。びくりと肩を揺らし、目をぎゅっと瞑《つぶ》る。

「感度は今ひとつですね。もしかして里衣は、自分でここを弄《いじ》ったことがないのですか？」

「っん、ないよ、一度も」

「ふむ、開発してないのですね。ここはいわゆる性感帯のひとつですよ。いくらでも気持ちよくなれる場所です。ほら、今も少しずつ気持ちよくなっていませんか？」

「あっ」

つん、つん、と胸の尖《とが》りをリズミカルにつつかれる。そのたびに肩が揺れ、我慢したいのに声が勝手に出てしまった。

「はっ、んっ……やぁ……なんか、変な感じ。これが気持ちいい、の？」

戸惑いながら聞けば、葉月さんはわずかに片眉を上げた。そして鞭《むち》を持つのとは逆の手で、じかに胸を触ってくる。温かくて乾いた、大きな手。それが胸を覆《おお》い、ギュッと強く乳首を摘《つ》まんだ。

「いッ……！」

痛いと抗議したかったが、『次に抵抗したら、拘束』という言葉を思い出して、言葉をのみ込む。

「あなたは性感にまったく慣れていませんね。里衣の男性経験をお聞きしてもよろしいですか？」

「だっ、だんせいけいけん!?　そんなのないよ！」

「一度もないのですか？」

意外そうに目を丸くする。いや、まだ二十歳だし。この年なら、まだ一度も男の人と付き合ったことがないというのは、そう珍しいことではないと思うんだけど。

「一度もないよ。田舎《いなか》から都会に来て以来、ずっと仕事が忙しかったから、恋愛なんてする暇なかったし」

「なるほど。健全でわびしい社会生活を送られてきたのですね。つまり里衣は処女ということですか？」

「しょっ……！　ま、まぁ、そう、だけど」

顔に熱が集まるのを感じながら頷《うなず》く。なんでこんな恥ずかしい問答をしなくてはいけないのだ。

そもそも、調教に処女かどうかなんて関係あるのかな？

――その時、ニヤリと、葉月さんが薄く笑った。

それははじめて見る、酷薄《こくはく》で冷たい笑みだった。穏やかさや優しさなどの人間味のある要素をすべて削《そ》ぎ落としたような、うすら寒い笑顔。

「ふぅん？　それはまた都合がよい……」

葉月さんが、きゅ、と乳首が摘《つ》まむ。そして親指と人差し指で擦りはじめた。

「初心《うぶ》そうな娘だと思っていましたが、まったくの未開発だったとは。これは調教のしがいがありますね。ゆっくりと身体に教え込み、性の快楽を覚えさせましょう」

くすくすと笑う葉月さんの笑顔が怖い。

私は一体何をされて、どうなってしまうのだろう。得体の知れない不安が増していく。

「ほら、ここを擦ると気持ちがいいでしょう。この感覚を覚えてくださいね」

そう言いながら、葉月さんは私の乳首を擦り続ける。肌が粟立《あわだ》ち、ざわざわする気がするが、これが『気持ちいい』ということなのかは、よくわからない。

「ん、や……！　気持ち、いいっ？　なんだか、不思議な感覚しかしないけどっ」

「ええ。そのうち自分でも擦りたくなりますよ。乳首でイけるようになりましょうね。ああ、これからのことを考えると、すごくわくわくします。処女を散らす前に、できればクリトリスとGスポットの開発まで済ませておきたいですね。たくさん感じられるように、がんばりましょう」

葉月さんがにっこりと笑う。その笑顔は冷たいものではなかったので、少しホッとした。

でも、知らない単語ばかり出てくるし、彼の言っていることはやっぱりわからない。

するすると葉月さんの手が動き、腰のくびれをなぞる。そして私の膝をぐっと持ち上げた。スカートがめくれ上がり、ストッキングを穿《は》いた太ももが見えてしまう。

「あっ」

その上、足を開かせようとしてきたので、私は慌《あわ》てて葉月さんの手首を掴んで足を閉じる。

葉月さんがニィと嬉しそうに目を細めた。

「抵抗しましたね？」

「っ、や、これは、その」

「言いましたよね。次に抵抗すれば拘束すると」

「ご、ごめんなさい。だって、つい」

足を開けば下着が見える。もうすでに上半身は何も身につけていなくて、十分恥ずかしかったが、下半身はもっと恥ずかしい。

葉月さんは私の謝罪など聞く耳も持たず、寝台の四隅に垂れ下がっていた鎖を手に取る。

「ここで、はっきりと教えて差し上げましょうか。私は反抗的な人は好きですが、対応を甘くするつもりはありません。言葉だけの謝罪で許されると思ったら、大間違いです」

彼は笑顔のまま、短い鎖に繋がる手錠をがしゃりと開く。そして手際よく私の両手首に手錠をはめた。いわゆる万歳の体勢だ。

「開脚させたいので、足には枷《かせ》ではなくこちらを使いましょうか」

葉月さんはキャビネットの引き出しを開け、中から何かを取り出す。それから黒いガムテープのようなものを私に見せて、説明する。

「これは拘束テープと言いましてね。粘着剤が使われていないのですが、テープ同士はくっつく不思議な代物です。肌を傷つけずに拘束できる、便利なものですよ」

世の中にはそんな便利なテープがあるのか。もしかしてこういう趣味の道具って、種類が豊富なの？

そんなことを考えているうちに、葉月さんは私の膝を曲げ、手慣れた様子でクルクルと拘束テープを巻きつけてしまった。

拘束テープによってふくらはぎと太ももがぴったり合わさり、大きく足を開かれる。はたから見れば、私の姿はさぞ滑稽《こっけい》だろう。

しかしどんなに恥ずかしくても、手足を拘束されては身動きが取れない。

「あ、失敗しましたね。拘束する前に下着とストッキングを脱がせばよかった」

軽く照れ笑いをする葉月さん。その表情は可愛くて子供っぽいけど、やってることはとても酷《ひど》い。

「仕方がないので切りますね」

「切る？　って、ちょっ、まっ」

物騒なセリフにおののいていると、葉月さんはキャビネットから大きな裁《た》ちバサミを取り出した。

何を切るの？　まさかストッキングと下着をそれで切っちゃうの？

「や、やぁーっ！　やだぁ！　下着は切らないで！　だってそれ切ったら、私、穿《は》くものがない……っ」

手錠をがしょがしょ鳴らして揺らし、足を左右にブンブン動かす。しかしすでにシッカリと拘束されているから、ろくに抵抗できていない。

葉月さんはストッキングを摘《つ》まんで、容赦なくビリビリに引き裂いてしまった。

「ひぃ……。わ、私のストッキングが……」

半泣きになる私に構わず、葉月さんの興味は私のショーツに向かう。腰の左側にひやっとした金属が触れたと思った瞬間、シャキンといっそ涼やかな音を立てて、ショーツを切られた。右側も同じように切られ、ショーツはただの布きれと化す。葉月さんが布を引っ張ると、その布きれもあっけなく抜きとられてしまった。

「うう、酷《ひど》い……。パンツだって高いのに」

「後で用意して差し上げますよ。こんな色気のないものでなく、もう少しセクシーな下着をね」

いらない。私は普通の綿の下着がいい。だけどそんな要望は聞いてもらえないだろう。

意地悪ヤクザの葉月さんは、にっこりと微笑み、眼鏡の奥からジッと私を見つめる。

「さて、それではこちらもじっくりと点検させてもらいましょうね」

わざわざ宣言してから、私の膝を掴んであらためて大きく開かせる。秘所に指が添えられ、柔肉をぱっくりと開かれた。

恥ずかしくて声も出ない。唇を引き締め、震えながら羞恥《しゅうち》に耐える。

スー……と秘所に冷たい風を感じた。普段閉じているところが、外気を敏感に感じ取っている。

身体の震えがしだいに強くなり、歯はがちがちと音を立てた。手首に繋がれた鎖にも震えが伝わり、チャラチャラと鳴る。

身体に力を込めて耐えていると、秘所にツンと硬い何かを当てられた。

「綺麗な色をしていますね。ほら、このあたり、わかりますか？」

「っ、ん。見えないから、わかんないよっ」

羞恥《しゅうち》から逃《のが》れたくて、やけくそ気味に叫ぶ。すると葉月さんは「そうですよねえ」と笑った。

「じゃあ見てもらいましょうか」

「へ？　それってどういう……きゃあ！」

思わず悲鳴を上げてしまう。なんと、いきなりベッドが動き出したのだ。

てっきり普通のベッドだと思っていたけど、コレ、可動式だったのか……

「病院にこういうベッドがあるでしょう？　あれが便利そうだったので、特注で作ってもらいました。一見普通のベッドですから、動くなんて思わないですよね？　驚いてもらえて嬉しいです」

くすくすと笑って、いつの間にか手にしていた小さなリモコンを操作する葉月さん。

低い可動音と共に、背もたれ部分が上がっていく。両手は拘束されたままだから、いよいよ万歳のポーズになってしまった。

葉月さんは、キャビネットから四角い卓上ミラーを取り出し、私の足の間にコトンと立て掛ける。

「ひっ！」

目を見開き、身体をのけぞらせてしまう。鏡には私の秘所が映っていた。

かっと身体が熱くなる。こんなの見たくない。顔を背《そむ》けて目を瞑《つぶ》ると、私の頬にぴたりと何かが当てられた。

「駄目ですよ。せっかく私が見せて差し上げているのですから。ちゃんと見てください」

頬に触れる硬い感触。おそらく、先ほどの鞭《むち》の先端だろう。それを動かし、私の頬をさらりと撫《な》でてくる。

「だ、だって、こんなの……っ」

「私が言っているのですから、あなたは見なければならないのですよ。言うことが聞けないのなら、あなたの身体に直接教えてあげなければなりませんね」

「教える……って、何を？」

そう言った瞬間、ビュッと風を切る音がした。同時に、首のあたりに鋭《するど》い風を感じる。

驚きで目を開いて葉月さんを見ると、彼は不敵な笑みを浮かべながら鞭《むち》を構えていた。

「今のはわざと空振《からぶ》りさせましたが、まだ私の言うことが聞けないのでしたら打ちますよ。しつけも大事な調教ですからね」

「っ、そん、な」

「あなたは痛みに慣れていないでしょうし、最初は優しい鞭《むち》から教えようと思っていましたが……反抗するなら話は別です。私は、今、この鞭《むち》を振っても構わないのですよ。ちなみに、鞭《むち》には様々な種類がありまして、これは特別痛いほうです。下手に打てば肌を裂き、出血するでしょうね」

出血……血が出るの？　肌が腫《は》れるどころか、裂けちゃうような鞭《むち》なの？　それって、めちゃくちゃ痛いよね。

茫然《ぼうぜん》とする私をよそに、葉月さんはうっとりと鞭《むち》を眺《なが》める。そして心底愛《いと》おしそうに、黒い鞭《むち》をゆるりと撫《な》でた。

「鞭《むち》にはこだわりがありましてね。これは私が特別気に入っている鞭《むち》です。打たれたら、きっと、とても痛いですよ。裂傷は治るのに時間がかかりますから、数日痛みが続くでしょうね。けれど、私はあなたを苦しめたいわけではありませんから、綺麗に治して差し上げます。傷跡ひとつ、残さずにね」

くすりと笑う葉月さんの笑みは、どこか妖艶《ようえん》だった。でも、それ以上に凶悪だ。

——この人はやる。脅しじゃない。次に私が言うことを聞かなかったら、容赦なく鞭《むち》を打つ。

鼻がツンとして、目に涙がにじみそうになる。

しかし、ぐっと唇を結び、泣きたい気持ちを噛《か》み殺す。こんなところで泣きたくない。泣いたら負けだ。

私は屈しない。この人がどんなに意地悪でも、要求された金額分働けばいい。それまで我慢すればいい話なんだ。

自分自身にそう言い聞かせて、鏡を睨《にら》みつけた。

すると、葉月さんがくすくすと楽しそうに笑う。

「そんなに鬼気迫《ききせま》った顔で自分の性器を凝視する人なんて、はじめて見ましたよ」

「み、見ればいいんでしょ。なら、お望み通り見てやるわよ！」

「ふふ、その意気です。あなたは私が思っていたよりもずっと興味深い。気に入りましたよ」

いいえ、気に入ってもらわなくても結構です。嫌な予感しかしませんから。

顔を歪《ゆが》ませて鏡越しに自分の秘所を見つめていると、葉月さんが人差し指と中指で秘裂を開いてみせた。

思わず、ごくりと唾をのむ。はじめて見る私の秘所は、ピンク色でぬらぬらしていた。

「いいですか、里衣。私が今指で触れている部分が大陰唇、内側のここが小陰唇。ふたつとも性感帯があります。例えば大陰唇だと、このあたり……」

彼は二本の指で秘所を割りながら、鞭《むち》の先で大陰唇のフチをなぞってきた。

「ひゃ！」

びくんと腰が浮く。茂みを優しく分け、羽で撫《な》でるほどの力加減で、薄く線を描くように鞭《むち》を動かす葉月さん。

背中がぞわぞわして、なんとも奇妙な感覚がした。まるで身体中の産毛《うぶげ》を撫《な》でられているみたいだ。

「っ、んん、ふ……ぅっ」

「くすぐったい？　それとも、気持ちいいですか？」

「わ、かんな、はっ！」

次は小陰唇の部分に鞭《むち》の先が触れてくる。色が沈んだひらひらしたところ。その形を辿るように、鞭《むち》の先がスーッと動く。ぞくぞくした感覚が強くなって、腰の後ろが激しくうずいた。

「ん、あっ、そこはっ」

「少しずつ感度がよくなっているようですね。ちゃんと鏡を見ていますか？　あなたが感じているところはここですよ、ここ」

「やぁっ！　あの、何度もなぞらないで。み、見てるからぁ」

はっはっと息を短く刻みながら、鏡を見つめる。

指でぱっくりと開かれた小陰唇を、葉月さんは見せつけるように何度も鞭《むち》の先で撫《な》でてくる。

どうして？　とても恥ずかしいのに、時々うっとりした感覚に陥《おちい》る。これが気持ちいいってこと……？

「里衣。ここがクリトリスです。ほら、この小さな丸いところですよ」

「っ、く……くり、とりす？」

「ええ。ここが女性にとって一番敏感に感じるところなのです。だから強く刺激してやると……」

「あぁっ!!」

葉月さんが鞭《むち》の先でグリッと押し出すようにそこを突いてきて、身体中にビリビリした衝撃を感じる。思わず、膝をぎゅうっと閉じてしまう。

葉月さんはクスクスと笑って再び私の膝を開かせながら、「驚いたでしょう？」と眼鏡の奥にある目を細めた。

「ここはとても敏感なんですよ」

彼は笑顔で、さらに秘所の奥を開く。

「さて、いろいろ説明しましたが。ここが膣口ですよ。穴が空《あ》いてるでしょう？」

「え、あ……うん」

戸惑いながらも頷《うなず》く。鏡の向こうに見える秘所は、赤くぬらぬらしている。その奥に、小指サイズの穴が見えた。

「この奥にあるのが子宮です。性交をして精子が卵巣に着床すると、子供ができるところですね」

「ソ、ソウデスネ」

なんだか保健体育の授業でも受けているみたいだ。

私の相槌《あいづち》に微笑み、葉月さんは鞭《むち》の先で膣口の周りをくるりとなぞった。なんだかぞわぞわしたものが身体中に走る。

「あ……っ」

「ふふ、感じますか？　ここも性感の強い場所ですよ。他にもたくさんありますから、少しずつ教えてあげますね」
ツ、ツ、とリズムを取るように、鞭《むち》の先で膣口を優しく撫《な》でられる。そのたびに、じわじわした感覚が襲ってきた。なんだろう。むずむずする。身体中が少しずつ熱くなっていく。
「里衣の身体は素直でよろしいですね。少し愛液が分泌されているようです。ほら、鞭《むち》の先が濡《ぬ》れている。これはあなたが濡《ぬ》らしているのですよ。性器は気持ちよくなると濡《ぬ》れてくるのです」

「う、うん……。はぁっ……あ」

葉月さんが鞭《むち》の先を柔らかに動かし、閉じていた秘所の内側を、ツツ、となぞり、蜜口のそばでくるりと回る。

「は、ぁ……。う、んっ」

腰のあたりがじわじわしてくるこの感覚が気持ちいいということなのだと、本能が感じ取ってしまったようだ。

私自身が感じたくないと思っていても、身体が鋭敏《えいびん》に感じ取る。

「ん、は……ぁ、あっ」

葉月さんの鞭《むち》は止まらない。クリトリスのまわりをくるくると回り、縦に線を引くように、秘所の真ん中を割る。彼の指によってぱっくりと開かれた秘所を好きなように弄《いじ》られ、私の息は上がっていった。

恥ずかしくて堪《たま》らない。もうやめてほしいのにそれを口にするわけにもいかず、寝台に繋げられた短い鎖が鳴り響くだけ。

「あ、ああっ、ん、は……っ」

蜜口の大きさを計るみたいに鞭《むち》が円を描き、ゆっくりと何かを拭《ぬぐ》いとる。黒くしなやかな鞭《むち》には、ぬらりとした液体がついていて、ダウンライトに反射して光っていた。愛液と彼が呼んでいたもの。

葉月さんは手を止めることなく、濡《ぬ》れた鞭《むち》の先で色の沈んだひらひらしたところをなぞる。

「ひゃ、あ！　あ、んんーっ！」

びくびくと腰が震えた。拘束テープで固定された膝が笑い出す。

自分から分泌された液体は、少し粘り気を帯びていて、やたらと滑りがいい。ぬるぬると小陰唇のフチを撫《な》でられると、得《え》も言われぬ感覚が襲いかかってくる。

ぬちぬちと音を立て、私の蜜を塗りつけるみたいに、葉月さんは鞭《むち》の先で秘所を弄《いじ》り続けた。

「なかなかにいやらしい仕上がりになってきましたね。里衣もそう思いませんか？」

くすくすと葉月さんが笑い、小陰唇をめくって、そこにも蜜を塗りつける。

「おもわな……いっ！　あ、んんっ」

ぐっと奥歯を噛《か》みしめると、蜜口からとろりと液体がこぼれ出た。

「可愛らしい強がりですね。あなたの言葉に反して、ここはとても気持ちよさそうですけど？」

「こ、これは、私の意思じゃないっ！　きもち、よくなんか」

鏡から目をはずし、葉月さんを睨《にら》みつける。彼はそんな私を、うっとりと愛《め》でるように見つめ返してきた。

「――いいですね、その反抗的な表情。何がなんでも屈服させたくなります」

「性格、悪い……っ！」

心からの悪態をつくと、葉月さんはすっと私の顔に、自分の顔を近づけてきた。その至近距離に、私はヒュッと息をのむ。

「あなたは、初日から私を煽《あお》るのがうまいですね」

くく、と低く笑う声。ぬちゅりと、鞭《むち》ではなく彼の指が、秘所の割れ目を滑る。

「あ、やぁっ、ああっ！」

ダイレクトな指の感覚が、ゾクゾクした身体の痺《しび》れに拍車をかける。チャリリと鎖が鳴り、ぐっと強くこぶしを握《にぎ》った。

葉月さんは身体を起こし、とろとろとこぼれる蜜を指で掬《すく》い取る。

「指で軽く撫《な》でただけなのに。本当に里衣の身体は可愛いですね」

「う、うぅ……」

眉を下げる私を楽しそうに見下ろして、彼は再び鞭《むち》の先で秘裂を割り、ぬらりと撫《な》でた。

ちゅっ、ちゅく。小さな粘ついた音が聞こえてくる。

気持ちがいいって認めたくない。でもそう頑《かたく》なに思い込んでいる時点で、私は――

ちゅ、る。葉月さんがその細長い鞭《むち》を、そっと膣口の中に差し込む。

「……あっ、あっ……！　なかに、あっ、入れるの……？」

「今は入り口だけ、ね？　この奥に、もっと気持ちよくなるところがありますよ。これから知っていきましょうね」

葉月さんは嬉しくて仕方がない、といった表情で言ってくる。そのとろけるような笑みを見て、私はなぜか素直に頷《うなず》いてしまった。

「……う、うん」

膣内でクルリと鞭《むち》を一周させ、彼はそれを抜く。そして愛液を指で拭《ぬぐ》い取り、一舐《ひとな》めした。

「今日はこのくらいにしておきましょうか。初日にしてはなかなか楽しめましたよ、里衣」

ニッコリと笑って、ウォーミングアップ終了を告げる葉月さん。

初日からとてもハードな彼の『趣味』に付き合う時間は、ようやく終わった。


その後、リビングに戻り、ミニキッチンのそばにあるテーブルに向かい合って座る。

そして葉月さんは仕事の話をはじめた。

「さて、趣味にかまけていたせいで、すっかり遅くなってしまいましたね。時間もないことですから、仕事の内容については軽くお伝えします」

葉月さんは淡々とした様子だけど、私はスカートの中が気になって仕方ない。彼にストッキングとショーツをダメにされてしまったせいで、スカートの中がやたらとスースーするのだ。

「あの、話をする前に、下着をなんとかしたいです。一瞬でもいいからアパートに帰らせてください。私、着替えも下着も……何もかも持ってないんですよ」

泣きそうになりながら要望を伝える。

しかし葉月さんは、笑みを浮かべたまま人差し指を左右に振った。

「すみませんが、今日はそのままで過ごしてください。明日には用意して差し上げますから」

「な、なぜ……明日……」

「何せ急なことでしたからねぇ。さすがになんの準備もしていないのですよ」

そうじゃなくて、どうして着替えを取りに戻ることすら許してくれないのか。

再度お願いしようとするが、葉月さんはそれを遮《さえぎ》るように話を続けた。

「明日からの仕事ですけど、とりあえず事務所を掃除してもらえますか。あの通り汚いでしょう？今まではお客さんを招くのもやや気が咎《とが》めていましてね。もう少し綺麗になるとありがたいです」

「あぁ……、汚いのは自覚してたんですね」

「ええ。それから会社の業務内容を説明しますので、電話番もお願いします。ほかの仕事はおいおい教えますね。ちなみに、事務職をなさったことは？」

「営業の合間に見積書や報告書の作成程度なら、やっていました」

私の返答に、葉月さんは「それで結構です」とニッコリする。

「基本的には、そういった仕事の延長ですので。では明日からお願いしますね」

私は「はぁ」と生返事をするしかない。葉月さんの中では、私がここで働くことはもうすっかり決定事項のようだ。

しかし私はまだ諦め悪く、心の中でひそかに社長を応援していた。

葉月さんの指令のもと、桐谷さんたちが何かよからぬ行動をしているのはわかっている。

社長のことは大嫌いだけど、彼がやりこめられてしまっては困るのだ。頼むから、へこたれるんじゃないぞ、社長。がんばれ社長。

桐谷さんたちが何をしでかすかはわからないが、社長ががんばって彼らの鼻をあかしてくれれば、私にも光明が見えてくる。自主的にここから逃げ出すのは危険でも、向こうから救出してくれる分には問題ない。誰かが私の存在を思い出し、警察に電話してくれたら、今度こそ救いの道が開ける。

私がそう願っていると、葉月さんはガタリと椅子を鳴らせて立ち上がった。どうやら先ほどの内容で話は終わりらしい。

つられて見上げると、彼は眼鏡のブリッジを押し上げながら優しく微笑む。

「お腹がすいたでしょう。あなたの夕食を買ってきますので、今日のところはゆっくりくつろいでいてください。シャワーなどは自由に使って結構ですよ。今日からここが里衣の部屋でもあるのですからね」

人を拉致《らち》・軟禁した上に、自分の悪趣味に無理矢理付き合わせておいて、ゆっくりおくつろぎくださいとはどういうことか。こんな状況でおくつろぎできるわけないじゃないか。

心の中ではくさくさしつつ、「はい」と頷《うなず》く。

お腹はすいているのだ。ここで反抗的な態度をとって、「じゃあ、ごはんはいりませんね」なんて言われたら、倒れてしまう。体調を万全にしておくに越したことはない。

私の返事に葉月さんは満足そうに頷《うなず》き、部屋を去った。

しばらくして、私は出入り口のドアをソロッと開けてみる。照明のない階段は真っ暗闇に包まれていて、妙な恐怖を感じてカチャンと閉めた。

一瞬、『今すぐにここから逃げ出す』という選択が頭をよぎる。しかし葉月さんの言葉を思い出した。警察に保護されたとしても、捕まえる。その時は、逃げ出せないように処置をして監禁する――そう言っていた。

単なる脅しだ、と一笑に付《ふ》そうとしたが、できない。

この日本という国で、人間ひとり見つけるのにどれくらいの労力がかかるのか、わからない。でも、彼らにとってはそれほどの苦労ではないだろう。それになんとなく、絶対に私は見つかってしまう気がしたのだ。

……逃げられない。

ここから平和的に去るには、葉月さんの悪趣味に付き合いながら仕事をするのが一番。数年かかっても、望み通りの金額の支払いを終え、彼との縁を切るべきだ。今逃げるのは、得策じゃない。

それに、助けが来るかもしれないという一縷《いちる》の望みもある。

私はシャワーを使い、身体を綺麗に洗った。着る服がビジネススーツしかないので、仕方なく再び袖を通し、きゅるきゅると鳴るお腹を押さえながらベッドに座る。

「はぁ」

ため息をついてベッドに倒れこむ。

これからどうなるんだろう。事務仕事をするのはいいけれど、葉月さんの趣味には、正直ついていけない。流されるままに『点検』されてしまったが、私はすでにキャパオーバーである。今後さらにレベルアップしていくことを思うと、勘弁してもらいたいというのが本心だ。

――普通はこういう時、『家族が心配する』などと考えたりするのだろうか。

だけど私には、そんな風に思う人は、もういない。

「おじいちゃん……」

ぼうっと天井を見上げる。灰色で、なんの飾り気もない天井――知らない天井だ。

ベッドに染みついた、他人の匂い。

横になっていると、唐突に睡魔が襲ってくる。お腹はすいていたけど、それ以上に疲れていた。何も考えたくないし、これからのことを想像したくもない。そんな思いが強すぎたのかもしれない。

急速に、意識が夢の中に落ちていく。

眠りにつく間際、悪夢を見るかもしれないと思ったが――意外にも夢の中で私は笑っていた。

田舎《いなか》にある実家で過ごす夢。私はそこで、崩れ落ちそうな藁《わら》ぶき屋根の下、縁側に座っておにぎりを食べている。おじいちゃんは当たり前のように隣に座っていて、まるで元気づけてくれるみたいに微笑んでいた。

第二章

ぐーぎょろぎょろごろごろ。

……自分の腹の音で目覚めるなんて、生まれてはじめてだ。うっすらと目を開けると、かなりまぶしい。カーテンのない磨《す》り硝子《がらす》の窓から、爽《さわ》やかな朝日がさんさんと差し込んで、ベッドにいる私を照らしていた。

ぐーぎょろーぐーごろごろ。

腹の虫がひっきりなしに鳴く。一食抜いたくらいで死にはしないが、お腹がすいてまったく力が出ない。由々《ゆゆ》しき事態だ。

そういえば今までの人生、何があっても私は三食しっかり食べていた。おじいちゃんの葬式でさえ泣きながら弁当を食べていたのに、こんなところでごはんを食べ損なう日が来るなんて。

うるさく鳴る腹を押さえながら起き上がると、少し離れたところから忍《しの》ぶような笑い声が聞こえた。

「おはようございます、里衣」

「……う、おはようございます……」

昨日と違うネクタイを締めた葉月さんがダークスーツに身を包み、椅子に座っている。彼がひじを置いている小さなテーブルの上には、白いビニール袋がひとつ。彼はその中からコンビニ弁当を取り出した。

「ごはん、食べますか？　冷めてますけど」

「食べます!!」

バッとベッドから下り、テーブルまでの数歩を一瞬で移動する。力はないが、食べ物に対する執着心が体力を上回ったのだ。

椅子に座ると、目の前にコンビニ弁当が置かれる。幕ノ内だ。お箸を持ち、いただきますと手を合わせてからラップフィルムを破り、フタを開ける。

葉月さんは缶コーヒーを手に、私を見てくすくすと笑った。

「寝ている間もずっとお腹が鳴っていましてね。可哀想にと思いましたけど、なんだか笑いが止まりませんでした」

「だって夕飯、食べて、なかったんだもん」

もぐもぐと日の丸ごはんを咀嚼《そしゃく》する。しなっとしたエビフライにソースをかけて、甘い卵焼きをひとつ、口に放り込んだ。

おいしい。冷めたコンビニ弁当が、こんなにおいしいと思う日が来るなんて……悲しい。

心の中で嘆《なげ》きながら、葉月さんに話を向ける。

「そういえば葉月さん、何してたの？」

「あなたを眺《なが》めていたんですよ。昨夜、弁当を買って戻ってきたら、あなたは寝ていましたのでね。

起きたら食べるかな、とテーブルに置いて出かけたのです。でも帰ってきてもまだあなたはお腹を鳴らしながら寝ていて、なんだかおもしろかった」

ふふ、と軽く笑って缶コーヒーを持ち上げる葉月さん。

私は鮭の骨を取りつつ、葉月さんを見た。

「眺《なが》めてって、いつ帰ってきたの？」

「一時間ほど前ですかね」

「一時間……も、私を見ていたの？」

「はい」

彼は目を細めて頷《うなず》く。私はなんだかいたたまれない気持ちになって、モソモソと焼鮭を食べた。

寝顔を見られていたのも嫌だけど、腹の音を聞かれていたことのほうが嫌だ。

そんなことを思って、はっとした。

「……って、葉月さん、もしかして寝てない？」

「ええ」

「ええ、って。眠くないの？」

「一日寝ないくらいではなかなか。まぁ、後で仮眠は取りますが、まだ仕事が残っていますのでね。一応、眠気覚ましの気分でコーヒーを飲んでいるのですよ」

徹夜が平気なんてすごいな。でも、朝まで彼は一体何をしていたのだろう。

ごはんを食べていると、葉月さんがペットボトルのお茶を渡してくれる。私は素直にお礼を口にして、キャップを開けた。

ごくごくと緑茶を飲んで、ぷはぁと息をつき――ようやく、彼が徹夜した理由に思い至る。

「そうだ！　は、葉月さん、私の会社はどうなったの！　何かよからぬことをしてたんでしょう⁉」

「よからぬことってなんですか。いち市民として当然のことをしただけですよ」

いち市民とはほど遠い葉月さんが、何か言っている。丁度お弁当を食べ終えた私に、缶コーヒーをくれた。

「結果だけを話すと、やはりあの会社はなくなりましてね。まぁ、正確に言うと、これからなくなるのですけど」

「……どういうこと？」

「多額のカネが横領されていると聞いたフランチャイズ本社が、さっそく調査に乗り出したようです。いや、仕事が速いですね」

他人事《ひとごと》のように話しているが、本社に情報を流すように指示していたのは、葉月さんだったじゃないか。

「しかし横領犯はすでに内縁の妻と逃げています。本社はほどなく警察に任せるでしょう」

「……で、葉月さんはどこまで関与したの？」

缶コーヒーのプルタブを開けながらジトリと睨《にら》むと、彼はおどけたように肩をすくめる。

「大したことはしてませんよ。黒部に告発を頼み、女の居場所を桐谷が押さえて、私がちょっと脅かしただけです。彼女はすぐさま男に連絡をして、逃げる算段を立ててくれましてね。あとはちょっと小金をいただいて、逃亡のお手伝いをしました」

「逃亡の手助けまでしたの⁉」

「あの男が捕まると面倒なんですよ。あなたがいないことを不審がって探されたり、捜索願なんか出されたりするかもしれない。こういったことは、混乱のうちにすべての手筈《てはず》を整えておくのが定石《じょうせき》です。あ、会社のほうは税理士に破産手続きのお願いをしておきましたよ。社長自《みずか》ら電話をしてくれましたからね。今頃、大慌《おおあわ》てで動いているでしょう」

これで一件落着ですね、と言わんばかりに笑いかけてくる葉月さんに、長いため息を返す。

本当に一晩のうちにすべてを終わらせてしまうとは……。恐るべき謎の調査力と行動力。葉月さんたちはその手の仕事が得意なのだろう。

――もし私が逃げても、彼は昨日の言葉通り、確実に私を捕まえるに違いない。

ぞくりとして身を震わせる。

私は本当に、逃げられないところまで来てしまったのかもしれない……

朝食後、仕事をはじめる前に給料体制について聞いてみたら、葉月さんから驚くべき話が明かされた。

月給十三万円。それが私に支払われる給金だった。

ちなみに手取りではない。そこから税金だのなんだのと引かれて、手取りはさらに少なくなる。

前の勤め先はサービス残業が当たり前で、休日返上も日常茶飯事《にちじょうさはんじ》。その上、社長のパワハラモラハラがまかり通るブラックな会社だったが、それでもお給料はここより多かった。

この給料から生活費を出しつつ七百万を支払うなんて、相当なことである。葉月さんは笑顔で「慰謝料の支払いは月十万円でいいですよ」と言ったが、それでは、七百万円分支払うのに六年もかかってしまう。

そんなに長い間、ヤクザに囲まれる職場環境で、さらに葉月さんの趣味に付き合わなきゃいけないなんて。

まさしくブラックだ。私はブラック企業からブラック企業に転職したも同然なのだ。

汚い事務所の掃除をしながら、私は懸命に策を講じる。

「無理だ。何か対策を考えないと。とりあえず銀行に三十万はあるから、それを下ろして。残りのお金を月十万で払って……って、ほとんど焼け石に水じゃない。どうしよ……」

はぁ～、とため息をついて、事務所のデスクを雑巾《ぞうきん》で拭《ふ》く。

朝の事務所は静かだ。窓を開けて空気を入れ替えると、爽《さわ》やかな春の風が頬を撫《な》でる。

男所帯が原因か、それとも単に綺麗好きがいないせいか、あらためて見た事務所はめちゃくちゃ汚かった。土足だから土埃《つちぼこり》が溜まっているし、埃《ほこり》が固まってこびりついている。蜘蛛《くも》の巣まで張っていた。

よくもまぁ、こんな環境で仕事なんかできるものだ、とむしろ感心するレベルだ。前の会社もボロ屋を改築したものだったから、築年数相応の汚さはあったけど、事務員さんが毎日掃除してくれていたおかげで清潔感はあった。

ぶつぶつ文句を呟《つぶや》きながらバケツの水で雑巾《ぞうきん》を洗うと、真っ黒に染まっていく。

今この事務所にいるのは私だけだ。

葉月さんは私が掃除をはじめる前に出かけていった。他の人たちも顔を出さないし、もしかして、普段はこの事務所には人がいないのだろうか。

ホウキで天井の蜘蛛《くも》の巣を払いながら、今後のことを考える。

葉月さんの趣味にはついていけないけど、それ以外なら住み込みの事務員と考えればいい。家賃や光熱費は免除してもらえるらしく、私がお給料から支払うのは食費だけだ。お金を払い終えれば、必ず解放される。

「そう。長い人生で考えたら、六年なんて短いものだよ。大丈夫、痛い勉強料だと思えば……。痛すぎるけど……。はぁ、なんでよりにもよって私、ヤクザの車にぶつけちゃったんだろう」

嘆《なげ》いてしまうが、事故を起こしたことは完全に私が悪い。これから、運転する時は本当に気をつけよう。

心の中で決意し、バケツの水を替えに行く。洗面所で汚れた水を流し、バケツを軽くゆすいでから綺麗な水を溜める。ザー……という音を聞きながら、洗面台の鏡を見つめた。

事務服の白いリボンタイが曲がっていたので、整える。

私が今着ているのは、どこかで見たことがあるような事務服。白いブラウスにリボンタイ、ピンクのカーディガン、ネイビーの膝丈スカートという装《よそお》いである。ちなみにストッキングは穿《は》いておらず、素足だ。

この事務服は、葉月さんがでかける前にくれた。こんな状況に陥《おちい》っても、真新しい匂いのする服を着られることはちょっぴり嬉しい。

鏡の前でにっこり笑ってみる。鏡の中の自分は、普通に仕事をしている社会人に見えた。

しかし、今の私には重大な欠損がひとつある。

下着がないのだ。

こんな服を用意しておきながら、どうして肝心の下着を買ってくれなかったのだろう。

あの人がうっかり忘れたなどありえない。絶対確信犯だ。下着がなくて困る私を見て楽しむために用意しなかったに決まっている。

まったく性格悪い……！

憤《いきどお》りをこめながら雑巾《ぞうきん》でゴシゴシと机を拭《ふ》く。三回拭《ふ》きなおしたら、ようやく本来の綺麗さを取り戻してきて、ちょっと心の中がスッとした。

机やキャビネットを拭《ふ》き終えると、事務所の床をホウキで掃きはじめる。

「ホウキで掃いてから掃除機をかけて、モップをかけて、乾拭《からぶ》きして……数日かかるだろうなぁ」

端のほうまではまだ手が回らないけど、調子よくいけば数日で床は綺麗になるだろう。

掃除は単純作業だ。一度集中すれば、余計なことを考えずに熱中できる。現実逃避とも言えるけれど、ひとまず薄給とか今後の不安とかすべてを忘れて、ひたすら掃除した。

開け放《はな》った窓から、学校のチャイムのような音が聞こえてくる。

ふと壁にかけられた時計を見上げると、丁度正午を指していた。

「あれ、もうお昼？　夢中になってやってたら、すぐだったな」

小さくため息をつく。土埃《つちぼこり》を集めて、キリのよいところまでやってしまおうと、ホウキを動かした。

「廊下も掃いておきたいなぁ。あとはトイレと洗面所も掃除して……」

「おや、これはまた、思っていたよりも綺麗になりましたね。ちょっと感心しましたよ」

唐突に声をかけられる。振り向くと、そこには茶色い紙袋を手にした葉月さんが立っていた。

「あ、葉月さん。おかえりなさい」

「ただいま、里衣。ちゃんと仕事をしていたのですね、えらいですよ」

「まぁ、一応雇われたんだから給料分は働くよ。……薄給だけど」

「すみませんねぇ」

葉月さんは照れたようにははと笑う。口では謝りつつも、悪いとは思っていなさそうだ。こういう確信犯なところが本当に悪党――

「って、そうだ、確信犯!!」

「確信犯？」

キョトンとする葉月さん。私はホウキとちりとりを床に置くと、ずんずんと勢いよく葉月さんに近づいた。

「は、葉月さん！　あの」

「そういえば里衣、その制服、似合ってますよ。昨夜急ぎで用意しましたが、サイズもぴったりですね」

「えっ、あ、どうも。……じゃなくて、パンツをください！　昨日、葉月さんが私のパンツを切っちゃったせいで、ずっと居心地が悪いんだから。財布も返してくれないし、買い物にも出かけさせてくれない。ないないづくしの状態に私を追い込んでいるんだから、せめて必要最低限の下着くらい、最優先で用意してください！」

出鼻をくじかれたが、なんとか要望を伝える。すると葉月さんは紙袋を軽く持ち上げた。

「そう、里衣が困ってるだろうなぁと思って、下着を買ってきたんですよ」

「うん。全力で困ってたよ。買ってきてくれてありがとう」

はい、と手を差し出す。しかし葉月さんはニコニコと笑うだけで紙袋を渡してくれない。

「そこのデスクに座ってください。私が穿《は》かせて差し上げますから」

ゴチンと、岩が降ってきたくらいの衝撃を受けた。

ええと、この人はまた何を言いはじめたのだろう？　わたしがはかせてさしあげる？

言葉の意味を理解して、私は思い切り首を横に振って後ずさった。

「……いっ、いっ、いい、いらない！　遠慮！　ご遠慮ください！」

慌《あわ》てすぎて言い間違えた気がするが、とにかく拒否の意図が伝わればいい。

「デザインも可愛いですから、きっと気に入ると思いますよ。そこのデスクに座ってください」

「パンツくらい自分で穿《は》きたいよ！　な、なんでわざわざ」

「いいからそこのデスクに座ってください。このままだと、みんなが帰ってきますよ？」

「え？」

いつの間にか、私は壁に背をべったりと張りつけていた。逃げ場なしの大ピンチだ。

葉月さんが涼しい顔で眼鏡のブリッジを押し上げる。

「あなたが拒否しようが暴れようが、私は力づくでもあなたをここのデスクに座らせて、下着を穿《は》かせます。このまま押し問答を続けるなら、みんなの前でね？」

「うぅっ!?」

「ああ、もしかして見られたいのですか？　でしたら、みんなにあなたの恥ずかしいところをお披《ひ》露目《ろめ》して、品評会を開きましょう。きっと様々な感想が出ると思いますよ。下着はその後に」

「あうあー！　わかった、穿《は》かせてもらう！　座る！　座ればいいんでしょ！　このキチク！」

「ええ、よく言われます。話が早くて助かりますよ」

私の罵《のの》りなどサラーッと流して、「さぁ」と事務所のデスクを手のひらで示す葉月さん。

私はしぶしぶスチールデスクにお尻をのせた。葉月さんひとりに見られるのと、所員全員に見られるの、どっちがマシかと言われたら前者しかない。

本当はどっちも嫌だけど、拒否したら下着すらもらえずに過ごすことになる可能性もある。それだけは避けたかった。

私の前に葉月さんが立ち、手に持っていた茶色い袋をデスクに置いた。

「では、片足を上げて、私の肩にかけてください」

葉月さんが肩を貸すように前屈《まえかが》みになる。私は仕方なく片足を上げた。するするとスカートがめくれあがり、羞恥心《しゅうちしん》が膨《ふく》らんでいく。それをぐっと我慢して、膝を肩にかけた。葉月さんが秘所に視線を向け、ゆっくりと太ももを撫《な》でてくる。

「さて、軽く慣らしておきましょうか」

慣らすって、何を？　疑問を口にする前に、葉月さんは動き出した。さわさわと太ももを撫《な》でていた手が内ももに移動し、人差し指が秘所に触れてくる。

「ひっ、ひゃあっ」

びくんと身体が震える。葉月さんはくすくす笑って、人差し指の爪の先でゆっくりと円を描くように恥部をなぞった。

恥ずかしくて俯《うつむ》いていると、弾力を確かめるみたいに、二本の指でふにふにと押し込んでくる。

「恥ずかしいですか？」

「っ、うん、恥ずかしい、よ」

「そうですね。いつ所員が戻ってくるかもわからないですし。こんなところを見られたら――どうなるか、ちょっと気になりますね」

「ならないっ……！　言うこと聞いてるじゃない。早くパンツ穿《は》かせてよ……っ」

かすれた声で懇願《こんがん》し、首をフルフル横に振る。どうしてこの人は意地悪なことばかり口にするんだろう。顔は『いい人』を絵に描いたような好青年に見えるのに。

「ふふ、あなたが恥ずかしがる表情は、思っていたよりもずっと可愛らしい。妙にクセになるんですよね。その羞恥《しゅうち》の表情を見るとすごく……いじめたくなってしまうのです」

「何、それ。まったく嬉しくない……っ、あっ、んん！」

突然、びりりと背中に衝撃が走った。彼の人差し指が秘裂のふちに移動し、ひらひらした部分を軽く指で摘《つ》まんだのだ。そして、親指でそっと撫《な》でてくる。

じわじわと湧き上がってくる快感はとろけるようで、つい身体の力が抜けてしまう。

「まずはその頭にしっかりと官能を教えてあげますね。ほら、ここを弄《いじ》ると気持ちいいでしょう？」

「やぁ……んっ……」

思わず甘ったるい息を吐き、両手で宙を掻く。「掴まっていいですよ」と耳元で囁《ささや》かれ、私は素直に葉月さんの首に腕をかけた。

秘裂のふちを弄《いじ》っていた指が、割れ目に移動していく。人差し指でゆっくりと擦り、膣口からトロリとこぼれる蜜を掬《すく》って、少しずつ潤《うるお》いを広げる。

ぬちゃ、くちゅ、くちゃ、ぬちゅ。

粘ついた音が事務所に響く。

恥ずかしさと気持ちよさで、頭がぼんやりする。

昼間から何をしているんだ、と冷静に思う自分もいる。――こんな男の肩に、足をかけて。脅されているにもかかわらず、みだらな気持ちになって。けれど与えられる快感のせいで、口から出てくるのは甘い声だけだ。

「っ、ふ、ぁあ……っ」

「濡《ぬ》らした指でクリストスを優しく触ると、気持ちいいでしょう。慣れたらもっとよくなりますよ」

濡《ぬ》れた指の腹で、小さな円を描くようにクリトリスを弄《いじ》られる。

「っ、あぁあ……っ！」

それは身体中がぞくぞくするほど気持ちよく、お腹の奥をきゅんとうずかせた。

どうしよう、これは、すごく気持ちがいい。

「は、っ、はづき、さん……。私、なんだかここが、おかしい、の」

「どこがおかしいのですか？」

「葉月さんが、弄《いじ》ってるところ……。んっ……変に、かゆくて」

はぁはぁと息を吐き、腰を浮かせる。葉月さんが秘所を弄《いじ》るたびに、妙な気分になってくる。

気持ちがいいけど、それだけじゃなくて、言葉にできない感覚が襲ってくるのだ。

すると葉月さんは眼鏡の奥にある目を細め、「そうですか」と呟《つぶや》く。

「里衣、それは欲しがっているのですよ。あなた自身がね」

「ほしい……？」

「ええ。そこをいじめてほしいと、あなたの本能が訴《うった》えているのです。ほら、ここを弄《いじ》ってもらいたかったんでしょう？」

葉月さんの指が、ツツと移動する。クリトリスから膣口へ。そして、もったいぶるように時間をかけて、ちゅくっと音を立てながら少しずつ人差し指が膣内に入っていく。

「まだ奥までは入れませんよ。入り口だけ。でも、それくらいが今のあなたには丁度いいでしょう」

「ん、あ。あぁ……、は、葉月さん……っ」

「気持ちいいですか？　もっとしてあげましょう。ですが里衣、今日は特別ですよ。これからは自分で言わなければなりませんからね」

「っ、ど、どういう、こと？　っ、……ん、あぁっ……っ！」

葉月さんは、膣口の入り口で人差し指をクルクルと回す。時々第一関節まで挿入しては、指の腹で膣の内側を細かく擦ってくる。

自分でもわかるほどに、蜜がとろとろと溢《あふ》れていた。開いた足の間から内ももを辿り、ぽたりぽたりと床に小さなしみを作る。

「気持ちいいこと、してほしいこと。あなたはそのすべてを口に出さなければなりません。言わなければ、しつけをします」

下半身を弄《いじ》る手はそのままに、反対の手がプツリとブラウスのボタンをはずす。そして服の隙間から手を差し込むと、ブラの中におさまった乳首を摘《つ》まみ、容赦なくギュッと潰《つぶ》してきた。

「——いっ！」

「無駄に痛いことをされたくなければ、ちゃんと返事をしなさいね？　あなたはこれから、どんなに恥ずかしくても、ちゃんと口に出して言うのです。さぁ、今はどこが気持ちいいのですか？」

乳首を強く潰《つぶ》されるのは痛い。だけど膣口を弄る指は優しくて、丁寧だ。

私は痛みから逃げるように葉月さんの耳元で喘《あえ》いだ。

「ち、膣口を弄《いじ》る……んっ、葉月さんの指が、気持ちいいの……」

「ふふ。出会ってまだ二日なのに、他人も同然な私にこんなところを弄《いじ》られて感じているなんて、里衣はなかなかのスキモノですね。ですが、そういう娘は好きですよ。……いやらしくてね」

彼は酷《ひど》い言葉で私をなじり、クリトリスをキュッと摘《つ》まみ上げる。

「あっ、ン！」

「今日はこれくらいにしておきましょうか。そうそう、下着をつけないと。忘れるところでした」

葉月さんがデスクに置きっぱなしになっていた茶色い袋を開ける。そこから取り出されたのは、待望の下着だ。……しかし、ひとつ、問題があった。

デザインと、素材が、おかしい。

「え？　そ、それ、つけるの？　私が？」

「ええ。何か問題でも？」

「問題っていうか、あの」

私が戸惑っている間に、葉月さんは私に下着をつけてしまった。股の間にレースの布を当て、布についた細い紐《ひも》を腰で結ぶ。しかし秘所を隠す部分が、泣きたくなるほど少ない。

——その下着は総レースで、陰部が透《す》けた白い紐《ひも》パンだった。

「ああ、可愛い。似合いますよ。写真を撮りたいくらいです」

「や、やめてよ！　どうしてこんな恥ずかしいもの……。大体こんなの、どこで買ったの⁉」

「知り合いの店で買ったんですよ。他にもいろいろありましたので、替えの下着も用意して差し上げますね」

いらない。御免こうむる。

こんな下着、ノーパンの時とほとんど変わらない。せめてアパートにある下着一式を取りに戻らせてほしい、と切実に思った。


葉月さんによるハズカシイ下着装着が終了して、数分と経たないうちに、廊下から複数の足音が響いてきた。床を拭《ふ》いていると、ガチャリとドアが開く。

「あれーっ、なんか事務所がこざっぱりしてるっス！」

最初に入ってきたのは黒部さん。昨日はホストみたいな恰好をしていた人だが、今日は柄《がら》シャツにジーンズというラフな服装だ。そして大きな段ボール箱を抱えていた。

「里衣ちゃんが掃除したのか。やっぱ女の子が入ると違うね。次に親父《おやじ》さんが来たら、びっくりするんじゃない？」

そう言って、からからと明るく笑ったのは曽我さんだ。今日もサングラスをかけ、ビタミンカラーのアロハシャツを着ている。

曽我さんの後ろから、黙って入室してきたのはフードを被った滝澤さん。腕にはスーパーの袋をいくつか下げ、平べったいピザの箱を手にしている。

そして最後に入ってきたのは、スキンヘッドの桐谷さん。

「へぇ。床を掃除しただけでも変わるモンだな。おい、昼飯にするぞ」

桐谷さんが顎《あご》をしゃくると、滝澤さんが応接テーブルにビニール袋とピザの箱を置いた。半透明のビニール袋を見ると、お弁当らしきものが透《す》けている。

そういえば……お昼ごはんって、私の分はあるのだろうか。

なんとなく嫌な予感を覚えつつ、こっそり横目でコンビニ弁当を数えてみる。いち、に、さん、し……ご。

桐谷さん、曽我さん、黒部さん、滝澤さん、そして葉月さん。合計五人。……ということは、私の分は、ない？　昨日は葉月さんが買ってきてくれたけど、あれは特別なことだったのか。

お財布も携帯も奪われて、しかも外出も許されていない。私はこれから、どうやって食べていけばいいのだろう？

しょんぼりと俯《うつむ》いた瞬間、きゅるるるーとお腹から音がした。事務所の中で、その音はやけに響いて聞こえる。

「……クッ」

誰かが堪《こら》え切れないといった声を漏《も》らした。見れば、応接ソファに座っていた黒部さんが肩を震わせている。

もしや私のお腹の音を笑ったのだろうか。……ごはんをくれないくせに。

私がむっとして顔を歪《ゆが》めた途端、まるで堰《せき》を切ったように事務所が笑い声に包まれた。

「あははははっ！　ほんと、面白いくらい正直な反応だなぁ」

「しかも腹の音がっ！　ベタすぎだろ。普通そこで、腹の音、鳴るか？　そのショゲ顔、傑作だわ」

ばしばしと膝を叩く黒部さんの横で、曽我さんがお腹を抱えている。

いったいなにごと？　唖然《あぜん》としていると、デスクの椅子に座っていた葉月さんがくすくす笑い、手元にあった白いビニール袋を持ち上げた。

「あなたのはこれですよ。そんなに悲しそうにしなくても、ちゃんとごはんはあげますから。いや、しかし今の顔は面白かったですね。今度はお手をさせてみましょうか」

「弁当をチラチラ見たりしてさ。クク、あれは数を数えてたんだろ？　里衣ちゃん」

曽我さんが笑いながらからかってくる。

「うぅ……」

めちゃくちゃ悔しい。彼らはわざとお弁当をひとつだけ別にして、私の反応を見ていたのだ。そう思うと、腹が立ってくる。

人を笑いものにするなんて、葉月さんだけじゃなくて全員、性格が悪い。みんな地獄に落ちればいいんだ！

ずんずんと葉月さんに近づき、せめてもの対抗心から「ふんっ」と鼻息を荒くしてじろりと睨《にら》む。差し出してくれた白いビニール袋を受け取って、彼の隣の椅子に座った。

「本当に里衣は面白い娘ですね」

そんなことを言いながら、彼はぱきんと割り箸を割ってコンビニ弁当を食べはじめる。

ほかの所員たちも、応接テーブルについてそれぞれ食事をはじめた。

私も弁当の包装を解き、手を合わせる。

「いただきます」

お昼のお弁当は、海苔《のり》弁当だ。おかずのちくわ天を一口食べてから、海苔《のり》のついたごはんをほおばる。おいしい。

黙々と食べていると、葉月さんが箸を止めて思い出したように言った。

「週末は里衣の歓迎会を行《おこな》いますよ。里衣、焼肉は好きですか？」

「好き！　だ、だけど、歓迎会なんてしてくれるの？」

「もちろんですよ。あなたは新たに入ってきた、大切な働き手なのですからね」

葉月さんは穏やかに微笑む。軟禁状態で薄給という劣悪《れつあく》な待遇だが、歓迎してもらえるのは嬉しい。私が照れながら白身魚のフライを箸で切っていると、応接ソファに座る桐谷さんの声が聞こえてきた。

「ほぼタダ働きだしな」

「金を払わなくてもいい、丁度いい人材が入ってよかったっスねー」

そんな黒部さんの同意に、曽我さんも乗っかる。

「これからは事務に経理、掃除、接客、電話番まで、全部やってもらえるんだもんな。しかも上に住むから、いつでも呼べるし」

はっはっは、とほがらかに笑い合う三人。『そんなにいろいろなことを押しつけられるのか……』と私が冷や汗を流していると、黙ってピザを食べていた滝澤さんが、ぼそりと呟《つぶや》いた。

「獅子島さんも憂《う》さ晴らしができそうでよかったですね」

「最近はウエのイザコザで板挟み食らってたっスもんねー。あはは、里衣も大変だ」

「別に大丈夫だろ。割とタフそうだからな。クソみたいな会社で営業やってたンだ、獅子島のイジメくらい余裕だろ。なぁ？　里衣」

ニヤリと意味深な笑みを浮かべて、桐谷さんが振り返ってくる。やっぱりこの人たちは葉月さんの趣味がどんなものなのか知っているのだ。

恥ずかしくて、顔に熱が集まってくる。こういうからかいには、なんと答えるのがいいのだろう。わからなくて、ただただ弁当を食べ進める。

すると私のかわりに葉月さんが口を開いた。

「里衣はよくやってくれていますよ。私の要望にもがんばって応《こた》えていますからね」

「へーぇ。桐谷の言う通り、タフな性格してるんだな。いいよいいよー、俺はがんばり屋が好きだからね。応援してるよー」

「なんの応援だよ」

曽我さんの言葉に、すかさず桐谷さんがつっこんでくる。すると曽我さんは、けらけら笑いながらオソロシイことを口にした。

「そりゃ、里衣ちゃんが立派なドM《エム》女になれるようにだろ」

ドＭ《エム》になるなんてまっぴら御免だ。私はそんな性癖に目覚めるつもりはない。

そう言おうとして——思わず、ため息をついてしまった。昨日、私がこの人たちの車に接触しなければ、こんなことにはならなかったのだ。

「私、なんで葉月さんの車にぶつけてしまったんだろう……」

切ない気持ちでお新香をカリカリ食べていると、黒部さんが軽く笑った。

「宝くじに当たるレベルの運かもねぇ。まぁ、これが運の尽きってことで」

「うちは、使えるものは擦り切れるまで利用する主義だからなあ。まぁ、獅子島に気に入られたのは幸運だったと思うぞ。どうせもう、ここしか家はねえんだし。仲良くやろうや、ハハハ」

曽我さんはどこまでも明るくてテンションが高い。彼の隣で静かにお茶を飲んでいる滝澤さんとは、まるで正反対だ。

それにしても、ここしか家はねえってどういう意味だろう？

首をかしげた時、葉月さんが話しかけてきた。

「そうそう、里衣。アパートであなたの荷物を段ボールに詰めてきましたよ」

「……アパート？　って、私のアパートに行ってきたの!?」

「はい。里衣の婚約者としてあなたの免許証を提示したら、代理人として扱ってもらえましてね。片付けついでに、アパートやライフラインを解約しておきましたよ」

「えっ、ちょっ、ちょっと待って！　ななな、なんでそんな勝手なことを！」

慌《あわ》てて葉月さんに詰め寄る。彼はさわやかな笑顔で「当然でしょう」と事もなげに言った。

「月十万程度の支払いで、ここからすぐに出られるとでも思っているのですか？　家賃がもったいないと思って、あなたの意を汲《く》んで差し上げたのですよ。感謝してくださいね」

「か、感謝って……あ、あの段ボール、あれが私の荷物ってこと⁉」

そういえば、ここに戻ってきた時、黒部さんは段ボール箱を手にしていた。あの段ボール箱一個が私の荷物なのか。葉月さんはペットボトルを手に「はい」と頷《うなず》く。

私は慌《あわ》てて床に置かれた段ボール箱のもとへ走り、ぱかりと開けた。

「あぁ、私の荷物っ！　……えっとこれは、マグカップ？　これはお茶碗……って、食器なんかいらないよ！　百均の安物だし！」

「あなた用の食器を買うのが面倒じゃないですか」

「そんなものより服は？　下着は⁉　あ、化粧水発見。くるくるドライヤー、ハブラシ……。いや、こんなのよりもっと大事なものがあるよね！　通帳は、印鑑はっ⁉」

はっきり言って、段ボール箱に入っていたのは、どうでもいい品ばかりだ。勢いよく葉月さんを振り返ると、彼は手に何かを持ったまま、ひらひら振っていた。

「それは私の通帳と印鑑！」

「はい。これは大切なものですから、私が責任をもってお預かりしますね。心配しなくても、三十二万四千円程度の小金なんて、横取りしませんよ」

「うう、すでに残高を知られているし！」

完全に盾に取られた。葉月さんは私にひとつとして『武器』を返す気がない。

忘れていたわけじゃないけれど、この人たちはヤクザなのだ。裏社会に身を置く存在。

「あなたが思うよりも、私たちの世界は用心深い。つまり、これが性分なのだと理解してください。でも、私はあなたを信じていますよ。だから里衣も私を裏切らないでくださいね？」

にこりと、とても背筋が寒くなる笑顔を向けられた。

葉月さんは私を信じていると言ったけれど、そんなの嘘だと思う。この人は基本的に人を信用していない。疑り深いのではなく、最初から信じていないのだ。

だから、こんなにも徹底的になれるんじゃないだろうか。

獅子島葉月。なんて酷《ひど》い男なのか。

――だけど生まれた瞬間から悪い人なんていない。人を信じない子供なんていない。私はそう信じている。

きっと葉月さんがこうなったのには、理由があったんだ。笑顔のまま、平気で酷《ひど》いことができるようになってしまうほどの、何かが。でも、一体どんな経験をすれば、葉月さんのようになるのだろう。私にはまったく想像ができない。

「努力、します」

ひとまず、そう答えるのが精いっぱいだった。私はすごすごとテーブルに戻り、食べかけのごはんを口に入れる。けれど、さっきまでおいしかったはずのそれは、不思議と味気なくなっていた。

第三章

事務所での生活がはじまって、四日ほど経った。

私も葉月さんの会社のことが、少しずつわかってきた。彼らはこの事務所を拠点に、興信所――いわゆるなんでも屋を営《いとな》んでいた。

主な依頼は、浮気調査、身辺調査、行方不明者の捜索。さらにこの会社は、夜逃げの手伝いや不倫のアリバイ作りまでやっていた。金になるならなんでもやるらしい。

そんな会社のトップである葉月さんはとても多忙。どうやら会社に関わる仕事以外にも、いろいろやっているらしい。この自宅兼事務所に軟禁されて以来、彼が寝ているところを一度も見ていないくらいだ。

彼ほどでないにしても、私も忙しく過ごしている。なぜかというと、仕事量が多すぎるからだ。

朝八時に事務所に下りてからは、掃除、事務仕事、来客や電話の対応と、やることは山積み。しかも事務所を閉める十八時以降も、仕事があったら所員に呼び出されるし、電話対応は私がやる。

不満はあるけれど、状況的に口に出すことはできず、とにかく働く毎日だ。

ちなみに私の服だが、一応、葉月さんが一通り用意してくれた。具体的には、数着の下着とネグリジェ、制服のブラウスが二着。……どうやら彼は、私に普段着を与えるつもりがないらしい。

しかも、用意された下着はことごとく趣味が酷《ひど》かった。

下着を身につけるのに、毎回大いなる勇気が必要になるほどだ。かつてこんなにも下着に対し、恐怖にも似た感情を抱いたことがあっただろうか。いや、ない。

ショーツはシースルーの紐《ひも》パン、総レースのTバック、クロッチ部分に穴が空《あ》いているショーツ。上下がセットになっているので、ブラジャーもシースルーに総レース、カップに穴が空《あ》いていてトップが見えるもの、といかがわしいものばかりだ。

さらにネグリジェも趣味が悪かった。さらさらしたキャミソールワンピースは透《す》けていて、乳首が丸見えである。

どうしてこんなにもエロい下着やネグリジェをつけねばならぬのか。こういったものは、スタイル抜群な人に似合うものだ。私みたいな平凡残念系が着ても似合わないばかりか、貧相さが際立ち、なんともショボイ着こなしになってしまう。

葉月さんは私への嫌がらせではなく、こういういやらしい下着が本当に好きなのだろうか。そうだとしたら変態……いや、ド変態で間違いない。顔は抜群にいいのに、つくづくもったいない。イケメンの無駄遣いだ。

いろいろと思うところはあるものの、下着に罪はない。それにこれらを拒んだら、つける下着がなくなってしまう。何も身につけないよりはマシか……と、仕方なく着用しているのだった。

あと、初日に私を不安に陥《おちい》らせた食事については問題ない。葉月さんが冷凍食品やお弁当を用意してくれるからだ。しかしこんな食生活が年単位で続くのは困る。せめて自分で買い物に行きたいのに、葉月さんはまったく外出許可をくれない。

今日も無事に仕事を終えた私は、居住区である三階の窓から切なく夜空を見上げる。繁華街が明るいせいで、星はまったく見えないけど、つい言葉が口からこぼれた。

「おじいちゃん。都会は怖いところだよ……」

——私は二年前まで、この街から遠く離れた田舎《いなか》でおじいちゃんと暮らしていた。

親はいるけれど、他人に近い関係だ。私が赤子の頃に離婚して、母は実家のおじいちゃんに私を預けて去った。それ以来、数回しか会っていない。

おじいちゃんは基本的に年金暮らしで、決して裕福とは言えなかった。小さな山を所有していたが、管理に費用もかかる。

私の養育費は親が出してくれたけど、それも高校卒業まで。奨学金制度を使ったりアルバイトをがんばったりすれば、おじいちゃんに頼らずとも大学に通うことは不可能ではない。

しかし私の願いは、早く働いて、大好きなおじいちゃんを支えられるようになること。

そう思って就職活動をしていた高校三年生の時、おじいちゃんは病気で亡くなった。

もちろん、いつか別れが来ることは覚悟していた。それでもいざその時が来たら、とてつもなくショックを受け、涙が止まらなかった。

高校卒業後、私はあえて田舎《いなか》から離れて就職した。おじいちゃんと過ごした家にひとりでいるのは辛くて、逃げたかったのかもしれない。

おじいちゃんの家には、半年に一度帰って、掃除をしたりお墓参りをしたりしている。

たとえ就職した会社がブラックだとしても、おじいちゃんの笑顔を思い出せば「がんばろう」と思えた。そのうちいいことあるよと、自分を慰《なぐさ》められた。

人は皆、一生の間で受けられる幸福と不幸の数が同じなのだと、おじいちゃんは言っていた。だから今つらくても、いつかは幸せになれるはず。そう信じて毎日をがんばっていたけれど……

「まさかこんなことになるなんて……。私の人生、ほんとに幸せになれる時がくるのかなぁ？」

……おじいちゃんと過ごした十八年間で、幸せをすべて使い果たしていたらどうしよう。今後の私の人生は、オール不幸ということになる。

それはつらい。もうちょっと幸せになっても、バチは当たらないのではないか。

「おじいちゃん……。私、きっと幸せになれるよね。大丈夫だよね」

願いをこめて夜空を見上げる。星は見えないけど、おじいちゃんの笑顔が見えた気がした。


翌朝、私は心地よいまどろみの中にいた。

そろそろ起きなきゃいけないなぁと思うものの、まだ惰眠《だみん》を貪《むさぼ》っていたい。もうちょっといいよね、と夢見心地で枕を抱きしめる時間は最高。

「ふぁー……あふ」

のんびりあくびなんかしちゃったりして。幸せだ、ああ、幸せだ。そうだ、こんな私にだって、幸せな時間があるじゃないか。この時だけはすべてを忘れて、とろとろとした心地よさを……満喫しようとしたところで、違和感を覚えた。

もみもみ。もみもみ。

なんだろう。胸のあたりにある、この違和感。まるで胸を揉《も》まれているような感じだ。眠気の残る頭を働かせて考えながら、眉をひそめる。そういえば、背中が妙に温かい。おまけに身体が動かない。

新手《あらて》の金縛り？　胸を揉《も》みしだく金縛りなんて、あるのだろうか――

「って、そんなわけないっ！」

そう叫び、ぱちりと目を開ける。

バッと後ろを向くと、そこにはにっこり笑顔の葉月さんがいた。私の背中に抱きついて、もにゅもにゅと胸を揉《も》んでいる。

金縛りでもなんでもない。単にセクハラを受けていただけだった。朝っぱらからマジでやめてほしい。

「ちょっと葉月さん！」

「おはようございます、里衣。やっとあなたのベビードール姿を拝《おが》めましたよ。可愛らしいですね」

「あ、ありがと……じゃなくて、もっとまともな寝間着がいい！　それと、何してるの？」

絶《た》えず胸を揉《も》まれているので、その動きを止めるべく彼の手をつねる。すると葉月さんは心外そうに首をかしげた。

「仕事から帰ったら、里衣が幸せそうな顔をして寝ているものですからね。腹が立ったので起こしてやろうと思ったんです」

「理由が酷《ひど》い！」

「頭から水をかけられるよりはマシでしょう？　こんなに優しい起こし方をしているのに。ふふ」

ツン、と軽く乳首をつつかれる。

「あっ……っ」

声を上げて、しまったと黙り込んだ。前を向いて、葉月さんの視線から逃《のが》れる。しかし彼は私の反応を見逃《みのが》さなかったようで、くすりと軽く笑うと、耳のふちを柔らかに噛《か》んでくる。

「んっ……やぁ」

「よく感じるようになってきましたね。いい傾向ですよ。そろそろ、次の段階に移ってもいいかもしれませんね」

段階って、なんの？　……調教の段階だろうか。そうだったら非常に困る。

葉月さんは、ちゅ、ちゅ、と音を立てて耳たぶにキスを落とし、尖《とが》らせた舌先でチロチロと舐《な》めてくる。ぞくりと甘い感覚に身体を震わせていると、ベビードール越しに胸を揉《も》む葉月さんの手つきが、いやらしいものに変わっていった。

胸の丸みを手で絞《しぼ》り、親指と人差し指で頂《いただき》を摘《つ》まんで捏《こ》ねてくる。

「っ、ん——っ、はっ……あっ」

薄い布地越しに弄《いじ》られるのは、じかに触られるのとはまた感覚が違って、快感がこみ上げてきた。身体の芯からとろけそうな官能に、こわばっていた身体が少しずつゆるんでいく。

さらに、くちゅりくちゅりと耳を舐《な》められるのが、例えようもなく気持ちいい。

「はぁ、あ、はぁぁ……」

両手を組んでぎゅっと力を込め、ひたすら甘い感覚に耐える。

「ベビードールを選んで正解でしたね。この柔らかくてなめらかな手触りが堪《たま》らない。疲れた気分も癒《い》えるというものですよ。ところで里衣、私が先日言ったことを覚えていますか？」

唐突な問いだ。葉月さんが言ったことって、なんだっけ？

ぐるぐると考えていると、葉月さんがふぅ、と耳に息を吹きかけてきた。背筋にぞわっと快感が走り、思わず身体を震わせてしまう。

「忘れてしまったのですか？　困りましたね。では、そろそろしつけも施《ほどこ》していきましょうか」

しつけ。そういえば、『何かをしなければしつけをする』と言っていたような……

えっと、真剣に思い出そう。思い出せないと身に危険が及びそうだ。

「ま、待って！　あっ、気持ちいいことを口に出すってことだよね！　えー……っと、ち、乳首を指でコネコネされるのが気持ちいいですっ！」

恥ずかしいことを大声で口にする。必死すぎて、恥じらいなどなかった。

そう、葉月さんはすべてをきちんと口に出すべし、と言ったのだ。そして、できなかったらしつけをする、とも。

今のは果たしてセーフだっただろうか。恐々として震えていると、クックッと含むような笑い声が聞こえてくる。

「本当に、面白い。その必死さに免じて許してあげましょう。これからは毎日こんな風にすることですしね」

「そっか、よかった。これからは毎日……え、毎日？」

がばりと再び後ろを振り返る。ベッドの上でも眼鏡をかけたままの葉月さんが、「ええ」と頷《うなず》いた。

「やっと私の仕事も落ち着きましてね。しばらく余裕ができましたので、これからは一緒に寝ましょうね」

「えっ、嫌だー！　全然落ち着かないじゃない！　それなら私、布団で寝たい。寝袋でもいいから！」

毎日こんなイヤラシイことをされるなんて勘弁願いたい。ちゃんと働いているし、調教ごっこにも付き合っているのだから、寝る時くらいはゆっくりさせてほしい。

なのに葉月さんは穏やかな口調で、悪魔のようなことを言い出した。

「このベッドで寝ないという選択を取るのであれば、今夜からあなたの寝床は檻《おり》になりますよ」

「お、檻《おり》？」

「はい。室内犬用のケージを買ってきますので、そこで寝てください。ちなみに私が起床するまで鍵は開けませんよ？」

「ちょっ……、そ、それは、あの、ちょっと困るというか」

「ああ、トイレですか？　ペット用トイレシートを敷いておきますよ」

「待って待って待って待って！」

私は慌《あわ》ててぐるりと体勢を変え、葉月さんと向かい合わせになる。彼はにっこりして軽く首をかしげた。

「何か？」

「何かって……えっと」

「後で一緒にお出かけしましょうか。あなたに似合うケージが見つかるといいですね」

「ケージに似合う似合わないなんてあるの!?　じゃなくて、結構ですっ！　ベッドでいいから！」

「……それが人にものを頼む態度ですか？」

笑顔のまま、葉月さんが目を細める。その目は明らかに笑っていなかった。

たらりと背中に冷や汗が流れる。

「ご、ごめんなさい。ベッドで寝たい、です」

「薄っぺらい謝罪ですね」

すげなく言われて身体がすくんだ。

「……ひぃっ！　あの、は、葉月さんと一緒に……寝たいなぁ、とか」

「まだまだですね」

このままでは、本当にケージの中に入れられてしまう！　なんと言ったら許してもらえるか、懸命に頭を動かして言葉を口にする。

「えええええと！　あ、は、葉月さんにおっぱいとか触られながら一緒に寝たいです！」

ギュッと目を瞑《つぶ》って懇願《こんがん》すると、葉月さんはようやく穏やかに笑い、私の背中にゆるりと腕を回してきた。

その顔とぬくもりにほっとすると同時に、胸が甘く締めつけられた気がする。

「そこまで言うなら、許して差し上げましょう。不埒《ふらち》な里衣は、私に胸を弄《いじ》られて夜を過ごしたいのですね」

葉月さんの手が腰から首のあたりまでをするすると撫《な》でてきて、もう片方の手は胸に触れた。ベビードール越しにカリカリと乳首を掻かれて、ゾクゾクと身体に快感が走る。

「あ、ん……っ！　ふ……」

ビクビクと身体が反応する。再び葉月さんのイタズラがはじまってしまったが、もう私は拒否の言葉を口にすることができない。

ベッドの中で、彼にこうされるのを望むと口にしてしまったのだから。

「ん、ん、ふ……あぅ」

葉月さんが私を抱きしめ、口の中に人差し指を入れて来る。

くちゅくちゅと口腔《こうこう》を掻き回し、指先で舌を弄《いじ》られ、ドキドキと胸が音を立てる。

檻《おり》で寝泊まりするか、葉月さんにいやらしいことをされながら共にベッドで寝るか。

どちらもすごく困るけど、今の状況は檻《おり》よりましだ。でも、みだらに感じるのが悔しい。

わずかな反抗心から、彼の指を軽く噛《か》む。すると、忍《しの》び笑いが聞こえた。

「ずいぶんと優しく噛《か》んでくれるのですね」

するりと指を抜き、私の唾液で濡《ぬ》れた指で、ベビードールの上から乳首を摘《つ》まむ。

ぬるぬると滑らせるように扱《しご》き、指の腹でくりくりと弄《いじ》る。

「っ、んん！　は、あ……痛く、噛《か》んだら……怒るん、でしょ」

「怒りませんよ。お仕置きはしますけどね」

くすくすと笑われる。私の小さな反抗など、まったく気にしていないようだ。お仕置きは怖いけど、もっと強く噛《か》めばよかった。そう後悔していると、足の間に葉月さんの足が入り込んできた。

「やっ」

びくんと身体が震える。いつの間にか葉月さんの手は私のお尻を撫《な》でていて、シースルーの下着の上から指の先でツッと秘裂を辿る。

「は、はっ、ぁ」

口からこぼれるのは甘い喘《あえ》ぎ声。爽《さわ》やかな朝日に当てられながら、みだらな悪戯《いたずら》を受ける。

彼は、はむ、と耳朶《じだ》を甘噛《あまが》みし、チロチロと舌で耳のふちを舐《な》めてきた。そしてちゅ、ちゅ、と啄《ついば》むように耳に口づける。

まるで波紋が広がるみたいに、全身にゾクゾクした感覚が襲いかかってきた。

「ん、だめ、なのに……っ」

葉月さんに身体を弄《いじ》られると、不思議な気分になる。

気持ちよくて、快感に身を委《ゆだ》ねたくなって——倫理とか道徳とか、そういった大切な概念が吹き飛ばされてしまう。——今は何も考えないで、この感覚にとろけていたい。

その感覚が怖かった。私の意思と相反して、身体が支配されているみたい。そう、今この瞬間だけは、私の身体は葉月さんに操作されているみたいだ。彼の意のままに、私は快感を受けて甘い声を出す。

チロ、と彼の舌が耳の中に入ってきた。とろりと舐《な》められ、ギュッと乳首を摘《つ》まれる。

「はっ、ああ！　ん……！」

ビクンと身体がしなって、長いため息を吐く。その吐息は、嫌になるほど甘ったるい。

「里衣」

快感でとろとろにとろけた耳に、ぞくんとお腹をくすぐるような囁《ささや》きが聞こえる。

朝から頭がおかしくなりそう。半ば虚《うつ》ろな目であたりを見回す。朝日がさんさんと差し込む磨《す》り硝子《がらす》の窓、パイプベッドのヘッドサイド、棚に置かれた、小さな置時計――

「っは、ァん、もう、葉月さん……っ！　じ、時間が……時計、見て！」

置時計はすでに七時過ぎを知らせていた。私が慌《あわ》てて言うと、葉月さんは「おや」とのんびり顔を上げる。

「ああ、もうこんな時間ですか？　楽しい時間はあっという間ですね。では続きは夜にして、朝ごはんにしましょう」

ちゅ、とこめかみにキスをされて、ぶるりと身体が震えた。

「……あ……っ」

葉月さんは上機嫌そうに、私から離れる。

私は自分の運命が彼の手中にあることをあらためて実感した。ライオンに首根っこを咥《くわ》えられたネコは、こんな気持ちになるのだろうか。

甘い余韻《よいん》に震える身体を落ち着かせながら、早く解放されたいと心から切望した。


一緒に朝食を食べ終えた後、葉月さんは珍しく出かけずに事務所にいた。どうやら溜まったデスクワークを片付けているらしい。

「たっだいまー!」

お昼を少し過ぎた頃、曽我さんがガチャリと扉を開けて事務所に入ってきた。彼は今日、確か浮気調査の張り込みをしていたはずだ。そのためか、服装はお馴染《なじ》みのアロハシャツではなく、シンプルなシャツにスラックス。目立たなくて雑踏に紛《まぎ》れやすい服装をしている。

「お疲れさまです、曽我さん。今日は早いですね」

「このあたりで張り込みしていたからね。あー、コーヒーちょうだい。お菓子ある?」

「お菓子は残念ながら、ないんです。こういう時、サッと買いにいけたらいいのに。葉月さんが全然外出許可をくれないんですよね」

むぅ、と顔をしかめながらコーヒーを三人分淹《い》れる。デスクに向かっていた葉月さんはくすりと笑い、「仕方ないでしょう?」と口にした。

「あなたをひとりで出すわけにはいきませんからね」

「逃げるかもしれないから? ……わかっていると思いますが、こんな生活をずっと続けるのは無理がありますよ。ここから出してくれないなら、せめて何かしらの方法で買い物できるようにしてください。冷凍食品やコンビニ弁当だけじゃ栄養も偏《かたよ》るし、ごはんも作りたいですし」

「ごはん……。里衣は料理をするのですか？」

とても失礼なことを聞かれた。私は料理ができないように見えるのだろうか。

「料理しますよ。田舎《いなか》では祖父とふたり暮らしでしたから。祖父以外に食べてもらったことはないので、おいしさはあまり保証できませんけど」

「へー！　里衣ちゃん、料理できるんだ。じゃあさ、お菓子も作れんの？」

唐突に曽我さんがノッてきた。私はコーヒーの入ったカップを彼に渡しながら、こくりと頷《うなず》く。

「クッキーとかスポンジケーキとか、簡単なものなら作れますよ」

「まじかっ！　えーちょっと獅子島ぁー。里衣ちゃんも買い物できるようにしよーぜー。俺、女子の手作りお菓子を食べるのとか、夢だったんだよー」

「存外にしょぼい夢ですね。あなたに惚《ほ》れ込んでいるキャバ嬢にでも頼んだらいかがですか。何人かいるでしょう？」

「やだよー。前向きに誤解されたら面倒じゃない」

葉月さんはやれやれと肩をすくめる。どうやら曽我さんはキャバクラ嬢に人気があるらしい。

なんにしても、これは大チャンスだ。曽我さんという味方がいるうちに、私の処遇をもう少し格上げしなければ！

「は、葉月さん。買い物させてくれたら、私、葉月さんにもごはん作りますよ！　えっと、朝ごはんとか夕飯とか……お弁当も、欲しかったら作ります！」

「お弁当、ですか？　うーん……」

お弁当に惹《ひ》かれるものがあったらしい。葉月さんは腕を組んで目を瞑《つぶ》り、珍しく考え込んだ。

私は尚《なお》も言いつのる。

「私、高校の三年間はずっと自分で作ってたから、お弁当には自信があります。葉月さんも絶対、栄養のあるものを食べたほうがいいですよ！」

「栄養なんて気にしたこともなかったのですが。……そうですね」

ぶつぶつと呟《つぶや》き、やがて「わかりました」と軽く頷《うなず》いた。

「ここから出すつもりはありませんけど、買い物の件は考えておきます」

やった！　軟禁されて、娯楽ひとつない部屋で過ごすのは、地味に辛かったのだ。お料理ができたら暇を潰《つぶ》せる。

私はホッと安堵《あんど》して、コーヒーの香りがたちこめる事務所の中、仕事の続きをはじめたのだった。


その日、前に葉月さんが言っていた私の歓迎会が、突然催《もよお》された。夕方に告げられてすぐ、おいしい焼肉屋さんに連れていってもらったのだ。

夜の十時半ごろ、食事を終えお腹いっぱいになった私たちは、事務所に向かって繁華街を歩いていた。久しぶりのお外、シャバの世界である。次の外出はいつになるかわからないから、思い切り満喫しておきたい。……たとえ、ガラの悪い男たちに囲まれて歩いていようとも。

にぎやかな繁華街にはいろいろな人がいる。いい感じに酔っぱらって千鳥足《ちどりあし》で歩く人たちや、キャバクラの客引きに声をかけられるサラリーマン、げらげらと笑い合う今風のお兄さんたち。そのお兄さんのうちのひとりがよろめいて、桐谷さんの肩にぶつかった。

「っ痛。お前どこに目をつけてんだよ。ちゃんと前見ろよ……な」

赤ら顔で凄《すご》んでくる男。しかし——

「あァ？」

視線だけで人を殺せそうなほど凶悪な目で睨《にら》みつける桐谷さん。はっきり言って、迫力はケタ違いである。酔っ払いの男は軽く後ずさりし、引きつった笑みを浮かべながらそそくさと去っていった。

曽我さんは苦笑気味に桐谷さんをたしなめる。

「こらこら、あちこちに殺意ふりまくんじゃないよー」

「喧嘩売ってきやがったのは向こうだろ。ったく、酔っ払いめ。周り見て歩けよ」

毒を吐く桐谷さんに、ツッコミを入れる黒部さん。

「こんなに人が多い繁華街のど真ん中を歩いてる俺たちが言うことじゃないっスけどね。それにしても、焼肉美味《うま》かったっス！」

その時、のんびりと前を歩く葉月さんが軽く振り向き、微笑みかけてきた。私は俯《うつむ》きながら「ごちそうさまです」とあらためて礼を口にする。しかし、心の中はそれどころではない。

ヤバイ。絶対に目立ってる。私たちは人の視線を受けていた。

行き交う人たちは、時々こちらを横目で見てはヒソヒソ話しているし、あからさまに私たちを避けて歩いている。まるで厄介者《やっかいもの》と関わり合いたくないとでもいうように。

以前の私でも、こんな妙な団体を見たら絶対に避けていただろう。それほどまでに私たちは全力で怪《あや》しかった。

やっぱり早く帰りたい……

さっきまでは久々の外出を満喫したいと思っていたけど、私はすぐに思い直した。

なのに葉月さんは突然ぴたりと足を止め、横を向いて近くの建物を指さす。

「せっかくですから、私と里衣は寄り道しましょうか。いろいろ買い足したいものもありますからね」

「へ……。買い物に付き合えってこと？」

「ええ。どうせ事務所前で解散の予定でしたし、みんなも構わないでしょう？」

桐谷さんが「別に構わねェけど」とタバコを取り出しつつ、葉月さんが指さした方向を見上げた。

「あぁ、あそこか。いいんじゃねェか？　じゃあ、ここで」

「俺は個人的に里衣ちゃんの反応が気になるけどなー。ま、明日感想を聞かせてもらお」

「そんじゃ、お疲れさまっス。ゴチでした！」

「……お先に失礼します」

桐谷さん、曽我さん、黒部さん、滝澤さんの順に挨拶《あいさつ》を口にし、彼らは夜の街に散らばっていく。

「それでは行きましょうか」

葉月さんが私の肩に手を回した。まるで親愛の仕草みたいだが、そうではない。単に逃がさないために肩を掴んでいるだけだ。

トホホな気分で歩を進めると、葉月さんは看板もない小さな雑居ビルの中に入っていく。その時点で十分マトモじゃない雰囲気だったが、私に拒否権はない。諦め半分で階段を上がり、二階にあるお店に促《うなが》される。

……その店で私を待ち受けていたのは、とてもいかがわしい、ピンクな品々だった。

「な、なに、ここは」

「何って、見てわかりませんか？ アダルトグッズを取り扱うお店ですよ」

葉月さんは事もなげに説明してくれるが、そんなことはわかっている。どうして私をこんないかがわしい店に連れてきたんだ、と非難したのだ。

「あれっ、獅子島じゃん」

レジの奥で作業していた大柄な男性が気さくな様子で葉月さんに近づき、彼の背中をバシバシ叩いた。痛そうな音がするが、葉月さんは眉ひとつ動かさない。

「こんばんは、トシローさん」

「しばらく見ねえうちに立派になったもんだなぁ！ お前の噂、あちこちから聞いてるぞ？ 随分うまくやってるみてえじゃねーか」

「おかげさまで。私もトシローさんの話はうかがっていますよ。流誠《りゅうせい》一家直参の若中《わかちゅう》になるなんて、出世しましたね」

「たまたま運がよかったんだよ。前のヤツがヘマをやらかしてな」

楽しげに世間話を交わすふたり。

私は必死に聞いていないふりをした。私は何も聞いてない。聞こえてない。明らかに反社会的団体の話っぽいけど、私にはワカラナイ。

「ところで今日はどうしたんだ。可愛い子連れてるけど、お前の女か？」

突然話がこっちにきた。直立して固まっていると、葉月さんがぽんぽんと私の肩を叩いてくる。

「そうですね、似たようなものです。一緒に住んでいますからね？　里衣」

「ひっ、あの、その」

「彼女の身体も隅々まで知っている仲でしてね。小陰唇が左右で少し違っていて、右側のほうが少し長くて、クリトリスの形が――」

「ぎゃあああ！　は、はい、そのような仲ですとも。とってもらぶらぶなんです私たち！」

慌《あわ》てて葉月さんの口に手を当て、必死になってごまかす。人前でなんてことを口にしているのだ、この男は。

トシローさんはそんな私たちを少し驚いた顔で見てから、突然わははと大声で笑い出す。

「なんだ獅子島ぁ。いつの間に手に入れたんだよ。めっちゃくちゃ仲良いじゃねえか！　うらやましいなぁ、オイ」

「彼女はなかなか味がある女性でしてね。手に入れてから愛着が湧いた感じなんですよ」

「なるほどな。しかし獅子島がねえ。特定の女を作るなんて、ちょっと意外だったたな」

感慨深そうな表情で私と葉月さんを見比べるトシローさん。そんな微笑ましいものを見るような目で見ないでいただきたい。

「里衣チャンっていうのか。はは、夜道は背後に気をつけろよ。嫉妬《しっと》に狂った女が刺してくるかもしれねえからなー」

「えっ、し、嫉妬《しっと》ですか？」

「うむ。獅子島は顔がいい上に、いろいろとやり手だからな。おまけに調教の腕がいいもんで、勘違いするドM《エム》女が多いこと多いこと」

「トシローさん、あまり彼女を怖がらせないでくださいよ。カタギの人なんですからね」

葉月さんの言葉に、トシローさんが「悪い悪い」と頭を掻く。……調教の腕ってどういうことだ。あと、勘違いって……ドM《エム》女？

不穏な言葉に不安が募《つの》る。余程いぶかしげな表情をしていたのか、葉月さんが安心させるように私の肩を軽く抱いてきた。そんなことをされても、まったく安心できない。

「ところで、トシローさん。いくつか購入したいものがありましてね。おすすめがあったら是非使ってみたいのですけど、よろしいでしょうか」

「ああ、大歓迎だぞ。そうかぁ、里衣チャンに合いそうなのを、全力で見繕《みつくろ》わないとな！」

見繕《みつくろ》ってほしくない。やっぱりこのお店に来たのは、私に使ういかがわしい商品を買うためだったのだ。いや、それ以外の可能性は考えられないけれど。

「それにしても。ずっと気になってたんだが、里衣チャンがその服なのはお前の趣味なのか？イメクラプレイでもしてんのか？」

　トシローさんに事務服を指さされて、私はよろけてしまう。ゴツッとお店の壁に頭をぶつけた。なんという誤解だ。これしか服がないから着ているのに。

「別にそんなつもりは……アリだは思いますがね。単にこれしか服を与えてないからですよ。今は私物のすべてを取り上げている状態ですので」

　私の状況をさらっと説明する葉月さん。普通の人は、私物を取り上げられてるなんて話を聞けば、眉をひそめるだろう。だが、さすが葉月さんの知り合いだった。トシローさんは「そうなのかー」と軽く頷《うなず》いて腕を組む。

「でも、それだと里衣チャンが可哀想だろ。もうちょっと服の幅を利かせてやれよ」

「おや、トシローさんが気にかけてくれるなんて、意外ですね」

「だってなぁ、獅子島が特定の女を気に入るなんて、俺、はじめて見たもん。しかも完全にプライベートの女なんだろ。素人《しろうと》っぽいし」

「ええ、それはまぁ」

「だったらもうちょい大切にしろよ。イカれた女ならまだしも、里衣チャンみたいなのはレアなんだからな。よし、俺が何着かプレゼントしてやろう。その代わり、ひいきにしてくれよ？」

　はっはっは、と豪快に笑うトシローさん。大柄な身体で狭いお店の中をのしのし歩いて、バックヤードに消えていく。

　えっと……これは、一応いい方向に転がったのかな。事務服以外の服がもらえるってことだろうか。おそるおそる葉月さんを見上げると、彼と目が合った。

「よかったですね、里衣」

「う、うん」

こくりと頷《うなず》く。確かに、ベビードールと下着と事務服しかない今、新しい服がもらえるのは、純粋にうれしい。だけど……

私はぐるりと、このいかがわしいお店を見回した。

こんなお店のバックヤードに置いてる服って、果たしてマトモな服なのだろうか。

……頼む、マトモでありますように。何かミラクルが起きますように！


トシローさんの店を後にして、事務所兼自宅に向かって歩く。

きらびやかな繁華街は、まだまだ眠らない。私と葉月さんは黙って歩いていて、周りの喧騒がいっそう大きく聞こえた。

まるで、私たちだけ、別世界にいるみたい。

——突然追い込まれた事態にあれよあれよと流されて、私は現在、ここで葉月さんと歩いている。

今この瞬間に走り出したら、逃げ切れるだろうか。

警察に駆け込めば、少なくとも追いかけてこないだろう。私は助かるのだ……一時的に。そう、安堵《あんど》の時間はひと時に過ぎない。警察は永遠に私を守ってくれるわけではないのだ。

身分証明書も通帳も財布も携帯も、すべて奪い取られてしまった。電車に乗るお金もない。私は、葉月さんから逃げられるのだろうか。

「何を考えているんですか？」

唐突に葉月さんが聞いてきた。まるで私の心を読んだかのようなタイミングに、ぞくりと背中が寒くなる。

「な、なにも！」

「ふふ、里衣は考えていることがすぐに顔に出ますね。そういうところがとても可愛くて、いじめたくなってしまいますよ」

「や、やめてよ……もう」

ぷい、と横を向く。葉月さんが手に下げる紙袋がカサリと音を立てた。

「里衣は、不思議ですね」

事務所までもう少しのところで、葉月さんはぽつりと言った。私が顔を上げると、彼はニコリと見下ろしてくる。

「こんな状況に陥《おちい》っても、あなたは自分自身を手放さない。無気力にすべてを諦めず、その目は未だ生気に満ちている。芯が強いというか、活《い》きがいいというか」

「活《い》きがいいって、魚ですか」

「ははっ、そうやってすぐに言い返してくれるところがね。小気味よく、楽しくて」

ふ、と葉月さんが目を伏せた。その表情は嬉しそうなのに、少し切なそうに見える。

「私は……」

葉月さんが何かを言いかける。しかしその時、後ろでカツンとヒールの音が響き、声をかけられた。

「獅子島……さん」

私たちが振り向くと、そこには見知らぬ女性がひとり、立っていた。

赤いスプリングコートに、赤いハイヒール、真っ赤なルージュ。黒い髪の毛以外はすべて赤に彩《いろど》られたその女性は、この繁華街の中でも一際《ひときわ》異質に見えた。

わなわなと彼女の唇が震えている。そして、嬉しそうな——とろりとした恍惚《こうこつ》の笑みを浮かべた。

「やっと会えました。私だけの、あるじ様」

彼女の言葉に、葉月さんは表情を一変させる。その表情は、私がはじめて見るものだった。

——汚物を見るような表情。嫌悪と蔑《さげす》みが入りまじった目。

「誰ですか」

「お忘れになったのですか？　黒百合《くろゆり》です」

その名前を聞いて、葉月さんは「ああ」と頷《うなず》いた。しかしそれは、酷《ひど》く無関心で、冷たい反応だった。

「その手の名前を持つ女は、覚えないんですよ。どうでもいいですから」

行きましょう、と葉月さんは私の肩に手を回してきびすを返す。

「あるじ様……。今は、その娘に鞭《むち》を振るっておいでですか？」

黒百合と名乗った女性が、葉月さんの背中に問いかける。彼はぴたりと足を止め、フッと唇の端を上げた。

「いいえ。彼女は私の大切な理解者ですよ」

その言葉を聞いて、女性の纏《まと》う空気が変わった。それはどす黒く、怖いほどの、嫉妬《しっと》。葉月さんはあくまで振り返らず、氷よりも冷たい声を出す。

「先に言っておきますが、彼女に手を出したら、死を生ぬるく感じるほどの世界に突き落として差し上げますよ。それこそ、生まれてきたことを後悔するほどに」

それきり葉月さんは何も言わず、私の肩を抱いたまま歩き出す。

女性は追ってこなかった。私は、葉月さんの言葉と赤い女性の強い感情に、足の震えが止まらなかった。


ようやく事務所に戻って、三階の部屋に入る。

私も葉月さんも、言葉はない。私の頭の中では、葉月さんと女性の会話でぐるぐる回っていた。

「怖がらせてしまいましたね。ああいうところは、見せたくなかったのですが」

すみません、と静かに葉月さんが謝ってくる。私はゆっくりと首を横に振った。

「あの女の人は、なんなの？　黒百合って名乗っていたけど」

「彼女自体のことは覚えていませんが、私達が身を置く界隈で花の名を持つ女性のことは知っています。いわゆる性調教を受けた女性ですね。それも、商品用として」

商品用――その言葉に、身体が一気に冷たくなる。

「は、葉月さんは、そういうことも、仕事にしているの？」

「一時期、調教の真似事をしていましてね。そのせいか、時々、言い寄られたりもする。それにどうも、私の顔は目立つらしくて」

「あ……」

振り向くと、葉月さんが困ったような笑みを浮かべていた。確かに彼は顔がいい。普通の女性だったら「彼と付き合いたい」と望むところを、性調教を受けた女性は「いじめられたい」と望むのかもしれない。

ぎゅ、とこぶしを握《にぎ》る。その手が、ふるふると震え出す。

「は、づきさんは、私を、う、売……らない、よね？」

なんて保身の言葉だろうと思ったが、言わずにはいられなかった。私は怖かったのだ。

あの女の人の恍惚《こうこつ》とした表情を見て、私でもわかった。あの人は……どこかが、壊れている。それに気がついて、肝《きも》を冷やした。

このまま葉月さんの趣味に付き合っていたら、私もあんな風になるのだろうか。そしていつか、自分も『商売用』になってしまうのではないか。

思わず後ずさる私に、葉月さんはゆっくり近づいてくる。

そして、優しく私の肩を掴んだ。

「里衣、私はあなたを、そんな風にするつもりはありません」

「でも」

「私はね、あなたに堕《お》ちてほしくないんです。生に満ちた瞳で私に反抗してほしい。あなたが生きと嫌がるから、私は自分が生きているのだと実感できる。調教において、私は施《ほどこ》す側の『マスター』であなたは受ける側の『スレイブ』です。でもそれは上下関係じゃありません。極めて対等な、パートナーなんですよ」

葉月さんが何を言っているのか、私にはよくわからない。私をいじめる時は反抗すると酷《ひど》いことを言うくせに、反抗してほしいなんて矛盾している気がする。

彼は、そっと私の額《ひたい》に唇を落とした。

「不安なら、教えて差し上げます。私がどれだけ、あなたを特別視しているかを」

手を取られて招かれる先は、異質な世界観を持つ、趣味の部屋。

嫌だと思っているのに、なぜか拒むことはできなかった。

かしょん、かしょん。冷たい金属がかちあう音がする。

それは私の手足に枷《かせ》がつけられる音だ。脚が床と接合された椅子に座った裸の私を、葉月さんが拘束していく。

「動かしますよ」

葉月さんがリモコンを操作する。すると、グンと低い駆動音を立てながら、椅子がゆっくり動きはじめた。

背もたれが倒れ、座面は上がっていく。さらに私の両足が開かれていき――

「うぅ……っ」

恥ずかしくて本能的に身をよじろうとするが、拘束具のせいでぴくりとも動かせない。

私は為《な》す術《すべ》もないまま、葉月さんに秘所をさらけ出す。

カウンターの上にリモコンを置いた葉月さんは舐《な》めるように私を見つめ、薄く笑った。仄暗《ほのぐら》い感じのするダウンライトが反射して、眼鏡が白く光る。

「さて、里衣。まずは乳首を立たせましょうね」

するりと葉月さんの手が伸びて来て、乳首に触れる。私は「あっ」と声を上げてしまう。

ぞわりとした、悪寒《おかん》にも近い感覚。だけど嫌じゃない、むしろ身体中が歓喜するような気持ちのよさを感じている。

葉月さんは右の乳首をふにふにと指先で弄《もてあそ》び、ゆっくりと顔を近づけてきた。

「や、あの……っ」

身体が小刻みに震える。次は何をしてくるのだろう。恐怖心がじわじわと湧き上がって、思考が鈍《にぶ》ってくる。だけどどこかで、『次』に対してほんのり期待する自分がいた。

……どうして？　どうして私は、期待しているの？

そんな感情はおかしいはずだ。本来なら嫌悪に顔を歪《ゆが》ませ、恐怖に涙しなければならないのに。

そう思ったところで、びくんと大きく身体が跳ねた。

「っ……は、あぁ……んっ」

とろけたような声を上げてしまう。

葉月さんが胸を舐《な》めはじめたのだ。薄く色づいた乳輪を縁取るようにくるくると舌を動かし、ちゅ、と軽く吸う。そしてもう一方の乳首は、痛いほど強く摘《つ》まれる。

「うっ……あ……っ」

彼の指に、ぎゅっとねじるようにひねられ、ぐりぐりと親指の腹で擦られた。だけど反対側の胸は柔らかに舌で撫《な》でられ、甘い感覚がとめどなく襲ってくる。

片方は気持ちいいのに片方は痛くて、わけがわからない。

「あ、ぁ、葉月、さん」

「里衣、感情に正直になりなさい。人は本能的に心地よいほうを模索するようできています。ですから本能にまかせて、気持ちがいいほうを感じればいいのです」

気持ちが、いいほう？

混乱した頭で葉月さんの言葉の意味を考えていると、彼はちゅっと音を立てて乳首に吸いついた。そして硬い尖《とが》りを舌先でなめらかに転がしてくる。

「あ、っ、あぁ……っ、んっ。気持ちいい……」

思わずそうこぼすと、葉月さんはくすくす笑った。

恥ずかしさで、ぎゅっと手を握《にぎ》る。身体はかっと火がついたように熱くなった。

葉月さんは、ちゅっ、ちゅう、と軽く乳首を吸う。片方の頂《いただき》を強く摘《つ》まむ一方で、もう片方は舌先を尖《とが》らせてチロチロと舐《な》め、弄《もてあそ》ぶ。

とろけてしまいそうなほど気持ちがいい。悔しいけど、私の身体は正直に快感を受け止めていた。

もっと舐《な》めてほしいと、そんなみだらなことまで思いはじめている。

片方は痛いほどにいじめられて、もう片方はとろとろに甘やかされて――

だんだんと痛みよりも気持ちがいいという感覚のほうが勝ってきた。むしろ、痛みから逃《のが》れるように本能が快楽を貪《むさぼ》っている。

「はぁ……、う、ンっ……」

「随分とよくなってきたようですね。ほら、里衣の乳首がこんなにも赤く膨《ふく》らんでいる」

「はぁあ……っ、あぁっ……」

親指と人差し指で乳首をコリコリと擦られ、私は何度も頷《うなず》く。

「こちらの乳首は痛みを与えたのに、反対側と同じように硬くさせて。あなたは本当にいやらしい。……ですからこれも、きっとよくなりますよ」

「え……？」

快感と痛みの余韻《よいん》にひたっていた私は、ぼうっと葉月さんを見上げる。

彼はカウンターの上に手を伸ばし、何かを持ち上げた。チャリリと金属音が鳴る。それは、銀色の細い鎖だった。長さは三十センチくらいで、両端にはねじ付きの黒い金具がついている。

葉月さんはニコリと微笑み、それを私につきつけた。

「このクリップで、あなたの乳首を挟むのですよ」

「っ、はさむ？　そ、それって……痛いの？」

彼の言葉で痛みを予感して、身体がびくびくと震えはじめる。怖くてたまらない。

葉月さんは質問には答えず、クリップの横についたねじをくるくると回す。すると、閉じていたクリップが開いた。どっどっと心臓が跳ね上がり、震えは小刻みに激しくなる。

私は思わず「やめて」と呟《つぶや》く。

だが、葉月さんはその手を止めることなく、クリップで左側の乳首を挟んできた。葉月さんが小さなねじを少しずつ回して、乳首に圧力をかけてくる。

「や、あ、やだ。やだ……怖い！」

がたがたと身体を揺すり、拘束された手足を懸命に動かそうとする。しかしその抵抗は少しも妨害にならず、乳首は無情にも形を変えられていく。挟む力が強くなってきて、じわじわと痛みが襲ってくる。

「は、葉月さん、痛い。痛い、よう……っ！」

もうねじを回さないで。痛いから、やめて。ぶんぶんと首を横に振って拒んでも、葉月さんはクリップをはずしてくれないばかりか、ねじを回す手を止めてくれもしない。ゆっくりと、いたぶるように時間をかけて、少しずつ圧力をかけ続ける。

「ちぎれちゃうよ！　やだぁ、やめてぇ！」

「これくらいではちぎれませんよ。乳首の皮膚は強く、柔軟ですからね。ですが、慣れない里衣には痛いでしょう。……ふふ、すっかり乳首が潰《つぶ》れてしまいましたね」

見てみると、乳首の形が完全に変わっていた。同時に無視できない痛みが絶《た》えず襲ってきて、思わず目を瞑《つぶ》った。

「さぁ、もう片方にもつけてあげましょう。こんなのは、まだまだ序の口ですからね？」

序の口？　これからもっと痛い目に遭《あ》うなんて、ごめんだ。早くここから逃げ出したい。

葉月さんは今まで、恥ずかしいことやいやらしいことをしてきても、痛いことはしなかったから、きちんと理解していなかった。でもこれが彼の趣味。人に痛みを与えて、人が嫌がることをして喜ぶ人なのだ。

こんな生活が続くなんて、絶対に嫌。痛いのは嫌だ。耐えられない。

「うぅ……っ」

左胸の痛みに顔が歪《ゆが》む。そんな中、もう片方の乳首にもクリップを挟まれる。先ほどと同じようにねじを回され、痛みが容赦なく突き刺さってくる。

思わず目に涙がにじみそうになって、気合いで耐えた。

ねじを回し終えた葉月さんは優しく目を細め、人差し指の先で鎖を持ち上げる。数秒置いて、ピンと張った鎖を軽く指で弾《はじ》いた。

「あぁっ！」

鎖の振動に呼応するかのようにビリビリと痛みが走る。悲鳴を上げて短く息を刻む私を、葉月さんはうっとりと愛《め》でるように眺《なが》めてきた。

「いいですね。痛みに悶《もだ》えながら、それでも耐えようとするあなたの表情は、とても素敵です。なんでしょう、こんな気持ちは私もはじめてですよ。里衣……」

そっと髪に触れ、するすると頬まで撫《な》でられる。柔らかに両手で私の頬を挟むと、葉月さんは唇にキスを落としてきた。

キス――私のはじめてのキスだ。

激しい痛みを胸に感じながら、葉月さんからのキスを受ける。それは驚くほど優しくて、柔らかい口づけだった。

「っ、あ……はっ」

唇が離れた瞬間に息を継ぐ。唇が再び落ちてくる。次は大きく食《は》むように啄《ついば》んで、ちゅ、と音を立てた。

「里衣、先ほど私が言ったことを思い出しなさい」

「え……」

「痛みではなく、快感を探すのです。……大丈夫、難しくはありません。あなたの本能に従って」

痛みから解放されたくて、私は懸命になって意識する。

痛くないところ。気持ちいいところは、どこ？

ちゅ、ちゅっ。静かに落ちてくるキス。柔らかな唇の感触。熱い舌が、私の唇を辿る。

――そうだ、ここが気持ちいい。唇がとても気持ちがいい。

「あ、葉月さん……っ」

そう気づいた瞬間、彼の唇が離れてしまう。

私はとっさに唇を突き出し、キスをねだった。

「なんですか？」

クク、と含むような笑い声。私は彼の言葉を思い出す。

「キス、をください。キス、したいの……」

「キスをしたいなんて、里衣は可愛いことを言いますね。――いいでしょう。ほら、舌を出して」

素直に舌を出す。葉月さんは舌先を尖《とが》らせて私の舌を舐《な》め、ゆるりと絡めてきた。舌が擦《こす》れ合い、ピチャピチャとみだらな音を立てる。

ただ、欲しい。気持ちよくしてほしい。葉月さんといっぱいキスがしたい。

私の願いに応《こた》えるように、彼は再び唇を啄《ついば》んだ。ねっとりと、堪能《たんのう》するように唇を食《は》まれる。私は懸命に舌を動かして彼の舌に絡め、真似をするように唇を重ねた。

ちゅ、くちゅり、ヌチュ、ちゅる。

濡《ぬ》れた音の合間に、はぁはぁと息を荒く刻む。

彼の唇に触れるたびに身体が熱くなり、とろけるような甘い痺《しび》れが全身を震わせる。痛みから逃《のが》れたい一心で、私は葉月さんの唇を求め、ねだった。

「ふっ、あぁ、はぁ……っ。ん……っ」

漏《も》れる声、口の端からこぼれる唾液。そのどれもが快感になる。

唇を重ねる瞬間だけは、舌を絡ませている間だけは、胸の痛みが緩和される気がした。私の本能が痛みよりも快感を拾っているのだ。もっと気持ちよくなりたくて、必死に葉月さんとキスを交わす。

「ふふ、里衣はキスが好きなんですね」

「っ……ふ、あっ……うん。もっと……キス、したい。……ぁ……っ、お願い、葉月さん」

喘《あえ》ぎ声を漏《も》らし、キスをねだる。葉月さんはちゅっと音を立てて一度口づけを落とすと、私の耳元でくすりと笑った。

「胸、まだ痛いですか？」

彼がちゃりんと鎖に指をかける。ゆらゆらと揺らされると、振動が伝わった乳首に新しい痛みがやってきた。

「……痛いよ」

「そうでしょうね。ところで里衣？　ここが湿《しめ》っていますよ」

言いながら葉月さんが手を伸ばしたのは私の秘所。人差し指で秘裂をかき回すと、くちゅりと濡《ぬ》れた音がした。

「いつ濡《ぬ》れたのでしょうね。胸を弄《いじ》った時？　まさか、乳首を挟んだ時ですか？」

「わ、わからない。濡《ぬ》れてるなんて、気づかなかった……」

思わず下を見ると、葉月さんが私の顎《あご》に指をかけて持ち上げてくる。そして唇を重ねて舌を伸ばし、私の舌を絡めとってきた。

「んっ……んぅ」

再びやってくる、とろけるように甘い唇の感覚。思わずうっとりしていると、葉月さんは秘裂においていた指を上下に動かし擦ってくる。

「ふふ、答えはここにあったようです。キスで感じていたのですね」

くすくすと笑われ、恥ずかしさに俯《うつむ》いてしまう。

「ねえ、里衣。私はここをもっと確認したいです。いつ濡《ぬ》れたのか、どれくらい感じているのか。一挙一動《いっきょいちどう》、あなたの身体を余すことなく知りたい。そのためには……邪魔なものがあるでしょう？」

問いかけながら彼の指先が触れているのは、私の茂み。葉月さんが仕草で示している。

秘所を確認するのに、邪魔なもの。それを取り除いてと言わせたいのだろう。

深く考えなくてもわかった。私に理解させるために、葉月さんは秘所を弄《いじ》っているのだから。

でも、そんなことを口しなくてはいけないなんて――

思わず口をつぐむ。決して望んでいるわけではいないのに、そうであるかのように言わなければならないなんて。どうしてわざわざ私に言わせようとするのだろう。

チャリンと涼やかな金属の音がする。乳首を挟むクリップに繋がる鎖。葉月さんがクッと引っ張ると、胸にずきんと痛みが走る。

「ほら、口にして。可愛い私の里衣」

「――っ、う」

甘やかな声色。せかすようにチャリチャリとチェーンを揺らす指。

もしかして、言葉を口にすれば痛みから解放してくれるの？　言わなければ、もっと痛みを与えられるの？

そんなの嫌。早く、この胸の痛みを取り除いてほしい。お願い……助けて。

「は、葉月さん。わ、私のここを、葉月さんが触ってるそこの毛を、そ……剃《そ》って」

顔が赤くなっていくのがわかる。恥ずかしくて堪《たま》らない。

葉月さんは薄く目を細め、秘所をするすると指先で撫《な》でた。

「お、お願いします、は？」

「お、お願いします」

痛みから逃《のが》れたい。私は必死になって言いつのる。

ニヤリと、葉月さんの笑みが仄暗《ほのぐら》いものに変わった。

「ふふ、里衣が望むのでしたら、綺麗にして差し上げましょうね」

そう言って、葉月さんは「準備をしてきます」と趣味部屋を出ていった。

私はそのまま放置される。両足を広げ、手足を拘束され、しかも胸にクリップをつけられた状態で。

え……というか、このままなの？　クリップ、はずしてくれないの？

「は、葉月さんっ！　クリップ！　この乳首の痛いの、はずしてよーっ！」

泣きそうになりながら、叫び声を上げる。

ほどなくして、濡《ぬ》れたタオルや新聞紙などを手に戻ってきた葉月さんは、「何を言ってるんですか、まだこのままですよ」と鬼のようなことを口にした。

ぐぅんと椅子が動き、先ほどよりも腰を突き出すような体勢を取らされる。

固定された足は大きく開かれていて、クリップで挟まれた乳首はじくじくと痛み続ける。

葉月さんが冷たいはさみを秘所にあてた。驚きでびくりと震えた瞬間、シャキンと冷徹《れいてつ》な音が聞こえてくる。

「動くと危ないですよ。あなたの最も大切なところを手入れしているのですからね」

感情の乗らない、淡々とした注意。葉月さんの顔は無表情で、どこか怖かった。できるだけ身体を動かさないようにゆっくり息を吐き、彼の動向を見守る。

床に新聞紙を広げ、片膝を立てた跪《ひざまず》くような体勢で作業を進める葉月さん。ダウンライトが照らす仄暗《ほのぐら》い部屋に、シャキシャキと無機質な音が響く。

音が止まったかと思ったら、突然、秘所に熱を持った何かが触れる。

「あっ、つ」

「熱かったですか？」

「ん、……大丈夫。びっくりしただけ」

「先に言えばよかったですね。毛根を柔らかくするために、蒸しタオルでここを温めていますよ」

蒸しタオルのじんわりした温かさには、ホッとするような心地よさがあった。

タオルを当てている間に、葉月さんはボトルからとろりとした液体を手のひらに出す。そしてタオルを取ると、私の秘所に液体を満遍《まんべん》なく塗りたくった。

「これは……？」

「シェービングジェルですよ。はい、では剃《そ》っていきますね」

床屋さんが髭《ひげ》を剃《そ》りますねと言うかのような口調で言う葉月さん。にっこりと微笑みながら、T

字型のシェーバーを手にした。

はさみを手にしていた時は無表情だった分、笑顔を見るとほっとする。そんな私は、相当頭がやられているのだろう。落ち込む。

しょり、しょり、とささやかな音を立てて、葉月さんがシェーバーを動かした。大陰唇の柔らかな丘を上から下に、丁寧になぞる。

ちらっと視線をやると、自分の毛がなくなっていくのが見える。恥ずかしくて、どうしてこんなことになってるのかよくわからなくなってきた。クリップをつけられたままの乳首が、ジリジリと痛む。早く終わってほしくてたまらない。なのに……

「……っ」

シェーバーの動きに合わせて、ぴくんと肩を揺らしてしまう。ぬるりとしたジェルの上を滑るように動くシェーバーは、うっすらとしたものだけど、明確な快感を与えてきた。

胸に責め苦を施《ほどこ》されている反動だろうか。私の本能は、わずかな快感さえ逃《のが》さずに甘受しよう、と下肢に意識を集中させる。

しょり、しょり。葉月さんのシェーバーを動かす手はゆっくりだ。丁寧に、剃《そ》り残しがないように、何度も恥丘の上にシェーバーを滑らせる。

私のアンダーヘアはみるみるうちになくなり、肌色の範囲が広がった。

「お尻のほうも処理をしますからね」

「あ、はい……。わわっ、ひゃぁあ！」

グン、と予告なしに椅子が動く。背もたれはベッドのように倒され、座面の位置がもっと高くなった。大股開きのまま彼に陰部をさらけ出すような体勢だ。

これは恥ずかしい。顔が熱くなって、悲鳴のような引きつった声が口からこぼれる。

そんな私に構わず、葉月さんはお手入れを続ける。お尻から秘所にかけてシェービングジェルが塗られ、再びシェーバーが肌を滑り出す。

「ふふ、綺麗なお尻ですね。吹き出物や皺《しわ》もありませんし、小ぶりですが形も丸くていい」

「ひぃ！　お、お願い、実況中継しないで……っ」

うう、と悲しく唸《うな》り、この時間が終わることを切望する。

ぷるぷると震えて耐えていると、しょりしょりという音がやんだ。

「はい、終わりましたよ」

おそろしい時間は終わったらしい。葉月さんは温かい蒸しタオルで秘所とお尻の周りを拭《ふ》き取り、保湿用だというローションを塗ってくれた。

それらも終わると、椅子がようやく本来の形を取り戻す。枷《かせ》もはずされ、葉月さんがにっこりと私に手鏡を渡してきた。

「綺麗になりましたよ。御覧になりますか？」

ほんの少し好奇心がうずき、素直に手鏡を受け取ると自分のソコを眺《なが》めてみる。

「うわぁ……」

自分の声が、思ったよりも引いていた。自分自身にドン引きである。

そこはすっかりつるつるになっていて、何もかもが丸見えになっていた。

「最悪だ」

「そうですか？　水着を着る時に気楽でいいじゃないですか」

「そんな季節限定な利点を言われても……。って、葉月さんっ！　いい加減これもう取ってよ。痛いんだからっ！」

手足の枷《かせ》は取ってくれたのに、いまだ乳首の責め具はついたままだ。

私が叫ぶと、葉月さんは「ああ」と思い出したように手をポンと打ち鳴らした。わざとらしい。絶対確信犯に違いない。

「はじめてにしてはよく我慢できましたね。えらかったですよ、里衣」

彼は嬉しそうな笑顔で、私の胸についたクリップに手を伸ばす。ねじをくるくると回すと少しずつ圧迫が減ってきて、そっとクリップがはずされた。もう片方も同じようにされ、ほっと一息つく。

「はぁ……。まだジンジンするよ。明日にはマシになるかな……」

クリップがはずれたからと言って、すぐに痛みが消えるわけではない。余韻《よいん》のような痛みに顔を歪《ゆが》める。葉月さんはチェーンクリップをカウンターの上に置くと、私の手を握《にぎ》った。

「傷がついていないか点検しましょう。こちらに来なさい」

手を引かれて、趣味部屋を出る。

「葉月さん、趣味の時間が終わったのなら、服を着たいのだけど」

「点検すると言ったでしょう。はい、ここに座ってくださいね」

葉月さんはベッドに腰かけると、自分の太ももをたしたしと叩く。

え、それって膝にのれってこと？

「うう……。こんな、なんの点検なのよ……」

ブツブツ呟《つぶや》きながら彼の膝の上に座る。さらりとしたスラックスの生地がじかにお尻に当たって、いたたまれない。

彼はベッドの端にある小さな棚から、白いボトルを取り出した。ボトルを手のひらに向けて傾けると、透明な液体が流れ出る。

先ほど使ったシェービングジェルに似ているけど、花の香りがした。

「これは普通のローションですよ」

「そ、そうなの？　いい匂いがする」

「ああ。リラックス効果もあるそうです。アロマオイルが配合されているようですね」

葉月さんはローションを軽く手で揉《も》んで馴染《なじ》ませる。そして、私の胸に後ろから手を伸ばした。

丸みを確かめるように大きく掴み、優しく手のひらを滑らせてくる。

「ひゃ……っあぁ」

ぬるぬるした感触が堪《たま》らなく気持ちいい。ぞわぞわと背中をくすぐられるような感覚と、心がほっとする香り。優しい手の動き。それらすべてが心地いい。

葉月さんは乳首にも触れてきた。親指と人差し指が乳首をそっと摘《つ》まみ、ローションを丁寧に塗りつける。

「ンっ……、あっ」

びくんと身体が反応した。ぬるついた指先が、私に心地よい快感を与えてくれる。身体をふるふると震わせ、彼の手に身体を委《ゆだ》ねてしまう。

「どうやら傷も跡もついていないようですね。鬱血《うっけつ》もありません。……まだ痛いですか？　里衣」

「あっ、あぁ、い、今は……そんなに、痛くない、かも」

「それはよかった。もう少し、弄《いじ》ってあげましょうか？」

くすくすと笑って、優しく乳首をいじめる。ローションのぬるぬるとした感触と指先の動きで、ぞわぞわとした甘い痺《しび》れが背筋を走った。

痛みなどひとつもなく、うっとりするほど気持ちがいい。葉月さんがちろりと私の耳朶《じだ》を食《は》んだ。

「っ、は。やぁ……うん。も、もう少し……、もっと、弄《いじ》って……」

こんな恥ずかしい言葉、どうして口から出るの。

だけど堪《たま》らなかった。つい先ほどまでは痛くて、つらかったのだ。

もっと、気持ちよくなりたい。甘い快楽にひたりたい。

……そうだ、私は……

「優しくして、葉月さん」

そうだ、私は葉月さんに優しくしてもらいたいんだ。

私の言葉に葉月さんの眼鏡がきらりと光った気がした。

気持ちよくして。とろけそうなキスをして。

自然と唇が動き、キスをねだる。

葉月さんは意地悪な言葉を口にすることなく、私の唇にキスをしてくれた。そのまま舌をゆっくりと絡ませ、責め苦を与えたことをいたわるように甘やかしてくる。

胸がぽかぽかと温かくなり、身も心も心地よい何かに包まれたような気持ちになる。

ついさっきまで、ここから逃げたいと、心から望んでいたのに――

今はただ、この心地よさに浸かっていたかった。

「ん、ん……ぁ」

私の唇を食《は》み、角度を変えて深く口づける。何度も繰り返されたキスに、自分の唇が少し腫《は》れぼったい。

葉月さんは唇を重ねながら両胸の頂《いただき》を摘《つ》まみ、ヌルヌルと扱《しご》く。

「はっ、んぁ、ああ」

つん、と頂《いただき》を突かれ、指の腹でくにくにと乳首を揺らされる。

堪《たま》らない。気持ちがいい。何も考えたくない。ただ、この快感に身を委《ゆだ》ねたい。

ぎゅ、と絞《しぼ》るように胸全体を揉《も》みしだく葉月さん。アロマオイルの香りを漂《ただよ》わせ、柔らかくマッサージするみたいに、やわやわと揉《も》む。

「里衣の胸はささやかですが、丁度いい大きさをしていますね」

くすりと耳元で笑われた。私がゆるく振り向くと、彼は優しく微笑む。

「この、ぴったり手の中におさまる感じが可愛らしい。小さい胸もいいものですね」

「ち、小さいって……っ、ああ！」

口答えしようとすると、オイルまみれの指でニュルリと乳首が摘《つ》ままれる。そして親指と人差し指でヌルヌルと擦られた。

「は、あ、……あぁ、胸、ばっかり……」

ひたすらに与えられる甘い快感に身を震わせながら、首を横に振る。身体はすっかり脱力して、葉月さんの胸に背中を預ける形になっていた。

「すみません、他のところも弄《いじ》ってほしかったですか？」

「そう……じゃなくて」

「ふふ、本当はここも触ってあげたいのですが、まだ剃《そ》り立てで敏感ですからね」

「あっ、んんっ！」

びくんと身体が震える。そこは先ほどアンダーヘアを剃《そ》られたばかりの秘所だった。

葉月さんが言う通り、すごく敏感になっている。葉月さんが指を近づけただけで、ぞわぞわした感覚がした。

「今、刺激を与えると、肌を痛めてしまいますのでね。だから、こっちで気持ちよくしてあげます」

私を横抱きにした葉月さんが眼鏡をきらりと光らせる。そして、ゆっくりと顔を近づけてきた。

今日何度も交わした口づけは、ねっとりとして味わうように、深く、深く。

葉月さんが裸の私を抱きしめる。すっぽりと彼の胸の中に入って、例えようもない安心感が心に広がってゆく。

どうしてだろう。いつの間に私は、こんなにも葉月さんに心を許しているんだろう。

わからない。もう、自分自身がまったく理解できない。

ちゅく、ちゅ。

みだらなキスの音。舌を絡ませると、いっそう音が大きくなる。

葉月さんの長い腕に抱かれながら、胸を掴まれる。彼は壊れ物を扱うように柔らかく揉《も》むと、指先でそっと乳首に触れた。うっとりするほどに優しいアロマの香りを漂《ただよ》わせ、ぬめりを帯びた指先がクルリと円を描いた。くにくにと揺らされ、きゅっと優しく摘《つ》まんでくる。

「ふっ、ン、あ……っ」

私の喘《あえ》ぎを塞《ふさ》ぐように再び口づけをされ、乳首を扱《しご》かれる。

声を上げることができないと、身体の中に快感がどろどろと蓄積されていくようだった。

気持ちよすぎて、おかしくなる。身体が溶けて、このまま消えてしまいそう。

とろりと、下肢のあたりで違和感があった。

それは胸への愛撫《あいぶ》とキスで、蜜口からこぼれだした快感の証《あかし》。

葉月さんのスラックスにしみをつくっていると思うと、恥ずかしくて堪《たま》らなくなった。

でも、それ以上に心地よくて――

私は震える手で葉月さんのシャツを掴む。

フ……と、葉月さんがキスをしながら口角を上げた気がした。

胸を甘やかし、キスで快感を与える行為は、永遠かと思うほど長く続く。
私が完全に脱力して息も絶え絶《たえだ》えになり、何がなんだかよくわからなくなるまで、葉月さんは愛《あい》撫《ぶ》を続けた。

数日後の火曜日は、葉月さんの経営するブラック企業のささやかな休日だった。私は束の間の休息を満喫中なのだけれど――

「はぁ……暇すぎる。テレビもない、スマホもない、ラジオもない。はっきり言って牢獄《ろうごく》だよね、これ」

ベッドの上でごろごろしながらボヤく。葉月さんの部屋には、徹底的に娯楽がない。彼は普段、休みの日は何をしているのだろう。

ちなみに、葉月さんは仕事で出かけている。事務所自体は閉めているのだが、会社のトップである彼は多忙らしい。

「暇だなぁ。これなら仕事をしてたほうが……って、それは社畜《しゃちく》思考のはじまりだ！　こんな部屋でも何か楽しみを見つけなきゃ。えーと……あっ、お菓子作ろう！」

思いついた瞬間、がばっと起き上がる。実は、私の生活環境は少しずつ改善されていて、今やお菓子が作れる状態になっているのだ。

きっかけは、先日、曽我さんを味方につけて、葉月さんに買い物の手段を検討してもらったこと。
外出自体は許されなかったが、ネットスーパーが利用できるようになり、週に一回、葉月さんの夕ブレットを借りて購入することになった。

はじめてネットスーパーを使った時、私が選んだ品物の注文画面を確認しながら、葉月さんはしみじみ呟《つぶや》いた。

「便利な世の中になったものですねぇ」

時代遅れのおじいさんみたいなことを言って、発泡酒とミネラルウォーターを注文した葉月さん。

翌日、品物が届いて、私はやっと冷凍食品とコンビニ弁当の日々から解放されたのだった。

ようやく人らしい生活を手に入れた気がする。服も、トシローさんにもらったものを含めて、事務服以外の選択が増えた。服のデザインにはちょっと文句があるけれど、ないよりはマシだ。

「何を作ろうかなぁ……。事務所でみんなが食べられるものがいいよね。よし、プリンにしよう」

プリンは昔よく作っておじいちゃんと食べていた。特別な材料はいらないし、簡単だ。

この部屋ははっきり言って、料理をするのに適していない。オーブンも電動ミキサーもないどころか、泡立て器すらない。そのうち調理環境の改善を試《こころ》みたいところだ。

そんなことを考えつつ、キッチンに立ってプリンを作りはじめる。プリン液を作るために、手頃なサイズの器で卵と砂糖をまぜ、牛乳を注《そそ》いでいく。今度は、砂糖と水を火にかけて煮詰め、カラメルソースが完成。

「冷蔵庫で冷やす時間を考えると、食べられるのは明日かな」

カラメルソースが入った鍋を片手にそう呟《つぶや》くと、誰かが答えてくれる。

「そうですか。明日は私も事務所にいますから、おやつの時間が楽しみですね」

「楽しみだねー。曽我さんが丁度帰ってきたらいいけど、事務所の冷蔵庫に入れておくから……って、うわぁ！」

背後に誰かがいる！　それに気がついた瞬間、鍋を持ったまま、ぐるりと振り返った。

すぐ後ろに立っていたのは、ニコニコ笑顔の葉月さん。いつも通りの仕事着、ダークスーツ姿である。

「は、は、は、葉月さんっ、今日は早い、ね？」

私は動揺を隠せず、どもってしまう。

「はい。せっかくのお休みですから、仕事は早めに切り上げてきました。……ところで里衣。今日はとても可愛らしい恰好をしてますね？」

葉月さんににっこりと微笑まれて、鍋を掴んだままかちんと固まる。

そうなのだ。私が驚いたのは、突然葉月さんが帰ってきたからというだけではない。今の私の恰好を、見られたくなかったのだ。

だって、葉月さんがこんなに早く帰ってくるとは思わなかったから、昼間の短い時間だけなら、気分転換になるかなぁって思って……。つい、着ちゃったんだよ……！

「ミニスカナース服ですか。いいですね。病院の看護師さんはみんなズボンで、味気ないですよね」

「いやっ、その……こ、これは！」

葉月さんが言う通り、私は今、ピンク色のミニスカートのナース姿である。先日、トシローさんからプレゼントされた服のひとつだ。彼がバックヤードから譲《ゆず》ってくれた服は、どれもこれも、コスプレ服だったのである。

私はいたたまれなくて、葉月さんへの返事に困る。ごまかすようにそそくさとテーブルへ移動し、用意していた人数分の湯飲みにカラメルソースを流し込んだ。あとはプリン液を入れて、ラップをして、お湯を沸かして……

手順を思い出していたところ、後ろからがばっと抱きつかれた。そのまま太ももからお尻までを撫《な》で上げられる。

「ひゃあぁ！」

「あぁ、これは素晴らしいですね。ガーターベルトですか、ふふ」

彼はセクハラ行為にひとつも抵抗感や罪悪感はないらしく、むしろ上機嫌だ。

ちなみに、コスプレ服はすべてセットになっていて、ナースコスチュームには帽子と白のガーターストッキングがついていた。

「葉月さんのために着た訳じゃないから！　休日なのに事務服を着るのもどうかと思っただけで」

「それならナース服だけ着ればよかったじゃないですか。服としての機能はそれで充分ですのに。どうしてわざわざガーターベルトも？」

「それはその……。だって、かわいかった、し……」

つい、好奇心が勝ったのは否定できない。

何せ今までコスプレ服を身に着ける機会など一度としてなかったのだ。恥ずかしいけど興味もある。似合うのかなぁ、とか、誰かに見られるわけじゃないしちょっと着てみようかなぁ、とか。断じて、葉月さんに見せようなどと思ってはいなかった。

それなのに、後ろから抱きついてくる彼は、嬉しそうにスカートの中に手を入れて、ショーツにまで手を伸ばしてくる。

「ああ、里衣。わかってますね。穴空《あなあ》きですか。これなら下着を脱がすことなく、ガーターベルトと下着を身に着けたまま致すことができますね」

「い、致すって、なに!? あああの、どいてよ。これ、今から蒸すんだから！」

プリンを指さして主張すると、葉月さんはようやく離れてくれた。ホッとしながらお湯を沸かし、ラップをかけたプリンをフライパンに並べる。

それにしても、葉月さんがこんなに喜ぶとは意外だった。

確かに、コスプレナース服は可愛い。デザインが結構凝《こ》っているのだ。

問題は葉月さんからのセクハラなのだが……

「あれ、葉月さんがいない」

気づけば、つい先ほどまで人を撫《な》で回していた葉月さんが、忽然《こつぜん》と消えている。どこへ行ったのだろう?

首をかしげたけれど、すぐにフライパンに向き直った。

「まぁいいか。さて、これを蒸してる間に……」

「里衣、里衣。これをつけてみましょう。きっと楽しいですから」

「ぎゃーっ！」

いつの間にか再び真横に現れた葉月さんに驚いて、またも声を上げてしまう。彼は手に持った何かを差し出してきた。

「な、何？　それは」

「ローターですよ。あなたは初心者ですから、小さいものを探してきました。これくらいなら、未開発でも入るでしょう」

みかいはつ？　はいる？　どこに？

わからないことだらけだけど、いいことじゃないのだけはわかる。私は思わず後ずさって彼から距離を取った。

「は、葉月さん、何をする気で……！」

「ふふ、まだまだ抵抗してくれる里衣は本当に可愛いですね。大丈夫ですよ、きっと気持ちよくなれますからね」

葉月さんの『大丈夫』はまったく安心できない。

背中をべたりと冷蔵庫につけて逃げ腰な私に、彼はにじり寄ってくる。逃がさないとばかりに冷蔵庫の扉部分に手をつき、私を腕の中に閉じ込めた。これはいわゆる壁ドンという体勢なのだろうか。葉月さんはニッコリと笑い、片手で内ももをいやらしく撫《な》でてくる。

「あぁー本当に勘弁してー！　休みの日くらいゆっくりさせてー！」

「今日は何もしませんよ。ちょっと遊ぶだけですから」

「葉月さんの『ちょっと遊ぶ』は、私にとったら大事件なんです!!」

私がぎゃーぎゃーと叫ぶ中、葉月さんは心底楽しそうにローターとやらを秘所に当ててくる。

「これを、ここに入れるんですよ？　ふふふ、どんな反応をするでしょうね」

「や、やめて……。絶対、嫌な予感しかしないからぁ……」

首を横に振る私を見て、ニヤニヤと悪人みたいな笑みを浮かべる葉月さん。

彼がグッとローターを押し当ててきた時――

「なァにを昼間っからイチャイチャしてやがんだ。お前ら」

部屋の入り口のほうから、呆《あき》れた桐谷さんの声が飛んできた。

スチールドアを開けたまま、ズボンのポケットに手を突っ込んで立っている桐谷さん。今日は黒いスラックスに白のワイシャツという姿だ。

私は慌《あわ》ててぐいぐいと葉月さんの胸を押して逃《のが》れようとするが、彼は少しも動かない。ただ、桐谷さんを見て「おや」と目を細めた。

「これから楽しいローター攻めの時間なんですよ？　無粋《ぶすい》ですねえ、桐谷」

「……まぁ、お前が楽しそうなのは何よりだが。それより、里衣のふざけた恰好はなんだ。趣味か？」

「そんなわけないです！　こ、これはその、いただきもので……」

あわあわと葉月さんの陰に隠れて、身を縮こませる。

桐谷さんは所員の中で一番怖そうな人だ。スキンヘッドに刺青《いれずみ》が入っているし、人相もよくないし、口も悪い。はっきり言うと苦手なのである。

「ところでどうしたのですか？　わざわざ三階まで上がってくるなんて、珍しいですね」

「あァ。俺、今日は運転役やっててよ。親父《おやじ》さんが来てる。だから呼びにきたんだよ」

「なるほど、それなら挨拶《あいさつ》に行かなくてはいけませんね。ではまいりましょう、里衣」

「え？　わ、私も行くの？」

上ずった声を上げてしまう。なんで私まで行かなくてはいけないのだ。

親父《おやじ》さんって、絶対血の繋がったお父さんのことじゃないんでしょう？　ヤクザな方なんでしょう？　私の危険センサーがびんびんに反応している。

「いやだ！　あの、ほら、まだプリンを作ってる途中だし！」

「そんなのは、後でもできるでしょう。親父《おやじ》さんには里衣を紹介しようと思っていたので、丁度いいですよ」

「なんで紹介するの!?　紹介されたくない、やだーっ！」

全力で冷蔵庫にしがみつく。だけど力ではまったく葉月さんに敵《かな》わなくて、ガッチリと腰を掴まれてずるずる引きずられてしまった。

「里衣、早く行かないと親父《おやじ》さんの機嫌が悪くなるかもしれませんよ？　彼は温厚な方ですが、怒らせると怖い方でもありますからね。あまり待たせると、指を落とされてしまうかもしれません」

ニッコリと脅してくる葉月さん。指を落とされたくはない私は、大人しくついていくしかない。

とぼとぼと葉月さんの後ろをついていくと、入り口で桐谷さんがジッと私たちを見た。

「なんつぅか、思ってたよりも馴染《なじ》んでンだな。里衣は割と肝《きも》が据《す》わってンのか」

「ええ、里衣は物怖《ものお》じしない面白い娘ですよ。根性もありますね。痛みにも耐えてくれますし」

「へェ？　獅子島が褒めるなんて珍しいな。ふぅん……」

若干《じゃっかん》感心したような声を上げ、まじまじと見下ろしてくる桐谷さん。葉月さんは私を褒めているつもりなのかもしれないけど、私はまったく嬉しくない。

葉月さんを先頭にして、私、その後ろに桐谷さんと続き、階段を下りていく。

そういえば、私、ナースコスチュームなんだけど……と思った瞬間、葉月さんが事務所の扉をガチャリと開けた。

「ご無沙汰《ぶさた》しております。親父《おやじ》さん」

「おう、と言っても一ヵ月ぶりくらいか？　元気してたか、葉月」

目の前に、クマがいた。いや、『クマのような大男』が正しいだろう。

彼は二メートルを超えているのではないかと思うほど背が高く、身体はがっしりと大きい。その姿から、田舎《いなか》の山で見たクマを思い出した。ダークスーツに覆《おお》われた腕は太く、その先にある手首や手のひらはゴツゴツしている。顔には皺《しわ》が深く刻まれ、白髪まじりのツンツン髪だ。五十歳前後といったところだろうか。

そんな大男を前に、葉月さんは気さくに微笑み、頭をしっかりと下げて挨拶《あいさつ》をする。

「おかげさまで。なんとかまだ、首を繋げてますよ」

「はは、謙遜《けんそん》するなって。先日も完璧に仕事をこなしたそうじゃないか。資金洗浄の腕も上がってるし、ウチのヤツまで葉月んトコに流そうかって言いはじめてるくらいだぞ」

「それはありがたいですね。ですが、親父《おやじ》さんのところはみんな、私に甘いですから」

「いやいや、シゴトに関してはシビアだぞ。でなきゃ、生きていけねえからな。――そんで葉月、後ろにいるナースの嬢ちゃんはなんだ？」

びくぅ、と身体が震える。

葉月さんと親父《おやじ》さんの会話がきな臭すぎてドン引きしていたのだが、親父《おやじ》さんに注目されてしまった。……そりゃ、隣にピンク色のナースがいたら気になるよね。普通。

葉月さんは「あぁ」と思い出したように私を見て、肩を掴んで前に立たせる。

「前にお話ししたでしょう。彼女が椎名里衣ですよ」

クマ男の眼前に突き出されて、恐怖でがちんと身体が固まった。彼は「ほぉ？」と興味深そうな声を上げ、腕を組みながら顎《あご》にごつごつした指を添えた。

「嬢ちゃんが椎名里衣か。ふぅん」

「あ、あの……」

まじまじと見つめられると居心地が悪くなる。すると、クマ男は思い出したようにポンと手を打った。

「そういや自己紹介がまだだったな。俺は獅子島大成《たいせい》だ。よろしくな」

「は、はい。えっと、私はその、椎名里衣です。……あれ？　でも『獅子島』って」

思わず葉月さんとクマ男、もとい大成さんを見比べてしまう。だって葉月さんも『獅子島』って名字じゃなかったっけ。すると大成さんは、がははと豪快に笑って葉月さんの肩をバシバシ叩いた。

「コイツ、俺の息子なんだよ。だから名字が同じなんだ」

「え！　む、息子⁉」

「血は繋がっていないのですけどね。私が十六の頃に養子として引き取ってくれたのですよ」

にこにこと説明してくれる葉月さん。名字が同じなのはそういうことなんだ。

「ウチの組には今、少なくとも三人の獅子島がいるんだよなぁ。ややこしいから大成って呼んでくれたらいいぞ」

「あ、は、はい。た、大成……さん」

たどたどしく名前を呼ぶと、大成さんはニッと口の端を上げて笑う。その笑顔は、不思議と心を許してしまう明るさを持っていて、気さくな感じがした。この人はヤクザの中でも、そこまで怖くない人なのかもしれない。顔だけで言うなら、桐谷さんのほうがよっぽど怖い。

「嬢ちゃんの話は葉月から聞いていたが、なんかエライ目に遭《あ》わせちまったなぁ。でも、嬢ちゃんがへこませた車は綺麗に直るから、安心していいぞ！」

「あ、あの高級車、ですか？」

「うむ、あれは俺の車でな。出先で所用があって、邪魔になったクルマを葉月に運ばせていたんだよ。いやー、報告受けて見にいったら、見事にベッコリやられててな！　嬢ちゃんも大人しそうなカオしてなかなか思い切った運転するよなぁ」

「ヒィイ！　あ、あれは大成さんの車だったんですかっ！　ごごご、ごめんなさい！　本当にその節は、大変なご迷惑をおかけしまして!!」

慌《あわ》てて、ぺこぺこと頭を下げる。てっきりあの高級車は葉月さんの車だと思っていた。オトシマエをつけろとか言われたらどうしよう。でも、オトシマエってなんだろう……

私がぐるぐる考えていると、大成さんが明るく笑った。

「だから気にすんなって。わざと当てたわけでもなし、そう気に病《や》む必要はねぇよ。まぁ、嬢ちゃんにとっては災難だっただろうけどな！」

はっはっは、と豪快に笑って、バシバシと背中を叩いてくる。その衝撃は背骨が折れそうなほどで、思わず咳き込むと、大成さんは「鍛《きた》えが足りんなぁ」と言った。

「ま、丁度いい頃に事務員が入ってくれて、助かったぞ。やっぱ野郎ばっかりじゃ華がねぇからなぁ！」

「そ、そうなんですか？」

「ああ。接客応対は、クッションとして女がしたほうが依頼者も安心しやすい。それに事務所が見違えるほど綺麗になった。こいつら、仕事はきっちりやるんだが、掃除はヘッタクソでなぁ。やっぱ事務所が綺麗だと気分もいいもんだろ、ハハハ」

「ははは……ありがとうございます」

乾いた笑いを返してお辞儀をしておく。サボらず毎日掃除していてよかった……

「長い付き合いになるだろうから、よろしくな。葉月の相手も大変だと思うが、嬢ちゃんには期待しているよ」

「は、はい。どうも……え？」

頭を下げてから、ハテと首をかしげる。

長い付き合いってなんだ？　七百万円分、働く話だろうか。あと、葉月さんの相手って……もしかして、私が葉月さんの趣味に付き合っていることまで知ってるの？

「やーよかったなぁ、葉月。仕事してくれる上に、お前の悪趣味に付き合ってくれる女が見つかって！　あんまりイジメすぎんなよ！」

「ええ、気をつけます。彼女は貴重な働き手であり、私の大事なパートナーですからね」

にっこりと微笑む葉月さん。相変わらず笑顔だけは爽《さわ》やかに見える。

だが、私は葉月さんのパートナーではない。付き合わざるを得ないというか、ほぼ脅しで付き合わされているのである。訂正したいけれど、それすら怖くてできない。

あと、やっぱり大成さんは知っているんですね。私がどういう目に遭《あ》っているのかも、葉月さんの趣味も。世の無情さにげんなりする。

そうこうしているうちに、大成さんは「邪魔したな」と言って出入り口に向かった。運転手役の桐谷さんも彼の後ろをついていく。

ふたりの後ろ姿を見送り、休日の静かな事務所にポツンと残される、私と葉月さん。ふいに、ぎゅっと手を握《にぎ》られた。

「里衣、私はあなたに感謝していますよ」

「感謝？」

「はい。私があなたに出会えたこと。それはもはや運命だったのかと思うほどですから」

「運命って、大げさな」

突然そんなことを言わないでほしい。ちょっと照れてしまうじゃないか。

だけど、本当にそう思っているのなら、法外な金額を請求したり、安月給で働かせたり、オソロシイ趣味に巻き込んだりしないでほしい。

葉月さんは嬉しそうに笑って、私の手をそっと引いた。

「親父《おやじ》さんもあなたを気に入ってくれたようですし、よかったですよ」

「ま、まぁ、嫌われるよりはよかったと思うけど」

「確かに。親父《おやじ》さんはあまり人を嫌わないのですけど、一度嫌いになるとトコトンですからね。さて里衣、客人も帰りましたし、部屋に戻ったら続きをしましょうね」

「うん……え、続き？」

つい間《ま》の抜けた声を上げてしまう。葉月さんは笑顔のまま、ポケットからピンク色をした例のブツを取り出した。

ひぃぃぃ、すっかり忘れていた。というか、まだ諦めてなかったのか！

「い、いや、それはちょっと、遠慮したいというか。あ、そ、そうだ、プリン！　まだプリンが出来上がっていないので！」

「大丈夫。がんばれば、ローターを入れたままでも作業はできますよ。がんばれば、ね？」

「お菓子くらい落ち着いて作らせてください！」

わぁわぁとひと悶着《もんちゃく》して、私の懸命な訴《うった》えに、ようやく葉月さんは「仕方ないですね……」と引き下がった。

今日はたまたま思いついた感じだし、別の機会にやるつもりなのかもしれない。そんな機会が訪れませんように、と祈るばかりである。

束の間の休日が終わると、日常的な事務の仕事が再びはじまる。そして非日常的な調教も、当然のように。

「さぁ里衣。楽しい調教の時間ですよ」

「楽しくありませんやりたくありません付き合いたくありません」

夕食の食器洗いのためにシンクの前に立っていた私は、ぶんぶんと首を横に振る。ここでの生活がはじまって、もう三週間。最近は私もこれくらいは言えるようになったのだ。

「里衣、今日の服も可愛いですね。メイドさんの衣装、似合ってますよ？」

突然変わった話に驚きつつ、葉月さんの言葉にドキッとしてしまう。

「ち、ちがうのこれは、単にエプロンが便利だなって思って着替えただけで……。ああもう、いい加減、私の服を返してよ！　まるで私がこういうのが趣味な人みたいじゃない！」

泡だらけのスポンジを手に怒鳴《どな》りたてる。しかし葉月さんはテーブルについたまま、穏やかな顔でのんびりとお茶を一口飲んで言った。

「コスチュームを着るのが嫌なら、事務服のままで過ごせばいいじゃないですか。着た切りスズメになるとはいえ、ブラウスは替えがありますし」

「それはまぁ、そうだけど……」

「ですが、里衣はその選択肢を選ばなかった。なぜなら心のどこかであなたも楽しんでいるからです。可愛いコスチュームを着ることが楽しいので、それを着ているのですよ。違いますか？」

確かに、楽しんでいる部分は多少ある。だってメイド服はミニスカートのフリルがヒラヒラして可愛いし、ニーハイソックスなんて履く機会がない。似合わなくても、部屋の中でなら誰に迷惑をかけるわけでもないから、構わないかなと思ったのだ。

もちろん葉月さんにからかわれるリスクは承知していたが、ずっと仕事用の事務服を着て過ごすなんてつまらない。私だって気分転換がしたい。

でも、それを口に出して認めるのは悔しかった。好きで着ているわけではないのも事実なのだ。

顔をしかめて食器を洗っていると、葉月さんが立ち上がり、後ろからゆるりと抱きしめてくる。

「里衣。楽しむことはなんの罪でもありませんよ。むしろ、あなたはもっと楽しむべきです」

「……この状況に追い込んだ張本人が、何を言ってるのよ」

「この状況に追い込んだ本人だからこそ言っているのですよ。私はあなたを逃がすつもりはありません。それなら、今の状況を悲観するより、楽しむほうが余程有意義だと思いませんか？」

葉月さんの言っていることはわからなくはない。嘆《なげ》いても状況が変わらないのなら、いっそ楽しんだほうが賢い生き方だと思う。

だけど人間としてはどうなのだろう。この状況を楽しむのは……何かがマズイ気が……

「里衣、どんな状況でも楽しもうとするのは、恥でも悪でもありません。あなたが前向きな性格をしているだけですよ」

「前向き……？」

お皿を水ですすぎ終え、布巾で手を拭《ふ》きながら振り向く。葉月さんは私のお腹の前で手を組み、にっこりと笑った。

「はい、とても素敵な性格だと思います。だから里衣……」

彼は言葉を切ると、組んでいた手をほどき、すすすと上に動かしていく。そして小ぶりな胸を手のひらで包み、耳元にフゥと息を吹きかけた。

「調教の時間も楽しみましょうね？」

「楽しみません」

ビシッとチョップをかましてツッコむ。

なんのかんのと理屈をこねて、結局それが言いたかったのか。げんなりしてしまう。

だが、葉月さんは私の身体をヒョイと小脇に抱え、スタスタと歩きはじめる。そして、白い布巾を手にしたままバタバタ暴れる私を、パイプベッドにドサリと落とした。

「うぎゃ！」

「はい。せっかくですからメイドの服のままでやりましょうね」

「やっぱり最後は問答無用じゃない！　やだぁ、痛いのは嫌なの！」

じたばたと暴れる。無駄な抵抗だとわかっていても、痛いことをされるのはコリゴリなのだ。

葉月さんは私を押し倒しながら目を細め、「大丈夫ですよ」と微笑む。

「今日は痛いことはしません。気持ちいいことだけをしましょう」

「やだやだ！　って、……気持ちいい、こと、だけ？」

はた、と暴れる手足を止める。葉月さんは「ええ」と頷《うなず》き、私の頬をゆるりと撫《な》でてきた。

「性調教は痛いことばかりではありませんよ。あなたにあらゆる官能を教え込むのもまた、私の楽しみなんですから」

「か、官能……？」

ちゅ、と唇に軽くキスをされる。さわさわと胸を触られ、葉月さんの手が私の身体の上をなめらかに動いていく。

「里衣、あなたがまだ体験したことのない、新しい気持ちよさを教えてあげましょう。今まで感じたどの快感よりも勝《まさ》る快感ですよ。……興味はありませんか？」

「興味……」

そんなの、ない。

そう口にしなければいいとわかっているのに、私の唇はなぜか一向に動かなかった。

どうして？　こんなの、間違ってる。私は望んでない。この状況は仕方なくで、私自身は――

頭の中がぐるぐると混乱して、固まってしまう。

そんな私の膝から太ももを、葉月さんの指先がなぞる。そのまま指一本でミニスカートがめくられていく。内ももをまっすぐに進んで、つんと軽く突かれたのは、ショーツに覆《おお》われた私の秘所。

葉月さんの『興味はありませんか？』という声が脳内でよみがえる。

違う。興味なんてない。知りたくない。怖い。新しい快感を見つけて、自分がさらにみだらになったらと思うと怖い。それなのに、葉月さんの指を拒むことができない。

茂みをすべて剃《そ》られた恥丘を、葉月さんは手触りを楽しむように指の腹で撫《な》でてきた。

――私、触られたいって、思っている？

官能を知るのは怖い。調教なんてされたくない。だけど……葉月さんに、触ってもらいたい。

どうしてだろう。もしかして、恋をしてるの？　ううん、そんなはずはない。だって私は、葉月さんに調教されたくない。ヤクザの男なんてごめんだ。

この行為はあくまで、私が仕出かした大ポカに対する『償《つぐな》い』のひとつ。許してもらうための条件だ。彼のすべてを受け入れるつもりなんてない。

――それなのに、葉月さんに触ってもらいたい、と思う自分も確かにいる。

ああ……わからない。私は葉月さんにどんな感情を抱いているのだろう？

ふと思いだしたのは、あの赤い女の人。

葉月さんを「私のあるじ様」と呼んでいた。性調教を受けた、黒百合という花の名を持つ女性。

マゾヒストという言葉が、頭をかすめる。痛いことや苦しいことをされると喜ぶ性癖。まさしく、葉月さんから調教を受けたいということだ。それは明確な主従を意味する。つまり彼女は葉月さん向けの女性だ。彼女こそが『パートナー』にふさわしいのではないか。

そう考えると、なぜかじわじわした不安が胸に広がっていく。

その時、ちゅ、とまたキスをされた。葉月さんは微笑んで、「気持ちいいことだけをしましょう」ともう一度言う。

ほわりと心が温かくなった。――それは葉月さんにキスをされたから？　それとも、今日は痛いことをされないという安心を得たから？

……なぜだろう。深く、考えたくない。

「里衣、このまま黙っているなら、私は勝手にはじめてしまいますよ？」

ツンツンと秘裂の真ん中を突き、笑いまじりに葉月さんが囁《ささや》く。

優しい指先にゆるやかな気持ちよさを感じながら、私はフイと横を向いた。

「……好きに、したらいいじゃない。私の意思なんか確認しないで。必要ないでしょ」

考えたくないから、思考にフタをする。いや、そもそも考える必要なんてない。これは葉月さんの趣味なんだもん。勝手にしたらいいんだ。私を人形みたいに扱えばいい。

私の投げやりな言葉に、葉月さんは驚いた顔をする。だけど、すぐに柔らかな笑みを浮かべた。

「なるほど、まだ自覚したくないのですね。……わかりました。では、好きにさせてもらいますよ。私は、里衣にもっと気持ちよくなってほしいですからね？」

ショーツ越しに人差し指が動く。指先が柔らかな秘丘をくすぐるように撫《な》でて、時々中心の割れ目を往復する。

「ん……っ……はっ」

薄い布越しに触られると、与えられる快感はゆるやかで優しいものだ。だけどそれが心地よかった。ずっと触ってほしいと思うくらい、うっとりした気持ちよさを感じる。

「剃毛《ていもう》をして正解でしたね。触り心地がとてもいい。里衣も、ここが前より敏感になったと気づいているのでないですか？」

「っ……うぅ、それは」

図星だ。茂みがあった頃よりも、そこは格段に敏感になり、より気持ちよさを感じるようになっていた。葉月さんの指をじかに感じ、秘所を辿るたびにビリビリと身体が痺《しび》れる。

「ん、葉月さ……」

名前を呼ぶ途中で、唇を塞《ふさ》がれた。深く口づけ、舌を伸ばしてくる。

「……はっ、ぁ、んっ」

息継ぎをして、口づけを交わす。秘所を弄《いじ》る指はひどくゆっくりとしていて、だけど確実に少しずつ、私の官能が刺激されていくのがわかった。

ひどく緩慢《かんまん》な葉月さんの指遣いに身体がうずく。心が何かに焦《じ》らされて、切なく欲しがり出す。

「あ、や……葉月さん……っ、あっ」

「ふふ、焦《じ》れてきましたか？　ではそろそろここを……触ってあげましょうね」

薄いシースルーの生地越しに、指先がつんとクリトリスを突く。

「っ、あぁっ！」

身体がびくりと反応し、高い声を上げてしまう。お腹の奥がじんじんと痺《しび》れて、快感から逃《のが》れたくて葉月さんの腕をぎゅっと掴む。だけどそんな抵抗は意味がなかった。

フ……と、葉月さんの笑みが深くなる。

薄布を挟み、指の腹で撫《な》でるように擦ってくる。

「は……ウン、っ、ぁ……あぁっ……っ！」

身体はびくびくと震えている。指で弄《いじ》られるたび、まるで痙攣《けいれん》を起こしているみたいに震え、悶《もだ》えてしまう。

「里衣、もっと力を抜いて。何も考えてはいけません」

「何……も？」

「ええ。ただ私に身を委《ゆだ》ねなさい。今日は最高の気持ちよさを感じましょうね……」

最高の、気持ちよさ。

それはどんな感覚なのだろう。今よりもずっと気持ちいいなんて、想像がつかない。

葉月さんが私の髪留めをはずし、ぱさりと流れる髪に手櫛《てぐし》を入れた。いたわるような優しい指遣いにうっとりする。

力が抜け、ふにゃふにゃになる身体。葉月さんの腕を掴んでいた手もぽとりとベッドに落ち、ぼうっと彼を見上げる。

彼もまた私を見つめていて、秘所を弄《いじ》る指に軽く力がこもった。指先がクリクリ動く。もう片方の手は、チューブトップになっているメイド服の胸元をずらし、胸に触れる。ブラジャーはトップの部分がシースルー生地になっており、乳首が薄く透《す》けていた。葉月さんは目を細めると、そっとその乳首に舌を伸ばす。

「あ……っ、や、はぁん……っ！　あぁ……っ」

「今日はクリトリスのみで感じてほしいのですが、あなたはまだ上手に快感を引き出せないでしょう。だからちょっとだけ、ここも甘やかしてあげましょうね」

チロチロと舌先で乳首だけを舐《な》めてくる。吸ったり噛《か》んだりはせず、彼はただ硬く尖《とが》らせた舌先で乳首を弄《いじ》り続ける。私にとろけるような快感を与えるために。

ああ——これは、わかる。気持ちがいい。何度も感じたものだ。もう、脳が覚えている。この行為は気持ちいいのだとはっきり自覚している。

快感に呼応して硬くなっていく乳首。葉月さんはそれをコリコリと舌で転がす。下肢を弄《いじ》る指は、一定のリズムを保ち、優しくゆっくりと上下に動く。

「はっ……あっ、あっ……ぁ、ん……っ」

蓄積されていく快感。コップにしずくが落ちて水が溜まっていくように、私の身体が少しずつ快感で満たされていく。

「フフ、気持ちいいですか？」

なぜだろう、今日はどうしてか認めるのが悔しい。だけど気持ちいいことは口にしろと言われていたのを思い出し、顔を横に向けると小さく「うん」と頷《うなず》いた。

「大分、身体が出来上がってきましたね。そろそろ、じかに触りますよ」

するりとショーツがはずされる。何にも覆《おお》われていない秘所が露《あら》わになり、力ない私の足は葉月さんの手によりゆっくりと広げられ、膝を立てられる。

可愛い、と葉月さんが呟《つぶや》いた。つるつるとした秘所にそんな感想を呟《つぶや》かれるのが恥ずかしくて、私はぎゅっと目を閉じる。

「ローションを使いますよ」

いつの間に用意していたのか、キャップをはずす音と共に、とろりとした液体が秘所に落ちてくる。葉月さんが手で大きく揉《も》み込むと、そこがほかほかと温かくなってきた。

「あったかい……どうして？」

「温感ローションだからですよ。ひやっとしなくていいでしょう？」

確かに、温かくて気持ちいい。お湯の中にいるみたい。

しばらく秘所全体を撫《な》でるように手のひらを滑らせていた葉月さんだが、やがて再びクリトリスを弄《いじ》り出す。ローションで濡《ぬ》れるそこを指先でくちゅくちゅと擦られると、例えようのない快感に襲われる。

「あっ、あ、あぁ、ああ……っん……っ、はっ……あっ、あぁ……っ」

言葉などすべて忘れてしまったかのように、喘《あえ》ぎ声しか出てこない。

葉月さんの指が絶《た》え間《ま》なく動き、クリトリスを擦り続ける。くちゃ、ぬちゅっ、とみだらに響く水音が、さらに快感を煽《あお》ってくる。

「っ……あぁ、だめっ、あ、葉月さんっ！」

「可愛い、里衣。力を抜いて。自然とくる感覚に、身を委《ゆだ》ねて」

「や、だって、怖いっ……気持ちいいの、すごく、だから……っ！」

思わずシーツを握《にぎ》ってしまう。身体を動かしてしまう。はぁはぁと荒い息を吐き、絶《た》え間《ま》ない快楽に恐れを感じる。すると葉月さんが私に覆《おお》いかぶさり、そっと頬を撫《な》でてきた。

「大丈夫ですよ。里衣、感じて」

口づけが落ちてくる。優しくて、唇を食《は》むだけの柔らかなもの。触れ合うだけのキスは、私に安心感をくれた。

「はっ、ん……っ、あ……っ！」

頬を撫《な》でていた彼の手が、私の手を握《にぎ》る。もう片方の手はクリトリスを弄《いじ》り続けていた。

「……っ、あ、……はぁっ、は……あ、……っ」

唇を重ね合う合間に声を漏《も》らし、口の端から一筋の唾液が流れていく。

優しいキスと繋いだ手。心がほっとして、じわじわとした快感がいっそう強くなる。私の本能が『気持ちいいだろう、もっと感じろ』と理性にフタをし、身体中がびくびくと反応した。

決して暴力的じゃない。ただひたすらに甘い愛撫《あいぶ》。

雷のような衝撃ではない。まるでたっぷりとした大きな波にさらわれるように、高みに上《のぼ》っていく。

「……あ、あ、……あ……っ！　あぁ……！」

頭の中がまっしろになって、気持ちよさが頂点に達した。

うっとりするほどの恍惚感《こうこつかん》。幸せさえ感じてしまう。身体中が歓喜しているようだ。

荒い息を吐きながら、葉月さんの手をぎゅうっと握《にぎ》った。

「ふふ、ちゃんとイけましたね。今のがイクということ、オーガズムに至った瞬間です。とても気持ちよかったでしょう?」

葉月さんは微笑み、ちゅ、とキスをしてくる。

それを素直に受けながら「うん……」と、力なく頷《うなず》いた。

「きもち、よかった。すごく」

「よかったですね。この最高の気持ちよさをもっともっと感じて、たくさんイケるようになりましょうね」

葉月さんは「がんばりましょう」と頭を撫《な》で、くすぐるように秘所に触れる。頂点に至った余韻《よいん》とローションのぬるつきが相まって、心地よい快感が再び身体をとろけさせた。

気持ちいい。好き……こんな風にされるのは、好き。

私は自然と葉月さんの言葉に頷《うなず》いて、再び与えられる性感に身を委《ゆだ》ねる。この時間はまるで恋人同士のやりとりのよう。

例えようのない不安は拭《ぬぐ》えない。けれど本当は、葉月さんはとても優しい人なのかなと思い、胸が温かくなったのだった。


——しかし、そんな葉月さんへの好印象は次の日になって撤回することになった。

身支度を整えて洗面所から出た時、スーツをきっちり着た葉月さんが、にっこり笑顔で私に手を差し出してきたのだ。

その手のひらにのっていたのは、ピンク色の小さなローター。

私はそれを静かに見下ろし、カニ歩きで入り口に向かう。ゆっくり、そろりと、さりげなく。しかしガシッと手首を掴まれた。やばい、自然にスルーして逃走を図る秘技『ナチュラルエスケープ』が効かなかった。かくなる上は、笑ってスルーする作戦に移るしかない。

「葉月さんってば、朝から心臓に悪いもの見せないでくださいよー。あ、私、仕事がありますのでー」

「里衣、仕事の前にこれを入れましょう」

「何を言ってるのかサッパリ理解デキマセン。あっ葉月さん、あそこにUFO《ユーフォー》が！」

声を上げると同時に、びしっと天井を指さす。しかし葉月さんはチラリとも上を見上げなかった。見事なスルースキルだ。

「里衣。自分で入れるのと、私に無理矢理入れられるの、どっちがいいですか？」

「どっちも嫌！」

「あなたも言うようになりましたねぇ……。すっかり私に心を許してくれて、とっても嬉しいですよ」

人の反抗をしみじみと喜ぶ趣味の悪い男。確かに最初の頃は、恐怖のほうが勝っていて、ここまではっきりと思いを口に出せなかった。だが、さすがに同居生活が続けば、これくらいは気安くなる。

「しかし困りましたね。あなたもようやくエクスタシーの素晴らしさを覚えてくれたので、是非ともこれを使って次のステップに進みたいのですが」

「私は進みたくない」

「私の趣味に付き合うという約束は？」

「それは忘れてないけど、趣味と言うなら仕事にまで持ち込まないでよ！」

我ながらもっともな意見だと思う。仕事にプライベートを持ち込んではならない。社会人として当たり前の概念だ。

しかしそこは葉月さん、元からそんな常識など持ち合わせていない様子である。彼はニッコリ微笑むと、私の腰をガシッと掴んだ。そのまま小脇に抱えるように抱き上げ、ばたばたと手足を動かす私を『趣味部屋』に連れていく。そして例の無駄にハイクオリティなエロ椅子にドサッと落とすと、てきぱきと私の手足を拘束しはじめた。

「いやーっ！　朝からこの部屋は勘弁して！　離してー！」

「ふふふ、朝の里衣は元気でよろしいですね。夜の里衣はちょっと諦め気味で楽な部分はありますが、たまには全力で抵抗してもらいたいですよね」

「別に、葉月さんを喜ばせるために抵抗してるわけじゃないよ！　仕事以外の時間は仕方ないけど、今から仕事するんだから、変な趣味を持ち込まないで！」

「里衣、あなたはひとつ勘違いしてますよ。誰が趣味は夜だけだと限定しましたか？　私の趣味に時間帯など関係ありません。したいと思った時にやります」

恐ろしい俺様発言をのたまう葉月さん。お願いだから、もう少し節度を持ってほしい。せめて仕事の時間は避けてくれないものか。

「や、やだぁ……」

身動きを封じられ、彼がリモコンを操作すると足の部分が大きく開いていった。膝を立てたその姿は完璧にアルファベットのM《エム》である。

「おや、丁度いい。今日はオープンクロッチですね。ではボタンをはずして、と」

本日のショーツは薄ピンク色で透《す》け感のあるフリルが全体にあしらわれた、私から見ても非常に可愛らしいものだった。しかし、当たり前のようにクロッチ部分には穴が空《あ》いていて、小さなボタンがふたつついている。

葉月さんの手によってあっけなくボタンがはずされ、ショーツは下着としての機能をなくす。彼はベッド脇のキャビネットに向かうと、白いボトルを取り出した。

「準備もなしに異物を入れると痛いですからね。ジェルを使いましょう」

「ジェ、ジェル……ローションとは違うの？」

「似たようなものですが、こちらのほうが粘度がある感じでしょうかね」

くすりと笑って、葉月さんはボトルからトロリとした白い液体を手に注《そそ》ぐ。確かに見た目からして、ローションよりねばねばしている感じがした。

「白くて粘ついたものって、どこか倒錯的に見えますよねえ。ちなみに変なものはまじってませんよ？」

「へ、変なものって、何？」

「なんでしょうね、ふふふ。さて、これをたっぷりローターに塗り込んで……あぁ、これは見た目にもいいですねえ。買っておいて正解でした」

葉月さんが満面の笑みで、白い液体まみれになったピンク色のローターを見せてくる。……確かに、どこかイヤラシイ感じだ。

彼は片手で私の秘裂を開き、てらてらと光るピンクローターをそこにあてがう。「入れますよ」という言葉と共に、異物がにゅるりと入ってくる。

「っ……、あ、うン……っ」

「フフ、膣内をきちんと攻めるのは、これがはじめてですね。私もドキドキしてきました。ほら、全部入りましたよ」

膣口は小さなローターをのみ込んで、そのまま膣内におさめてしまったらしい。

「ついでにここにもちょっとだけ、悪戯《いたずら》しておきましょうね」

葉月さんは白いジェルを人差し指に軽く塗ると、クリトリスに軟膏を塗るようにちょんちょんとつけていく。

「あっ、あっ、……え……？　な、なに？」

「すぐにわかりますよ。はい、終わりました」

そう言うと、葉月さんは手を軽くタオルで拭《ふ》き、リモコンを操作して椅子を本来の形に戻す。

私の手足の拘束も解かれ、ようやく自由を取り戻せた。

へとへとになりながら、文句を言おうと口を開く。

「はぁ……もう、朝から……はうぅ！」

よろりと椅子から下りた途端、身体にビリビリッと痺《しび》れが走る。膣内で何かが小刻みに震え出したのだ。いや、それが何かは、先ほどの経緯を考えれば明らかなのだが……

バッと振り向くと、葉月さんがピンク色の小さなリモコンを手にしていた。彼がリモコンについたダイヤルを回すと、膣内の震えがどんどん強くなる。私は思わずうずくまってしまった。

「はああっ、あ、あああぁ……っ！」

「ふふ、快感に悶《もだ》える里衣の姿はとても愛らしいですね。大丈夫、事務所ではこんなに強くしませんよ。あくまで慣らすためですから」

「っん、はぁ、っな、慣らす、ため？」

ようやく刺激が弱まり、じわじわとした弱い感覚に戻る。それだけでも十分違和感を覚えるレベルだが、身体を動かす余裕をなんとか取り戻した私は、ゆっくりと顔を上げた。

「ええ。女性の膣は元々刺激に対し鈍感にできています。ですから少しずつ、そこが快楽を得られる場所なのだと、あなたの頭に覚え込ませなければなりません。まずは道具とジェルを使って性感を得られやすい身体にしましょう。では、今日は一日それを入れたままで過ごしてくださいね」

「い、一日……!?　え、えっと……勝手に、はずしたら？」

おそるおそる、聞いてみる。すると葉月さんはとても嬉しそうに眼鏡の奥の目をゆるりと細めた。

「言うことが聞けなかったら、お仕置きするしかありませんね。わかりやすいように、お尻を叩いてあげましょう。悪いことをした子供が、母親に抱えられてお尻を叩かれるでしょう？　あんな風に叩いてあげますよ」

「ひぃ！　そ、それは嫌！」

痛い上にめちゃくちゃ恥ずかしいだろう。いっそ屈辱《くつじょく》的だ。絶対に避けたいお仕置きである。

「ちなみにお尻叩きをする時はビデオも撮りますからね。あなたにもちゃんと見てもらって反省してもらいたいですから」

極上の笑みをニッコリ浮かべて、鬼みたいなことをさらりと口にする葉月さん。

これは、何があっても絶対、このままで一日過ごさねばならないだろう。……葉月さんの趣味は本当に迷惑極まりない。私はすでに心底疲れてしまい、長いため息を吐いた。

——葉月さんの鬼畜《きちく》な命令に従うことになって、そろそろ半日。珍しく、事務所に全員がそろっていた。今日は月末の締め日で、みんな書類仕事を片付けているのだ。

「里衣ー。コーヒーくれよー」

「あ、はーい」

ググ、と膣内で感じる違和感に眉をひそめながら、黒部さんの声に返事をする。

「私にもください」

コーヒーメーカーがある棚に向かう途中、涼やかな声が聞こえてきた。私は自然とその声の主をジロリと睨《にら》み、「わかりました」とムスッと答える。

私の無言の非難など意に介さず、ゆるりと微笑む葉月さん。

じじじじ、と体内を刺激するローターが激しく動きはじめた。悔し紛《まぎ》れにくぅっと奥歯を噛《か》み、コーヒーを淹《い》れにいく。

事務所の中でも容赦なく与えられる膣内への刺激。

最初は違和感を覚えて仕方なかったが、一時間も動かされ続けると慣れてきた部分もあった。しかし、振動は突然強くなったりピタリと止まったりするのだ。単調な刺激に慣れてきたかなと思った頃に突然止まったり、いきなり強い刺激が襲ってきたりする。

ローターを操《あやつ》っているのは、もちろん葉月さんだ。リモコン操作が巧《たく》みすぎて怖い。まるで私の心を読んでいるかのような絶妙なタイミングで振動が変化して、まったく気が休まらない。

私は非常に緊張した面持《おもも》ちで黒部さんにコーヒーを渡し、葉月さんのデスクにもコーヒーを置いた。

ふぅ、と息を吐いて椅子に座り、仕事をはじめる。月の締め日は私も忙しいのだ。正直言ってローターに構っている場合ではない。

なのに――唐突にそれは来た。

「ん？」

なんだろう、さっきよりも敏感になっているような……。振動の強さは変わらないのに感度だけがグンと上がったみたいに、身体が火照《ほて》ってドキドキしてくる。

じじじ、じじじじ、じじじじ……

「――っ」

思わず、前のめりになってテーブルへ突っ伏す。やばい、今とても卑猥《ひわい》な声が出そうになった。

この、所員全員が仕事している狭い事務所内で――こんなところでそんな声など出してはいけない。死ぬ気で我慢しなければ。

しかしそれにしても、どうしていきなり？　さっきまでは、これほど辛くなかった。違和感があって仕事に集中できないとげんなりしていたが、逆に言えばそれくらいだった。つまり快感をあまり感じていなかったのだ。

なのに、今は、わけがわからないほどお腹の奥がうずく。かゆくて、じんじんして、熱くて、息が上がってくる。

「っ……っく、はぁ……っ」

ぐっとお腹を抱きしめ、椅子の上で丸くなる。我慢しなければ。なんだか確実に身体がオカシイことになっているけど、こんなところで醜態《しゅうたい》をさらすわけにはいかない。

「里衣ちゃーん。もう経費締めちゃった？　まだならコレ精算してほしい――んだけど……」

デスクワークをしていた曽我さんが私のもとへやってくる。思い切り前屈《まえかが》みになって腹を抱える私に、「どしたの」と驚いたような声をかけてきた。

「お腹痛いの？　大丈夫？」

「ウッ、だいじょうぶ……です。こんなの、へっちゃら、です」

ぐおっと気合いで上体を上げ、身体を支えるようにデスクに肘を置き、パソコンのマウスを握《にぎ》った。

しかし、私の努力をあざ笑うかのように膣内の振動が強くなる。それに伴《ともな》って、秘所のうずきが強まる。さらには私のとても敏感なところ――クリトリスのあたりがやたらとじんじんして、堪《たま》らなくなった。

「ふ…っ、あ、問題ないです！　私は仕事をするのです。さ、さぁ、曽我さん、精算しますよ。経費請求書をくださっ、あぅ、ください！」

「……なんかよくわかんないけど、無茶はするなよ？」

ほい、と請求書を渡される。震える手でそれを受け取ると、経理ソフトに必要事項を打ち込んだ。そして小さな手提げ金庫からお金を取り出し、曽我さんに渡す。

「ご心配かけて、すみません。ありがとうございま、はうっ！」

へろへろになっている私を曽我さんは心配そうに見るが、お金を受け取り自分のデスクに戻っていく。

いかん、やばい。……私、椅子から立てないかもしれない。

じじじと絶え間《たま》なく膣内を刺激する振動。なぜかカチカチに硬くなったクリトリス。じわじわと蓄積される快感に、あそこが濡《ぬ》れている。お尻のあたりがじんわりと湿《しめ》っているのがわかる。

これはスカートにしみができているかもしれない。怖くて、立つことができない。

「くっく……」

後ろから笑い声が聞こえた。思わず睨《にら》みつけるように振り向くと、葉月さんが軽く顔を伏せて肩を震わせている。

私が今どういう状況になっているのかわかっていて、その上で笑っているのか。

なんて悪趣味なヤツ。神様どうか断罪を——あああ、お願いだから、もう、ローターを止めて！

「獅子島……、あんた里衣に何かしてンのか？」

私のところに書類を持ってきた桐谷さんが、呆《あき》れたような顔で葉月さんに尋ねる。だが、葉月さんは意味深な微笑みを浮かべて、私に視線を送った。

「いいえ、何もしてませんよ。ねぇ？　里衣」

私は悔しさをにじませつつも、「はい」と頷《うなず》いた。

「な、なんでもないデスよ。ははは、ちょっと、昨日食べすぎた、だけです」

「……ふゥん」

目を細め、つまらなさそうに相槌《あいづち》を打つ桐谷さん。彼もまた大人しくデスクに戻って仕事を再開する。

これはもはや拷問《ごうもん》だ。まだ昼にもなっていないのに、あと何時間これが続くんだろう。

じじじ、じじじじ……

振動はあくまで弱めだ。時々驚かせるように強くなるけど、それは瞬間的なもの。それなのにつらさはどんどん強くなっていて、まるで真綿で首を絞《し》められているような気分になる。

「——……っ、はぁ……っ」

小さく息を刻み、官能を逃がす。

仕事に集中すれば、気にならなくなるはず。そう思うのに、身体のうずきは強くなる一方で、意識を持っていかれてしまう。

時間の流れがいつもよりゆっくり感じられて仕方がなかった。

——時計の針が正午を指すと、所員は立ち上がって外出の準備をはじめる。

この事務所で食事といえば外食だ。コンビニで買ってきたものを事務所で食べる時もあるけど、今日はデスクワークだからか、気分転換にみんな出かけるらしい。

しかし葉月さんは、たくさんの報告書をまとめてトントンと整えながら言う。

「いってらっしゃい」

黒部さんは「あれ？」と首をかしげる。

「葉月さん、外行かないんスか？」

「ええ、私は三階でお昼を食べます。里衣が作ってくれますからね」

葉月さんの言葉に曽我さんが「うーわっ」と声を上げた。

「昼間っから手作りお料理なんて、贅沢《ぜいたく》だねえ。なんだよすっかり仲いいじゃん。独り身な俺はうらやましーよー」

黒部さんの肩にどっしりと腕をかけ、しみじみとぼやく曽我さん。葉月さんは彼を横目で見る。

「あなたは自分で独りを選んでいるのでしょう？　うらやましいなら、手持ちの女性から選べばいいじゃないですか」

「あーそれ言っちゃうー？　でもなーカノジョにするならもうちょいマトモな子がいいからなー」

フン、と鼻で笑い、桐谷さんがポケットに両手を突っ込んだまま声をかける。

「まともなオンナはお前みたいな奴に近づかねェんだよ。とっとと行くぞ」

曽我さんは「ヒドイ！　桐谷に言われたくなーい」と軽口を叩いて事務所を出ていった。その後を追うように黒部さん、そしてずっと黙々と仕事をしていた滝澤さんが続く。

唐突に、シンと静まる事務所。

私は身体を硬くし、小刻みに震えていた。もうすでに声が出せる状態ではないし、背中は汗でじっとり濡《ぬ》れている。

その時、ローターの振動が強まり、激しく唸《うな》り出した。無機質な機械音に合わせるように、私の身体ががくがくと震え出す。

「あっ！　あっ、はぁ……っ」

思わず、声を漏《も》らしてしまった。

ぎゅっと足に力を入れてデスクにしがみつく。暴力的なほどの快感に必死で耐えていると、コツコツとやけに響く靴音が近づいてくる。

「よく耐えてますね、里衣。媚薬《びやく》クリームを塗りたくったローターを入れられているというのに、つくづく感心しますよ」

「っ、は、ぁ……びや、く？」

ゆっくり顔を上げると、葉月さんは仄暗《ほのぐら》い笑みを浮かべていた。そしてポケットから見覚えのある白いボトルを取り出す。

「これをローターやあなたのクリトリスに塗ったでしょう？」

「っア、そんな、媚薬《びやく》、なんて……っ、へ、変なものは入ってないって……言ってた、のに」

「えぇ。非合法的なものではありませんよ。そこまで強力でもありませんしね。さて、里衣。そこのデスクに座って足を広げてみなさい？　前にもやったでしょう」

あの恥ずかしい恰好をやれと？　しかもまた、この事務所で。

どうもここでそういうことをやるのは抵抗がある。それに、お昼に行った桐谷さんたちがいつ帰ってくるかもわからない。

「あの、ここ……で？　せめて、三階、で、あぁっ」

「ここですよ。心配しなくても、彼らはしばらく帰ってきません。ですが、もしもということもありますので、見られるのが恥ずかしいのなら早くしなさいね？」

「うぅ……」

葉月さんが手に持ったリモコンのダイヤルを大きく回すと、振動はどんどん強くなっていく。私はグッと歯を食いしばって快感に耐えた。

この攻めは、私が言うことを聞かなければずっと続けられるのだろう。観念して立ち上がり、よろよろとデスクに座る。そして前にもやったように足を広げ、M《エム》字の形を作った。

「あぁ、すごいですね。ショーツがびしょびしょです。太ももまで愛液が伝って……よく声を上げませんでしたね。ほかの所員がいたからですか？」

「……っ」

目を伏せ、こくこくと頷《うなず》く。こんな醜態《しゅうたい》、絶対に知られるわけにはいかなかった。時々耐えられなくて小さな声を漏《も》らしてしまったけれど、我ながらよく我慢したと思う。

葉月さんは濡《ぬ》れたショーツに手を伸ばし、クロッチの穴についたボタンをはずす。そして隙間から指を差し込んで秘丘を押さえ、割れ目を大きく開いてきた。

「里衣、驚くほどここがいやらしく仕上がってますよ。愛液が糸を引いて、とろとろになっています。艶《なま》めかしく光って……膣口がヒクついていますね」

「や！　だから、実況中継しないでぇ……！」

「ふふ、だって口にすると里衣が恥ずかしがってくれますからね。ほら、クリトリスが可哀想なくらいに硬く勃《た》っていて、震えていますよ。思わず興奮してしまうほどです」

葉月さんはくすくす笑って、私の秘所をジッと見つめてくる。

膣内で蠢《うごめ》くローターの振動はまだ止まらない。デスクに手をついて荒く息を刻みながら懇願《こんがん》する。

「……っ、あ……っ、は、づきさん……っ、これ、ぬいてよ……っ」

「一日がんばれって言いましたよね？　できなかったらお仕置きですよ？」

「うぅ……っ、お尻叩きは嫌だけど……っ、こ、こんなの終業まで我慢するなんて、無理だよ……っ！　はぁ……っ、あ、……っもう、かゆくて、う、うずいて……仕方ないの……っ」

荒く息を吐いて俯《うつむ》く。腰は情けないほどガクガクと震えていて、こうやって話をしている最中も愛液は止め処《とど》なく流れている。

涙がこぼれそうになるのをグッと堪《こら》え、顔を上げて葉月さんを見た。

「た、助けて、葉月さん」

すると彼の片眉がぴくりと動いた。秘所を見つめる表情から、スッと笑みが消える。

無表情の葉月さんはひどく怖い。普段はいつもニコニコしているからか、無表情だと怖気《おぞけ》が走るほど怖くなる。

私は、何か余計なことを口にしてしまったのだろうか。あれ、私、さっきなんて言ったっけ？怒らせたのかな？　すぐにでも謝るべき？

「は、葉月さん、私」

「――それなら、自分でやってみなさい」

「え……？」

思わぬ言葉に、間の抜けた声が出る。葉月さんは秘所から手を離すと、近くにあった椅子を引き寄せ、静かに腰を下ろした。

「私はここで見ていますから、あなたが自分で慰《なぐさ》めなさい。それでいくらかは発散できるでしょう」

「っ、は、発散？　えっ……」

葉月さんの言葉の意味を理解して、頭がカッと熱くなった。とんでもないことをやれと言われている。そんな恥ずかしいことをするのは嫌だ。……だけど、無表情の葉月さんにやりたくないと言うのはためらわれた。

「で、でも私、やり方……わからない」

「……まずは、ローターを抜きなさい。膣口からストラップが出ているでしょう？　引っ張れば出てきますよ」

葉月さんは足を交差させて腕を組む。居丈高《いたけだか》で、人を見下したような冷たい視線を送られた。……こんな葉月さんははじめてだ。

おそるおそる秘所に手を伸ばす。膣口のあたりを触ると、確かに糸のような細いストラップが蜜に濡《ぬ》れて垂れていた。それを指で摘《つ》まみ、ぐぐ、と引っ張る。

「ん、ん……っ、あぁっ……」

にゅぷっと異物が抜ける感覚に、肌が粟立《あわだ》つ。ローターはまだ振動しており、ストラップを伝って指先がびりびりする。

「それを欲しいところに当てなさい。自分でわかるでしょう?」

「っ……は、……ほしい、ところ……っ」

葉月さんの言葉を繰り返し、小さなローターを軽く摘《つ》まむ。秘裂を人差し指と中指で開き、小陰唇の周りにそっと当ててみた。

「っ、あ、あぁっ!」

無機質な振動が甘い感覚を呼ぶ。膣内に入れた時とは全然違う。気持ちいい。

欲しかった快感がやっとやってきて、私は必死になってローターを動かした。堪《たま》らない。もっと、もっと気持ちよくなりたい。

「は、っ……や、きもち、いい。ン……っ」

くぱりと片手で大きく秘所を広げ、小陰唇のひらひらした部分や内側の襞《ひだ》、膣口の周りをゆっくりとローターでなぞる。振動の強さは丁度いい。弱すぎもせず強すぎもしない絶妙な振動が、私に例えようもない快楽を与える。

「……あっ、はぁ……っぁ、あ……」

ここがどこで自分がどういう恰好をしているのかは、頭の隅に追いやった。今は、ただただこの刺激を味わい、貪《むさぼ》っていたい。

気づけば、秘所に塗りたくるようにローターを動かしていた。すると、偶然当たった部分で、今まで以上に身体が痺《しび》れる。ビリビリとして――そこはとろけてしまいそうなほど気持ちがよかった。

「っ、あっ！　……ここ、は……んっ」

そうだ、葉月さんが昨日弄《いじ》っていたところ。私が最も気持ちよさを感じる一点。偶然ローターが当たったのはクリトリスだった。

ドキドキしながら、もう一度そっとローターをそこに当ててみる。

「あっ！　あ、あぁっ、は……っ、気持ち、いい……」

それ自体に当てると少し痛いけど、周りをなぞるようにしてみれば、とんでもない快楽を運んでくる。はぁ、はぁ、と息を刻み、泣きそうになりながらローターを動かした。

――私は一体、何をしているんだろう。そう思ったら、急に羞恥心《しゅうちしん》が湧き上がってくる。

「はぁ、あ、みない、で……」

声を上げて俯《うつむ》いた。それでも、ローターから手を離すことができない。

感情とは裏腹に、媚薬《びやく》でうずいた身体は快感を得たくて仕方がない。だからせめて、私は声に出して訴《うった》えた。

「は、づき、さ……私を、みないで……」

だけど葉月さんは黙ったまま、ぴくりともしない。まだ彼に見られていると意識した瞬間、急激に身体が熱くなった。

「み、みな……っ！　あっ、あぁあっ……！」

ビクビクッと身体が大きく震える。——昨日感じたばかりの、あのまっしろな感覚だ。

快感がすべての機能を麻痺《まひ》させ、力が抜けた手からローターが滑り落ちた。立てていた膝もデスクの上に力なく倒れる。

「っ……はぁーー……」

長い息を吐く。膣内やクリトリスのうずきはまだおさまりきらない。だけど幾分かすっきりした。

ぼんやりと天井を眺《なが》めていると、葉月さんはゆっくり立ち上がった。そしてデスクに転がるローターのストラップを摘《つ》まみ、差し出してくる。

「少しは発散できたようですね。それではこれをもう一度膣内に入れなさい。あとは終業時間までこのままですから」

冷たく言い放《はな》ち、無表情で私を見下ろす葉月さん。

途端に、頭に冷や水をかけられたように冷静になった。火照《ほて》っていた身体が急に冷たくなる。

私は震える手でローターを受け取り、それを膣内に埋め込んだ。器具は再びじりりとうごめきだす。

その様子を確認して、葉月さんは私から離れていく。

時計を見れば、まだ三十分も経っていなかった。だけど、食事を取る気分にはなれなくて、乱れたデスクを掃除してから仕事をはじめる。

葉月さんはまるで熱が冷めたように無表情のまま、窓側で外を眺《なが》めていた。

……どうしていきなり機嫌が悪くなったのか、やっぱりわからない。何か気に障《さわ》ることをしてしまったのだろうか。

どれだけ考えてもわからないまま、居心地の悪い昼休みは終わり、みんなが帰ってくる。

あれが美味《うま》かった、あれはイマイチだったと外食の感想をガヤガヤと語り合う曽我さんたち。彼らの話を聞いていると、心なしかホッとした。

そんな私のデスクにコトンと何かが置かれる。なんだろう、これは。……胃腸薬？

見上げれば、滝澤さんが立っていた。いつも通り目深《まぶか》にフードを被ったまま、静かに私を見下ろしている。

「ハラ、痛いんだろ」

「あ……。ありがとう、ございます……」

ぼんやりとした声でお礼を言うと、滝澤さんは何も言わずに自分のデスクへ戻っていった。

彼なりに私を心配してくれていたのか。少し意外だった。あまり話さないからよく知らなかったけれど、もしかして彼は心優しい人なのかもしれない。

――じじじじ、じじじ。ローターは動いているものの、振動は一定で弱い。これくらいなら耐えられそうだ。

ちらりと見ると、葉月さんは無表情で淡々と仕事をしている。午前中はローターの強弱を頻繁に変えて私を翻弄《ほんろう》していたのに、今はまったく変わらない。

与えられたオモチャに飽《あ》きた子供みたいに、どうでもよさそうな顔をしている葉月さん。

何故か、不思議な焦燥《しょうそう》を感じた。

どうしよう、嫌われてしまったのだろうか——。そう考えて、慌《あわ》てて打ち消す。

どうして嫌われたかもしれないなどと不安に思っているのだ。むしろ嫌って、私を追い出してでもしてくれたほうが好都合なのに……

結局、終業時間が過ぎても、彼は少しも笑わなかった。

葉月さんは終業時間になったら、「それ抜いていいですよ」と気のない様子で私に告げ、ふらりと事務所を出ていった。

私は葉月さんに許可をもらった瞬間、事務所のトイレに駆け込んだ。昼に感じたような耐えがたいほどのうずきは大分薄まっているが、やはり非常に違和感があった。

トイレに座ってそれを引き抜くと、ほうと息をつく。

媚薬《びやく》クリームの効果がまだ薄く続いているのか、下肢はまだじりじりとうずいている。クリトリスも熱を帯びたようだった。

だけど、耐えられないわけじゃない。昼前に感じていたような強い感覚に比べればずっとましだ。

あれが一日中続いていたら、確実に頭がおかしくなっていただろう。

ため息をつきながらトイレを出る。ローターは洗面所で洗ってポケットに入れておいた。

事務所に戻ると、桐谷さんたちはデスクを片付けている。

「葉月さん……、ずっと機嫌悪かったな」

ぽつりと呟《つぶや》きつつ、自分のデスクに戻る。すると桐谷さんの声が飛んできた。

「あんなのは、機嫌が悪いうちに入んねェよ」

カチンとライターの音が聞こえる。そちらを見ると、桐谷さんは磨《す》り硝子《がらす》の窓を少し開け、タバコを吸っていた。

「そうなんですか？」

「ああ、獅子島が本気で機嫌悪くなると、あんなもんじゃ済まねえからな。八つ当たりはする、酒は飲む、しかも長引く、で非常に面倒臭い。だからあんなのは可愛いほうだ。きっと外で気晴らしでもしているんだろうよ」

そうか、あれでもまだいいほうなのか。それにしても、葉月さんは何が原因で機嫌を損ねたのだろう。少なくとも昼前まではとても楽しそうに笑っていたのに。

……やっぱり、私が何かしちゃったんだろうな。

「里衣ちゃん、そんな心配そうな顔しなくてもいいんだよー。確かに、笑わない獅子島は久々に見たけど、あれはどっちかというと考えごとをしてる感じだったしさ」

「獅子島さんがまじめに考えごとなんて、そっちのほうが珍しいっスねー」

曽我さんの言葉に黒部さんがハハハと軽く笑う。すると、桐谷さんがげしっと黒部さんのお尻を蹴った。……割と痛そうな音がしたが、大丈夫だろうか。

「お前は一言多いンだよ。……まぁ、イロイロあるんだろうさ。あいつだって人間なんだし」

チロ、と私を横目で睨《にら》んでくる桐谷さん。な、なんだろう。頼むからその、人を殺せそうな目で睨《にら》まないでほしい。

黒部さんはたいして痛そうな顔もせず、お尻をさすりながら「人間っスかー」とどこか遠い目をした。

「人間だったんスね、獅子島さん」

「お前なぁ」

低い声で凄《すご》む桐谷さんに、黒部さんはちょっぴり慌《あわ》てる。

「ああ、いや！　別に悪い意味じゃないんスけど、ねぇ。ははは」

「まぁ黒部の言いたいことはわかるぞ。だからさ、イイことじゃん？　――そうだよ、これはイイことなんだよ」

曽我さんはそう言って明るく笑う。桐谷さんはフイと横を向いて、短くなったタバコの火を消して灰皿に捨てた。そして新しいタバコを取り出して咥《くわ》えると、事務所の扉に向かう。

「……人間だった、か。案外、獅子島が悩んでンのは、そのことなのかもな」

扉の前でそうこぼしてから、「お疲れ」と彼は去っていった。

ぼうっと見送って、桐谷さんは何を言っているんだろうと首をかしげる。人間であることについて悩んでいるって、意味がわからない。そんなことはないと思うけれど、もしかして……

「葉月さんは、人間じゃないんですか？」

「くっ、あはは！」

私の言葉に曽我さんが笑う。そして私の頭をポンポンと叩き、「そういう意味じゃないよ」と目を細めた。

「ただ、なんてーか、感情をシャットアウトしてる奴なんだよね。あると邪魔だし、仕事にならないからさ。獅子島がいつも笑ってるのは、そういうことなんだよ」

「はぁ」

「逆に言えば笑わない時こそ、あいつは人間らしいってわけ。突然そうなることもあるし、きっかけとかはよくわからないから、里衣ちゃんは気にしなくていいよ。あんまり怖がんないであげて」

「……うーん。わかりました」

こくりと頷《うなず》く。そうか、葉月さんにとってあれは怒っているというほどではないし、私と一緒にいたからって、私が原因とは限らないのか。なんにしても、私のせいで怒っているのじゃなければそれでいい。だって、そんなの嫌だから。

——ん？　何が嫌なんだろう？　私。

ふたたび首をかしげた時、黒部さんが声をかけた。

「そんじゃ、俺も帰ろっかな。里衣ー、また明日な」

「あ、はい。お疲れさまです」

黒部さんが出ていって、俺も帰ろ、と曽我さんも続く。最後に滝澤さんがファイルを片付けて、

「オッカレ」と事務所を出ていこうとした……ところを、慌《あわ》てて呼び止める。

「あ、あの、滝、澤さん」

カチャリとドアノブを回しながら、ほんの少し振り向く滝澤さん。やっぱりフードと長い前髪に隠されて、目は見えない。

「お薬、ありがとうございました。あの、もう、大丈夫です」

ぺこりと頭を下げる。実際は腹痛じゃなかったから申し訳ない気持ちだけど、彼の心遣いは嬉しかった。

滝澤さんは「そう」と気のない様子でドアを開ける。

「……プリン、美味《うま》かったから」

一言そう言い残して、彼は去っていった。

プリン。そういえば先日プリンを作って事務所の冷蔵庫に入れておいた。みんなは勝手に取り出して食べていて、曽我さんなんかは「美味《うま》い美味《うま》い」と連呼していたけれど、滝澤さんは特に何も言わなかった。おいしいと思ってくれていたのか。もしかして彼は甘いものが好きなのかな。なんにしても、曽我さん以外にも喜んでくれた人がいたのは嬉しい。また何かお菓子を作ってみようかなと、頬がゆるんだ。

事務所を閉めてから三階に上がり、身体をくまなく洗えば、残っていた身体のうずきはすっかり落ち着いた。

葉月さんは夕飯の時間になっても帰ってこない。

ごはんがいらない時は事務所に連絡をくれるのになぁ。ひとりでごはんを食べながら、テーブルの向かい側に配膳した、彼の夕飯を見つめる。

こんなこと、前もあったな。

ふいに昔を思い出す。——そうだ、あれは雨の日。おじいちゃんは所有している山の土砂崩れを心配して、夕方にひとりで山の様子を見に行ったんだ。

夜になっても帰ってこなくて、待っている間に用意したごはんは冷たくなってしまった。

……あの時はすごく心配したなぁ。

結局おじいちゃんは夜中に帰ってきたのだけど、あの時は連絡くらいしろって私が珍しく怒ったんだっけ。

懐《なつ》かしくなって、ふふ、と笑うと、軽く頬杖をつく。葉月さん、早く帰ってくるといいな。

「——って！　違う、早く帰ってきてほしくなんかないし！」

慌《あわ》ててぶんぶんと首を振る。

彼が帰ってきたら、いやらしいことをされたり悪趣味に付き合わされたり、ろくな目に遭《あ》わないのに。何を考えてしまったのだ、私は。

ああもう、こんな日はさっさと寝てしまうに限る。どうせこの部屋にはテレビもスマホもないから、時間を潰《つぶ》す手立てが皆無なのだ。今日も今日とてえらい目に遭《あ》ったことだし、身体をゆっくり休めたい。

いつ見てもいかがわしいとしか思えない黒のベビードールに袖を通し、電気を消してベッドにもぐりこむ。

……葉月さんはおじいちゃんとは違う。年齢は知らないけど、私より確実に年上の、大人の人だ。健康的な青年男性。心配なんかする必要はない。桐谷さんの言う通り彼が怒ってないなら問題ない。……何が問題ないのかといえば、それは……えーと……

「だって怒ったら、お仕置き……とか、ありそうじゃない。そうだ、それが嫌だから、怒ってほしくないんだよ。うん」

ブツブツと布団の中で呟《つぶや》く。口に出したら、確かにそうだ、と自分自身に納得した。

「だって、お尻を叩かれるなんて絶対ヤだもん。おじいちゃんにもされたことないのに。……そんなの、恥ずかしいし……」

柔らかい布団に包まれて、ほどなく眠気がやってくる。自覚していなかったけれど、私は疲れていたらしい。昼間の惨事を考えれば当たり前だが、我ながらよく一日もがんばったものである。

そうして私は眠りに落ちたのだった。


……まどろみの中、何か物音がする。

しばらく眠った気はするのだが、薄目を開けるとあたりは暗い。まだ夜中なのか、と再び目を閉じる。

――こぽぽ。

水を注《つ》ぐ音が聞こえる。しばらくして、コトリとテーブルに何かが置かれ、誰かが水を飲んでいるのだとわかった。

す、と空気が動いた気がして、私は少しだけ顔を上げる。

「葉月さん？」

「あぁ、里衣。起こしてしまいましたか」

すみませんと静かに謝ってくる葉月さん。穏やかで優しくて、いつもの葉月さんの声色だ。午後に感じた不機嫌さはない。

私はどこかホッとしながら上体を起こす。

「夕食の連絡、できなくて申し訳なかったですね」

「ううん、別にいいけど。どこに行ってたの？」

「急ぎの仕事が入りましてね、それを片付けて……あとは、少し飲みたくなったもので。お酒を飲んできました」

葉月さんがベッドのふちに座る。ふわりとアルコールのにおいがして、なるほどと頷《うなず》いた。

「もしかして、キャバクラ？」

「はっ……くく。私はキャバクラに行きそうに見えますか？」

なんだか、ややウケてしまったらしい。軽く肩を震わせて笑う葉月さんに、「だって」と俯《うつむ》く。

「男の人はキャバクラ好きって聞いたことあるし、葉月さんもあんまり抵抗なさそうだから」

「まぁ、抵抗はありませんが。でも好きというほどではありませんよ。曽我など、ああいった店が好きな人に誘われて行くことはありますけど、自分から進んでは行きませんね」

普通のバーですよ、と頭を撫《な》でられ、小さくほっとする。

……ん？　だからなんで、そこで安心しちゃうんだ。

自分自身がわからなくて顔をしかめていると、葉月さんはひとしきり髪を撫《な》でてから、軽く一息つく。

「事務所では申し訳ありませんでしたね。あなたを不安にさせてしまいました」

「あ。や、別に、そんなの気にしてないよ。まぁ、事務所であんなことをさせるなって文句を言いたいのはヤマヤマだけど」

ごにょごにょと呟《つぶや》く。

葉月さんは本当に言動が読めなくて困る。いつも人が嫌がることを喜んでやるくせに、こういうところで真面目に謝ったりしないでほしい。横柄なのかそうじゃないのか、どっちかにしてくれないかな。

「……あなたは善人ですよね。そしてドがつくほどのお人よしです。よくそんな性格で営業の仕事なんてできましたね」

「別に、自分がお人よしだとは思わないけど……。たとえそうだとしても、営業は仕事だもん。関係ないでしょ？」

「必要のない住宅にまで耐震工事の契約をすすめることに、抵抗は？」

「売り方に強引な部分があったから、少しは抵抗もあったけど、点検と工事自体はまっとうだから。

それに、まったく必要ない住宅なんてないし」

その頃を思い出すと、まだ一ヵ月ほど前のことなのに、ずいぶんと遠い過去のように感じた。あの会社の元社員たちは元気にやっているのだろうか。社長はスナックのママに有り金を巻き上げられて、路頭をさまよっているのかもしれない。

葉月さんは、ベッドに腰かけながら遠くのほうを見つめている。窓から差し込む月明かりが横顔を青白く照らす。私はそんな彼を見上げながら、おずおずと尋ねた。

「あの……な、なんで、機嫌、悪くなったの？」

葉月さんはゆっくりと私に顔を向けた。月の光に彼の眼鏡が反射して、白く光る。

「機嫌が悪くなったわけではありませんよ。単に、我慢をしていただけです」

「が、がまん？」

「ええ。己《おのれ》の欲望に身を任せてしまわないよう、自制していました。あなたのことは時間をかけて、少しずつ調教したいですからね」

それはどういう意味なのだろう。葉月さんの欲望って何？　欲望はイコール趣味……調教することではないの？

私の疑問が顔に出たのだろうか。葉月さんは困ったように目を伏せると、私の頬を撫《な》でてくる。

「歯に衣《きぬ》着せぬ言い方をしますと、単にセックスがしたくなったのですよ」

予想せぬ言葉に、私はぽかんとしてしまう。

「せっ……くす、ですか」

「はい。ああいう感情って、唐突に襲ってくるんですね。びっくりしました。それで慌《あわ》てて我慢したんですけど、余裕がまったくなくなってしまって。いや、失態でしたね。あなたを怖がらせたかと、お酒を飲みながら少々落ち込んでいました」

ははは、と照れたように笑う葉月さん。私は数瞬の間彼を見つめた後、ハッとしてツッコミを入れた。

「怖がらせたって言うなら、最初から怖がらせてるでしょーがっ！」

「いや、それとこれとは別と言いますか。あなた、割と肝《きも》が据《す》わっているでしょう？　だけど今度こそ畏縮《いしゅく》させてしまったかなぁ、と」

葉月さんは困ったような苦笑いをする。

「これでも私は、あなたを大切にしたいと思っているのですよ？」

「矛盾してる。大切にしたいなら、普通、おっぱいをクリップで挟んだりしないもの」

「あははっ、だってあれは私の趣味ですから。そうじゃなくて、必要ではないのに、自分の欲望を満たすためだけに、あなたを犯したくはないのです。そんなのは、ただの『強姦』でしょう？」

それはまるで、ギリギリの境界線。

私は今、犯罪まがいのことに巻き込まれている。何せ、貴重品をすべて取り上げられた上、安月給での労働を強《し》いられ、さらには彼の趣味に付き合っているのだ。

裸にもなったし、恥ずかしいところはくまなく見られた。性犯罪の被害に遭《あ》っていると言ってもいいと思う。

だけど、その中で葉月さんは、自分が決めた越えてはならない線だけは守っている。

もしかしたら、それは葉月さんなりのプライドなのかもしれない。うまく言葉にできないけど、あえて言うなら、調教という趣味に対するプライドだろうか。

はっきり言って趣味の内容は変態すぎて、私にはまったく理解ができない。けれど、彼なりにこだわりを持っているのはわかる。それを一時の感情で壊したくないということだろうか。

とにかく、彼に信念があることは、はっきりと伝わってきた。

私には理解できないことが多いものの、自制したというのは、なんだか嬉しかった。それは私に対して、本能より理性を優先してくれたということだから。

でも、お酒を飲みに行くほどだったとすれば、彼はどれだけ我慢したのだろう。

「葉月さん、今は大丈夫なの？」

「ふふ、心配してくれるんですか？　そうですね、まぁ、朝には元通りになっていることでしょう。多少自分で抜きましたからね」

「っ……そ、そう」

あけすけな言い方に動揺したが、わかりやすかった。

それにしても、なんだか私だけ気持ちよくしてもらって、ずるいのではないかという気がしてくる。いや、私は葉月さんの趣味に巻き込まれているんだけど。ものすごく恥ずかしいし、痛いことをされたりもするんだけど。でも、葉月さんは気持ちよくならなくていいのかな……

腕を組んであれこれ悩んでいると、葉月さんが不思議そうに首をかしげた。何を考えているんだと、眼鏡の奥で黒い瞳が問うている。

私は頬を掻き、手をもじもじさせながら「あの……」とうかがいを立ててみた。

「わ、私が、手伝えることは、ない？」

「……おっしゃる意味がよくわからないのですが」

「だだだ、だから、葉月さんが気持ちよくなるために、私に……何かできることはないかなって……」

そうぼそぼそと呟《つぶや》くと、彼は少し真面目な表情で私を見た。また笑顔がなくなってしまったが、今はそこまで怖くない。ただ、まっすぐに見られているのが恥ずかしくて、あわあわと両手を振った。

「や、その、だって、不公平じゃない。わ、私ばっかりいつも気持ちよくなって」

「それはそうですよ。何故ならそういうことを教え込むのが、私の趣味ですからね」

「わかってるよ！　……だけど」

うぅ、と困ったようにうめいてしまう。実のところ、私自身も何を言っているのかよくわかってないのだ。ただ、葉月さんは私のことを「対等な存在」と言っていた。だから私も、葉月さんとは公平な関係でいたいと思ってしまう。私ばかりが気持ちいい思いをするのは、不公平じゃないだろうか。

それがたとえ、こんなにアブノーマルな関係であったとしても。

「私が気持ちよくなる分、葉月さんも気持ちよくなってほしいの。どちらかが我慢するのは、公平じゃないと思う、から」

私も我慢させられたり耐えることを強要されたりするが、それ以上に気持ちいいことをしてもらっている。だから葉月さんにも、我慢した分、ちゃんと気持ちよくなってほしい。

思いをこめて、葉月さんをまっすぐに見る。青白く月の光に照らされた葉月さんは、やはり真面目な顔で私を見返してきた。そして、ふいに「はぁ」と息をつく。

「あなたは、本当に……お人よし、ですね。そんな性格では苦労しますよ」

額《ひたい》に手を当てて呆《あき》れたように首を振る葉月さん。

葉月さんこそ、基本的には優しい人だと思う。趣味の時間は意地悪なこともしてくるけれど、それでも乱暴はしない。脅すけど、傷つけてきたりはしない。

私たちはしばらく静かに見つめ合い、やがて葉月さんが静寂《せいじゃく》を打ち破った。

「それなら、お言葉に甘えさせてもらいましょうか。……里衣、私を、気持ちよくしてください」

ぎゅ、と私の手を握《にぎ》ってくる。無表情だった彼の顔は、にっこりと嬉しそうな笑顔に変わっていた。


夜闇を照らすのは、磨《す》り硝子《がらす》の窓から差し込む月の柔らかい光。

今日は満月なのだろうか。いつもより明るく感じる部屋の中、葉月さんがベッドの上で壁にもたれ、黒いスラックスのベルトをカチャリとはずす。

なんとなく向かい合って座り、ジッとしている私にくすりと笑った。

「里衣、そのベビードール、よくお似合いですよ。あなたは意外と黒も似合いますね」

「ど、どうも……」

ぺこりと頭を下げる。そういえば葉月さんは必ず私の装《よそお》いを褒めてくれるが、それは『調教』の一環なのだろうか？　それとも『素』なのかな。

「なんだか妙な気分ですね」

「妙な気分？」

「ええ、気持ちよくしてほしいと自分からお願いしたことはなかったもので……。なんだか、照れてしまいます」

照れる？　葉月さんが？

ここに来てから今日に至るまで、私を散々恥ずかしい目に遭《あ》わせておきながら、自分はこんなことくらいで照れるなんて……。妙な理不尽さを感じる。

葉月さんはくすくすと笑って、ネクタイを軽くゆるめた。

「ずっと私は、する、あるいはさせる側でしたからね。それは私自身も望んでいたことですし、相手もそれを求めていました。調教というものは、どうしてもそういった関係になりやすいのですよ」

教える者と、教えられる者。確かに調教は立場関係がわかりやすい。どちらが上かと聞かれれば、間違いなく教える者が上だろうから。だけど――

「葉月さんは言ったじゃない。私と対等でいたいって」

「ええ。ですが、結局のところ、私はどこか諦めていたというか、関係性は今までと変わらないだろうな、と思っていたんですよ。あなたが畏縮《いしゅく》すればなおさら、対等ではいられない、とね。けれど――」

ス、と両手が取られる。それはゆっくりと誘導され、葉月さんのスラックスのファスナー部分、つまり、彼の性器がある場所に当てられた。

つい顔が熱くなってしまう。だって、触るのははじめてなのだ。

「行為自体に変わりないのに、思いひとつでこんなにも違う。対等というのは心地よいものなのですね」

私は葉月さんのことをほとんど知らない。知っていることといえば、名前と、ヤクザだということと、調教という趣味を持っていることだけだ。

過去はまったく知らない。だから、対等が心地よいと口にした真意もわからない。

でも、葉月さんが嬉しそうな顔をしているのはいいな、と思った。やっぱり誰かが喜んでいるのは嬉しいものなのだ。

「ボタンをはずしてください。ファスナーを下ろして、ペニスを取り出して」

「っ、うん」

どきどきと緊張しながら、言われた通りにスラックスをくつろげる。ぴたっとした黒い下着を引っ張って、中におさまっているものをえいっと取り出してみた。

「わっ」

「そんなに驚かなくても」

目を見開き、取り出したものを凝視してしまう。なんだか、杭のように硬く起き上がっている。

「だって、もっと、ふにゃってしてるものかと……」

ブツブツと呟《つぶや》くと、葉月さんが耐えられなくなったように肩を震わせて笑い出す。なんだろう、私はまた変なことを口にしたのだろうか。

「ふにゃ……っ！　里衣が考えているのは、勃《た》っていないペニスですね。確かに、それと比べれば違うかもしれません。私も、普段は里衣の言ったような感じですよ」

「そ、そうなんだ。へぇ……」

「興奮したり、まぁいろいろときっかけがあると、こんな風になりますね。では里衣、これを触ったり舐《な》めたりして、私を気持ちよくしてください」

「う、うん……。え、舐《な》める？」

舐《な》める……コレを？　舐《な》めるのですか？

ぎょっとする私に、葉月さんはニッコリと笑った。

「私があなたを気持ちよくしている時に、指や舌を使いますよね。あんな感じです。女も男も感じるものは同じ。指で撫《な》でられたり、舌で柔らかく舐《な》められたりすると、堪《たま》らなく気持ちがいいんです。それはあなたにも覚えがあるでしょう？」

「確かに……。うん、……わかった。が、がんばる」

心の中で、ぐっと気合いを入れる。気持ちよくなってほしいと言い出したのは私なのだ。それなら、彼の言う通りにやってみるしかない。

彼の性器にそっと触れてみる。杭みたいだけど、つるつるしていて、手触りは悪くなかった。硬いのに、どこか柔らかさを感じる感触。生々しい温かさ。それは明らかに血が通った人体の一部なのだ。

おそるおそるそれを両手で握《にぎ》り、先の部分に舌を伸ばす。ちろー、と軽く舐《な》めてみた。……ほんのりしょっぱくて、ちょっと生臭い。

はむ、と咥《くわ》えて先端部分全体を舐《な》める。戸惑いながら、とりあえずやってみようかという感じで舌を動かした。ちらりと見上げると、葉月さんは薄く笑みを浮かべ、私を見下ろしていた。

「上手ですよ。もう少し手に力を入れて、ゆっくりと上下に動かしてみてください。唇はそのままで」

こくりと頷《うなず》き、言われた通りに動かしてみる。同時に、口の中で先端部分をちろちろと舐《な》め続けた。

「っ、あ。里衣、舌を……真ん中のくぼみをなぞるように。そこと、傘のような先端部分のウラ。ヒダのようになっているところが感じやすい場所です。わかりますか……？」

「ふ、うん」

ツッと舌の先を使って、くぼみの部分を細く舐《な》める。口の中で舌を動かし、言われたところをぬるぬるとなぞった。

手にこめる力はこれくらいでいいのだろうか。もう少し、強く？　ちらりと葉月さんを見ると、彼は目を閉じて眉間にしわを寄せていた。唇も引き締まり、何かに耐えているように見える。

気持ちいいのかイマイチなのかわからない。ひとまず、彼の言葉を思い出して愛撫《あいぶ》する。

ちゅっ、くちゅ。口の中で舌を動かせば、みだらな音が聞こえてきた。少し恥ずかしさを覚えながら舐《な》めたり擦ったりしていると、ふいに自分の胸に甘い刺激が走る。

「っん、あっ！」

思わず性器から口を離し、あられのない声を上げてしまう。

見ると、葉月さんがベビードール越しに乳首を触っていた。人差し指をこまやかに動かして弄《いじ》ってくる。

「は、葉月さん……っ？」

「……私だけでは不公平、でしょう？」

「やぁ、違うよ。これ、は……いつも、されてて。だから」

「ふふ。不公平だなんて口実で、単に私が触りたいだけですよ。気持ちよさそうな里衣の顔を見るのが好きなんです」

葉月さんは笑みを浮かべて、私の乳首をツンツンと突く。それだけで私の身体は面白いように反応し、甘やかな快感を得ようと、意識が胸に集中した。

里衣、と静かに名を呼ばれる。陰茎を握《にぎ》りながら見上げれば、葉月さんが唇にキスをしてきた。舌を柔らかに絡ませ、キスが深くなる。葉月さんの舌が頬の内側や舌の内側をゆっくりと舐《な》めていく。

「ン……っ、はぁ……っ」

目を瞑《つぶ》って、葉月さんの舌を感じた。唇同士が重なるのが気持ちいい。軽く乳首を引っ張られ、甘い痛覚に息が上がる。

「もっと、いっぱい、舐《な》めて。……里衣」

「うん……」

こくりと頷《うなず》く。唇が離れると、葉月さんは惜しむようにこめかみへキスをした。

私は再び俯《うつむ》き、性器を舐《な》めはじめる。葉月さんは私の胸を弄《いじ》り、もう片方の手で頭を撫《な》でてくる。

『これでも私は、あなたを大切にしたいと思っているのですよ？』

先ほど彼が口にした言葉を思い出した。

もしかしたらこれが、大切にされているということなのだろうか。

何かをしてあげたら、何かを返してもらう。単なるギブ&テイクではなく、互いのことを思っての行為。

それが、大切にされているということなのかもしれない。

「葉月さん……。はぁ、んっ……ん、きもち、いい？」

舌を動かして、手に握《にぎ》ったものを上下に擦る。

葉月さんは薄目で私を見て、にっこり笑った。

「ええ、とても」

その笑顔と言葉に嬉しくなる。同時に、もっともっと、葉月さんを気持ちよくさせたくなった。

こしこしと両手を動かしながら傘の部分を懸命に舐《な》める。吸ってもいいですよと言われ、おそるおそる軽く吸いついてみた。

ちゅっ、ちゅう。ちゅる。

まるでキスをしている時のような音がして、なんだかとても恥ずかしくなる。

葉月さんはコリコリと私の乳首を弄《いじ》り続けていた。胸の尖《とが》りはすっかり硬くなっていて、彼はその感触を楽しむように親指と人差し指で摘《つ》まみ、ゆるく擦っている。

「っはぁ、あ、はぁ、んっ……」

私も、葉月さんの性器を口に含み、必死に舌を動かした。

「……はぁ。ちょっとこれは計算外でしたね……」

くす、と困ったように笑われた。葉月さんは私の髪をゆっくりと手で梳《す》く。

「技巧に長《た》けているわけではなく、むしろ稚拙《ちせつ》なのに、感情と行為が一致するとこんなにも気持ちがいいものなんですね。……知りませんでした」

「ん、どういう、こと?」

葉月さんの言葉は時々難解だ。はっきり言えば、言葉が遠まわしすぎて理解するのが難しい。

「里衣は自発的に私のものを愛撫《あいぶ》しているでしょう？　命令されたのではなく、したいから。するとね、舌の動きや手の動きがとても優しい。イかせることを目的とした直接的なものではないけれど、ずっととろけていられそうな快感が堪《たま》らない。……本当に、気持ちがいいですよ」

「そう、なの?」

「ええ。このまま永遠に舐《な》めていてほしいほどです」

満月が雲に隠れたのか、部屋は暗闇の色に染められていく。そんな中、葉月さんはうっとりした瞳で私を見下ろしてくる。

暗闇の中でなお、葉月さんの眼鏡は鈍《にぶ》く光っていた。だが、その奥にある瞳に、光はない。

唐突に、背中がぞくりとした。それは本気で言っているの？　笑みを浮かべているのに、葉月さんの目が、笑ってない。

「――冗談ですよ」

葉月さんは、ふっと目を細めた。

余程私が驚いた顔をしていたのか、安心させるように頭を撫《な》でてくる。

「そろそろ里衣も疲れてきたでしょう。十分堪能《たんのう》させてもらいましたので、そろそろイっても構いませんか？　多少あなたを乱暴に扱ってしまうかもしれませんけど」

「あ、う、うん。いいよ」

流されるように、こくりと頷《うなず》く。確かに、正直そろそろ頬が痛くなってきた。

葉月さんは、両手で私の頭を挟む。そしてゆっくりと腰を動かしはじめた。

「歯を当てないように、口を開けていてください」

「ふぁい」

口を開きながら返事をすると、くすくすと笑われた。

性器を前後に動かされ、ゆさゆさと私の身体が揺れる。イかせる動きと気持ちいい動きが違うという彼の言葉の意味がわかった気がした。

こんなにも違う。だけど、葉月さんは私の愛撫《あいぶ》をとてもいいと喜んでくれたのだ。

どうしよう、嬉しい。自分のしたことを喜んでもらえると、私自身も嬉しくなる。

ぐっ、ぐっ、と葉月さんの腰遣いが段々と速くなった。目が少し回ってクラクラする。

はぁ、と彼のため息が聞こえた。興奮しているのか、その息遣いはやや荒い。そういえばこんな風に余裕がない葉月さんを見るのは、はじめてだ。

時々喉《のど》の奥に当たる感覚がつらいけれど、葉月さんの服を掴んで懸命に耐えた。

「っ、はぁ、あ、……っ、さと、い……っ」

頭を押さえつける手が痛いほど強くなる。ぐぐ、と腰を突き上げられ、そのまま葉月さんの動きが止まった。口の奥に液体のようなものが勢いよく注《そそ》がれる。

「ん……ッ」

目をぎゅっと閉じて、液体が出終わるのを待つ。葉月さんの服を掴む手がフルフルと震える。

やがて彼は長いため息をつき、ゆっくりと私の口から肉杭を抜いた。

よくわからない液体を口の中に溜めたまま、私は固まった。

どうすればいいのこれ。吐き出していい？　いいよね？

私の戸惑いを察したのか、葉月さんは息を整えながらくすりと笑う。そして「のんでみたらいかがですか？」と軽く言ってきた。

のむ……のむの？　これ、明らかにおいしくなさそうなんですけど……

「冗談ですよ。はい」

わずかに戸惑っていると、葉月さんはティッシュを数枚重ねて手渡してくれる。よかった、と口から出した時、液体の正体に気がついた。

……あ、そうか。これが精子、なんだ。

学校の保健体育の授業で習ったことを思い出しつつ、ティッシュを折りたたんで唇を拭《ふ》く。まだ口の中に精子が残っていたが、まぁいいやと思って唾液と一緒にのみ込んだ。

「――ッ!?」

その瞬間、私は驚いて目をむく。バンバンとベッドを叩き、慌《あわ》てて冷蔵庫に走った。常備されているミネラルウォーターを一気飲みして、ようやく「はぁ」と息をつく。

「くっくっ、のんでしまったんですね」

「う、うん。せ、精子ってすっごく不味《まず》いんだね」

「おいしくできていたら、それはそれでおかしな話ですけどね。来なさい里衣、一緒に寝ましょう」

おいでおいでと手招きされる。

私はもう一度ミネラルウォーターを飲んでから冷蔵庫に戻し、ベッドにもぐり込む。

葉月さんは私を抱きしめ、横になった。

「ありがとう、里衣」

「ど、いたしまして」

ぼそぼそと答えると、くすくす笑われる。

それから私たちは、身体を絡ませ合うようにして眠りについた。

葉月さんが隣に寝ていると緊張して、今まであまり熟睡できなかったのに、今日は何故か心がぽかぽかしてぐっすり寝ることができたのだった。

第五章

翌週の火曜日――今日は事務所は休日だ。

私は久々のシャバを堪能《たんのう》していた。お外万歳。外出最高。ああ、空気がおいしい。

大きく息を吸いこんで周囲を見渡していたら、くすくすと笑う声が聞こえてきた。

「まるで散歩に出た犬のようですねぇ。……犬か、犬もいいですね。里衣、後でペット売り場に行きましょう」

隣を歩く葉月さんが誘ってくる。そう、当然私はひとりではなかった。

葉月さんは私の右手を握《にぎ》って、ぴったり寄り添って歩いている。もしかしたら私たちは、仲睦《なかむつ》まじい恋人同士に見えるかもしれない。だが、実際はそうではない。葉月さんの手は手錠のかわりなのである。

そんな状態で歩いているここは、ショッピングモール。買い物に行きましょうと誘われ、車でやってきた。その車は葉月さん個人のものらしいが、私がぶつけたあの高級車に引けを取らないほどの車だった。事務所は汚いし私がもらっている給料も雀《すずめ》の涙だが、葉月さんからはお金持ちの匂いがする。……なんだか釈然としない。

ちなみに私は、今日も事務服である。これ以外は相変わらずコスプレ服とネグリジェしかないので、切実に一着くらいまともな服が欲しい。

「ところで葉月さん。何を買うつもりなの？」

「里衣が毎日おいしい料理を作ってくれるのに、あのキッチン環境は心苦しいと思いましてね。この際、いろいろと購入したいんですよ」

おお、嬉しい。葉月さんの部屋には調理家電や器具が少ないので、自然と料理のレパートリーも少なくなっていた。

「このモールは家電量販店も併設されていますから、大体のものは手に入ります。まずは家電から見ていきましょうか」

最初に向かったのは、大手家電量販店。

家電を見て回るのは、何故か心ときめく。買う予定もないのについ、あれこれと見てしまう。

調理家電コーナーには、最新の調理アシスト家電がずらっと並んでいた。

「わー……最近のフードプロセッサーはすごいなぁ」

「本当ですね、硬い野菜でもペースト状にできるなんて。間違えて指でも入れたらどうなるんでしょうかねぇ」

そんなこと、私に聞かないでほしい。あと、怖いからやめてください。

さらにてくてくと歩き、美容品なんかも見てみたりする。

「このヘアコテ、温まるのがすごく早い！　値段は張るけど、便利そうだねぇ」

「ええ、じわじわと熱くなる具合がいいですね。これをアレに挟んでから電源を入れると、どんな悲鳴が聞こえるのでしょう。やはり苦しみもじわじわと増すのでしょうか。試してみたくなりますね」

絶対に試さないでください。そしてアレってなんですか……いや、知りたくもない。

「もう葉月さん！　隣で物騒なことばっかり言わないでよ！」

「はは、だって里衣が反応してくれるので。さぁ、そろそろ調理家電に戻りましょう。なんでも買ってあげたい気持ちではありますが、置き場所に限りがありますので、厳選してくださいね」

再び調理家電のコーナーへ戻り、私は店員のおすすめを聞きながらメーカーを選んで、オーブンレンジを買ってもらった。それから、ミルつきのコーヒーメーカーと炊飯器。

家電を車に積み込み、次はモール内のホームセンターに向かう。私はホームセンターも好きだ。ここも、いろいろな商品を見ているだけで楽しいから。

「これ、すごい！　ペットボトルにはめ込むだけで高圧洗浄機みたいな霧吹きになるんだ。いいなぁ、欲しいな……あれ、葉月さん？」

商品に夢中になっていたら、いつの間にか葉月さんがいない。ずっと強く手を繋いで隣にいたのに、いつの間にか離れていたようだ。どうしたんだろう？　あたりを見回すと、意外な人を見つけた。他人の空似かもしれないと思ったけれど、違う。あの顔は忘れようにも忘れられない。

「社長……？」

そう。ホームセンターの一角にいたのは、私が勤めていたブラックな会社の社長だった。彼はきょろきょろしていて、誰かを探しているように見えた。

やがて、私と目が合う。社長はぎょっとした顔をして、決まり悪そうに視線をそらした。それから、ゆっくり私に近づいてくる。何故だ。

内心動揺する私の前に来て、社長は気まずげに口を開く。

「椎名、久しぶりだな」

「お、お久しぶりです。社長、あの……その」

どうしよう。言葉が思いつかない。あの会社で怒鳴《どな》られたことや、受けてきた仕打ちを思い出す。

社長が大嫌いで、疲れた頭の中は恨《うら》み言《ごと》ばかりだった。

しかし、彼はもう何も持っていない。葉月さんが彼の会社を潰《つぶ》したからだ。

あんなにも社長を恐れ、いつか地獄に落ちたらいいとさえ思っていたのに、今は何も感じない。

私は、何も口にできずにいた。

私にとって、社長の存在はすっかり過去のものとなっていた。葉月さんと過ごす新しい生活に手一杯で、今の今まで忘れていたくらいだったのだ。

私が黙ったままでいると、社長が後頭部を掻き「その、なんだ」と口を開いた。

「げ、元気でやっているか。いきなり会社が倒産して、びっくりしただろう」

「え、あ、はい。驚きましたが、まぁ、元気にやっています。あの、社員のみんなは……」

「みんな、それぞれ再就職したそうだ。税理士がスムーズに後処理をしてくれたからな」

あの会社が潰《つぶ》れた原因は、そもそも私が葉月さんに捕らえられたからだ。でも、会社のみんなが新しい仕事につけたなら、心からよかったと思う。

胸を撫《な》で下ろして安堵《あんど》し、私はハッとひとつの危機感を覚えた。

そうだ。社長の会社が潰《つぶ》れるきっかけを作ったのは、私。そのことがバレたら、どんな仕打ちを受けるか——

私は慌《あわ》てて、話の方向を変える。

「あ、あの、社長は今、どうしているんですか？」

「私は、また会社を立ち上げようと思っているんだ。そのための下準備をしているところかな」

「ああ……また、会社……立ち上げるんですか」

思わず眉をひそめてしまい、慌《あわ》てて表情を引き締める。感情を顔に出したらだめだ。絶対怒られる。何度も聞いた社長の怒鳴《どな》り声を思い出して、目をギュッと瞑《つぶ》った。すると、ポン、と軽く肩を叩かれる。

「椎名。会社では悪かったな」

「え……」

驚きに顔を上げると、社長は今まで見たことがないくらい、穏やかな目をしていた。

「あれから、俺も反省したんだ。みんなにいろいろと無理をさせてしまって、すまなかった。会社の業績を上げることしか頭になくて、俺は、悪い社長だったな」

「社長……」

まさか社長の口からそんな殊勝《しゅしょう》な言葉が出てくるなんて。唖然《あぜん》としていると、彼は気さくに微笑んだ。

「すべてをイチからやり直すつもりなんだ。そのためにも……椎名――」

社長は何かを言いかけて、突然あたりをきょろきょろ見回す。不思議に思って首をかしげると、彼は「いや」と言ってうろたえた。挙動不審《きょどうふしん》だ。

「すまん、この話は今度にしよう。実は人を探していてね」

「あ、そうなんですか」

「それじゃ」

社長はどこか怯《おび》えるようにあたりを確認しながら、そそくさと去っていく。

どうやら会社の倒産をきっかけに心を入れ替えたらしいが、なんだか様子がおかしかった。どうしたんだろう……？

「あ、そんなことより、葉月さんを探さなきゃ」

このまま逃げるという手もあるけれど、捕まった時を想像すると滅茶苦茶怖い。彼を探して店内をうろうろしていると、工具コーナーでようやく見つけた。

彼は妙に真面目な顔をして、ジッと商品を見つめている。

「葉月さん、どうしたの？」

「あ、すみません。これを購入するかどうか、考え込んでしまいました」

「別にいいけど……これ、電動工具？」

目の前に並ぶ工具を見ながら問うと、葉月さんは「ええ」と頷《うなず》いてインパクトドライバーを手に取った。その表情はうっとりとしている。

「これ、いいですね。欲しいです」

「まぁ便利そうだけど……。葉月さんって、日曜大工が好きなの？　ソレ、木材に穴を空《あ》けたりネジを締めたりするドライバーだよね？」

意外だ。工作が好きそうにはとても見えない。

「日曜大工はさほど興味はありませんが、インパクトドライバーを改造すれば素晴らしいものが作れると思うのですよ」

「え、改造？　何かを作るんじゃなくて、ドライバーそのものを改造するの？」

「はい。ドライバーの先の部分にシリコンのディルドを装着すれば、ものすごい高速度を弾《はじ》き出す電動バイブが出来上がります。それを里衣の膣内に嵌《は》めましてね、電源を入れたら――」

「なななな、何を言ってるの葉月さん!?　ここ、外！　お外だから！　そういうことを口にしないで！　あと、そんなオソロシゲなものは作らないで、お願いだからっ！」

慌《あわ》てて葉月さんの口を手で押さえる。この男の頭には、恥とか外聞《がいぶん》とかいう概念がないのだろうか。なかったらとても問題だ。私をあの部屋に閉じ込める前に、葉月さんを閉じ込めたほうがいい。

「ふふ、ほら里衣、見てください。この電動ポリッシャーも面白そうなんですよ。取り付けるブラシをもっと柔らかい素材にして、ローションを塗りたくって動かせば、永遠に快感を与え続けられる素敵な道具が作れそうです。これをアレに固定して、里衣のアレやコレに当たるよう調節して」

「葉月さんが何言ってるのかわからない！　だ、大体こんなの、絶対気持ちよくなんか……あ」

慌《あわ》てて口を閉じる。何を言っているんだ、私は。

しかし葉月さんは真面目に腕を組み、ううむと唸《うな》りはじめる。

「そうですよね……。何事も、速ければいいというものではありません。緩急は必要ですし、もっとこう、なめらかな動きをするものも欲しいですよね。うーん……しかし、これは非常に興味深い」

まったく興味深くないです。やめてください。

はぁ、とため息をつき、私は葉月さんの手を取ると歩きだした。一刻も早く、この恐ろしいコーナーから去りたい。

「もう、葉月さんって、いつもそんなことを考えてるの？」

「ええ。仕事をしている時以外は、里衣にどんな調教をしようかと考えてます。毎日がとても充実して楽しいですよ」

ニコニコしてホームセンターの店内を歩く。葉月さんが手に持つ買い物カゴの中には、ハブラシが数本、それからシャンプーや洗剤などが入っていた。

普通に買い物するなら、話題だって普通の世間話を選べるだろうに。どうして葉月さんはいつも私にいやらしいことばかり言ってくるんだろう。

「……葉月さんのえっち」

ぽそりと呟《つぶや》く。すると彼は突然身体を屈《かが》め、噴き出した。そのまま声を上げて笑いはじめるので、つい「何よ！」と怒ってしまう。

「いえ、なんだか……、まったくその通りだなぁと思うのですが、あらためて口に出されると、おかしくって」

まだ笑い足りないのか、クックッと時々肩を震わせる葉月さん。いや、本当にまったくその通りだよ。あなたは自他共に認めるドエロイ人だ。こんなにえっちな人、見たことない。

「葉月さんはずっとそんな感じだったんでしょう？　言われ慣れているんじゃないの？」

「まさか。私のことをえっちだなんて言う人、里衣しかいませんよ。だから笑ってしまったのです。そうそう、私はとってもえっちなことが好きな人なんですよねえ」

「だからそういう言葉を外で連呼しないでってば」

せめて声を抑えろ、と手でジェスチャーする。葉月さんはふふ、と軽く笑ってレジに向かった。

ホームセンターでお会計を済ませ、次に入ったお店は大きなペットショップ。ゲージの中の犬や猫、ハムスターなどを見て回る。可愛いと連呼してガラス窓に張り付く私をよそに、葉月さんは熱心にペットアクセサリーを物色していた。ペットを飼っていないのに、どうしてそんなものを見ているのだろう。

「赤がいいと思っていたのですが、黒も悪くないと思うんですよね。うーん……黄色、青は今ひとつ」

そんなことを呟《つぶや》く葉月さんを振り向くと、彼は手に何かを持っていた。

「何をブツブツ言ってるの。……それ、首輪？」

「はい。里衣用に買ってあげたくて。ちなみに何色が好きですか？」

「赤色が好きですけど、せめて人間用を買ってください」

そろそろツッコむのに疲れてきた。もしかして葉月さんはわざとやっているのだろうか。私をからかって遊んでいるだけなのか。

「人間用ですか……。わかりました。それにしても里衣は赤が好きなのですね。ふむ」

少し悩むように腕を組み、唇に長い指を添える葉月さん。

「黒もいいのですけど、本人の意思も尊重して差し上げたいですし。……悩ましい。こんなに悩むのは久しぶりです。いっそふたつ買って、日によってつけかえるのも……しかし、オンリーワンという価値も捨て難《がた》い。そうだ、どうせ人間用を買うならもっと趣向を凝《こ》らして……」

葉月さんの呟《つぶや》きが不穏すぎて怖い。私はすべて右から左に聞き流すことにして、再び犬や猫を見て心を癒《いや》した。ついでにふれあいコーナーでモルモットを撫《な》でて心を慰《なぐさ》めた。

私も彼らペットと似たような立場だ。そのせいか妙に親近感を感じ、他人のような気がしない。

「みんな……幸せになるんだよ。あんなヤクザに捕まっちゃだめだからね。優しくて真っ当な人に飼ってもらうんだよ……」

膝に大人しく座るモルモットを撫《な》でて声をかける。名もなきモルモットは呑気に小さくあくびをした。

十分に癒《いや》された私は、葉月さんを首輪コーナーから引き離す。しかし彼は、今度はペット用オモチャを物色してブツブツとおかしなことを呟《つぶや》きだした。私は彼の手を取って強引にペットショップを出ると、本屋さんに寄って適当な本を数冊買ってもらう。

あの葉月さんの家には悲しいほどに娯楽がないのだ。せめて本でも読まなきゃやってられない。

ショッピングモールを出て、事務所兼自宅に帰る前にラーメン屋さんで食事をした。久々に外で食べたラーメンの味は、格別においしかった。


――数日後の早朝、私は妙な音が聞こえて目を覚ました。

シュゴシュゴ、カラン。シュゴシュゴ、ゴトン。

……何か、音がする。ノコギリで木材を切るような音だ。

懐《なつ》かしいと思ったのは、おじいちゃんが棚やベンチを作るのが好きだったからだろう。自分の山で間引き伐採《ばっさい》した木材を使って、いろいろ作っていたのだ。

ぎゅいーん、きりきりきり。ゴリゴリゴリ。

うーん、この音は電動ドライバーだな。ビスを取りつけるのに便利なのだ。おじいちゃんもよく使っていた。しかし、どうしてこんな音が聞こえるのだろう。

「うーん何よ、朝からうるさ……い」

むくりと起き上がり、機嫌の悪い声をこぼす。しかし、目の前の光景を見た私は、ぴたりと硬まった。

――葉月さんが、日曜大工してる。いや、今日は日曜じゃないけれど。

「あ、起こしてしまいましたか。すみません、おはようございます」

「お……おはようございます。あの、なに？　これ」

ベッドの上から、彼の手元を指さす。ワイシャツにスラックスといういつものスタイルの葉月さんは、何やら木材を組み立てていた。ブルーシートが敷かれた床には、先日ホームセンターで見た電動ドライバーやノコギリ、トンカチなど、様々な工具が散らばっている。いつの間に買ったんだろうか。いや、元々あったのか？

それはさておき……もしかして、棚でも作っているのかな？

葉月さんはにっこりと笑って、ふぅと額《ひたい》の汗を手の甲で拭《ぬぐ》った。

「仕事前くらいしか空《あ》き時間がないもので。ちょっと工作をね。ほら、これが設計図です」

バサッと大きな模造紙を渡される。どうやら思っていたよりも大物工作のようだ。紙を広げて見てみると、非常に精緻《せいち》な設計図が書かれていた。線は定規で引かれているし、寸法やどんなサイズのビスを使うのか、どういう風に動くのかが細かく書かれている。

……ン、『動く』？

これは棚とか机とかじゃなくて、動くものなの？

「は、葉月さん、ホントに何を作ってるの？」

「そこに書いてあるでしょう、名前が」

「なまえ？　えっと……あ、これかな。里衣専用回転式電動ハブラシマシン……」

ギュッと模造紙を掴むと皺《しわ》が寄った。しかしそれどころではない。腕はぷるぷると震え、眠気はすっかりぶっ飛んでいる。

「ちょっ、ちょっちょちょちょ、なんてもの作ってるの！　中止中止！　おかしなものを作らないで！」

転げるようにベッドから出て、這《は》いつくばって葉月さんに近づく。そして彼のそばに置いてある電動ドライバーを奪おうとするが、ひょいと取り上げられた。

「数日で完成する予定ですから、楽しみにしていてくださいね。さぁ里衣、私はお腹がすきました。早く朝ごはんにしてください」

「クッ、うう！　葉月さんの意地悪！」

「ふふ、はい。私は意地悪なんです。今夜もじっくりあなたを調教して差し上げますからね？」

嬉しそうに笑う葉月さん。だめだ、彼を止められそうにない。

それにしても、回転式電動ハブラシ……マシン？　どういう用途に使われるのかさっぱりわからないけれど、これだけはわかる。絶対に、ろくなことにならない！


朝っぱらから葉月さんと非常に疲れるやりとりをして、私はいつも通り二階の事務室に下り、仕事をしていた。ちなみに葉月さんは、私の作った朝ごはんを綺麗に食べて、外に出かけていった。

「ハァ……」

昼前の誰もいない事務所で、ぐったりとデスクに肘をつき、ため息をこぼす。

なんだろう、今日はやけに身体がだるい。

「やっぱり連日のアレで身体がまいってるのかなぁ。葉月さん、趣味にかけては容赦ないから」

呟《つぶや》きつつ、カリカリとボールペンを走らせる。

今日の仕事は請求書の作成だ。依頼人に、パソコンで作成した請求書と手書きのお礼状を送る。

手紙は手書きのほうが効果があるのだ。綺麗に字を書かなくてはいけないけれど、次のビジネスチャンスに繋がったりするから、手間をかける価値はある。

「このたびは弊社に……お困りごとなどございましたら……ご相談承《うけたまわ》ります……と」

その時、ガチャッと音がして事務所のドアが開いた。見ると、外に出ていた黒部さんが戻ってきたらしい。

相変わらずのホスト姿をした彼は、私のデスクの上を見て声を上げた。

「おぉ里衣の意外なところを見た。綺麗な字を書くんだなぁ」

私はボールペンを引き出しに戻しつつ、むっとして彼を見上げる。

「意外ってどういう意味ですか」

「あ、ごめんね。見た目の割に大人っぽい字だったからさ。もしかしたら、里衣はホステスに向いているかもしれないな。まめで真面目な子は、実はお水に向いているんだ。接客業だからな」

黒部さんは私や滝澤さんと話す時、普通の口調だ。曽我さんや桐谷さん、葉月さん――目上の人には、「っス」という語尾になる。ちょっと独特で、服装も相まってよりホストっぽく見える。もしかして……

「黒部さんって、お水の世界に詳しいんですね。昔、そういった仕事をしてたんですか？」

「アタリ。俺、ホストしてたんだ」

……やっぱり。黒部さんは元ホストだったのか。

「どうして今はこの仕事をしてるんですか？　ホストのほうが稼げそうなのに」

「うん、めちゃくちゃ稼いでたなー。けど、ヘマしてヤクザと揉《も》めごと起こしてさ。で、殺されかけたところを、獅子島の親父《おやじ》さんに助けてもらったんだ」

「……あ、あの。大成さんですね」

こくりと黒部さんが頷《うなず》く。そういえば、葉月さんは高校生くらいの頃に大成さんの養子になったと言っていた。もしかして、ここの所員はみんな、大成さんに縁がある人たちなのかな。

そして、いろいろな理由があってこの世界に足を踏み入れているのかもしれない。

黒部さんが「さて」と仕切り直すように声を出す。

「俺、ここで桐谷さんと合流する予定なんだ。だから、外出てるわ」

「あっ、はい。……あ、そうだ。黒部さん、急いでないならお昼ごはんを食べていきませんか？」

「え、お昼？」

首をかしげる黒部さんに頷《うなず》く。作り置きして何食分か小分けして食べたかったので、大鍋で大量にカレーを作ったのだ。

「カレーがあるんですよ。もし嫌いじゃなかったら食べていきませんか？　お昼ごはん、外で食べる予定だったんでしょう？」

「カレー？　マジで⁉　里衣、それ、辛さはどれくらい？　辛くできる？」

「辛くするのも甘くするのも問題はないですけど」

「やっべ、そんなもん、みんな食いたいに決まってるじゃん。カレーは至高の食いもんなんだぜ！よし、メールしよう」

え、メールするの？　カレー食べに事務所まで戻れって？　そんなの戻るわけないじゃないか。百歩譲《ゆず》って、ノリのいい曽我さんは帰ってくるとしても、強面《こわもて》スキンヘッドの桐谷さんが戻ってくるわけない。葉月さんも忙しいだろうし。滝澤さんは……プリンを気に入ってくれたみたいだったし、もしかしたら帰ってくるかな。

そんなことを考えていた私は、カレーの持つ力を舐《な》めていたのだろう。

なんと、所員は仲良く全員帰ってきた。もちろん桐谷さんも。カレー、すごい。

激辛希望は黒部さん、中辛が曽我さんと私で、ちょい辛は葉月さん。滝澤さんと桐谷さんは甘口を選んだ。……桐谷さん、甘いものが好きそうには見えないのに……

ほんとに食べるの？　甘すぎて怒ったりしない？　と心配しながら、ハチミツやヨーグルトで甘くしたカレーを盛って桐谷さんに渡す。

「んだよ、その目は。文句あンのか」

「い、いいえ、まったくないです。あ、滝澤さんもどうぞ。もっと甘くしたかったら言ってくださいね」

滝澤さんが皿を受け取りながらコクリと頷《うなず》く。すると桐谷さんがジロリと睨《にら》んできた。

「おい、なんで滝澤には気ィ使って、俺には何も言わねェんだよ。辛かったらしばくからな」

「ひぃ！　す、すみません！　あああまくしたかったら言ってくださいいい」

悲鳴のように叫んでしまう。自分のデスクに座り、カレーを食べていた葉月さんが、ハハハと楽しそうに笑った。

「里衣、桐谷が甘党なのはうちのトップシークレットなので、内緒にしておいてくださいね」

「うっせーな」

「あはは、内緒にしておく理由はわかる気も……、いいいいえ、なんでもありません！　ほら冷めないうちに！」

桐谷さんにジロッと睨《にら》みつけられて、あわあわと手を振る。

そんなやりとりの後、みんなカレーを完食してくれた。そして満足顔で冷たい麦茶を飲むと、また仕事に出かけたのだった。去り際、桐谷さんは凄《すご》んで「また作れよ」と言った。相当カレーが好きらしい。ヤクザな彼らまで惹《ひ》きつけてやまないとは、カレーの魔力、恐るべし。

今度は、ハンバーグでも作ってみようかな――そう考えた私は、気付かぬうちにすっかりこの生活に馴染《なじ》んできていたのだった。


カレーを作った日の二日後の朝、私の身体は鉛《なまり》のように重く、ちっとも動かなくなっていた。

だが、今の私は葉月さんに何かされているわけではなかった。これは単なる風邪である。

「うう……」

頭痛もするし、身体がだるい。体温計で測ったら、少し熱があった。

カレーを食べた日から調子が悪いとは思っていたが、まさか風邪を引いてしまうとは。

「里衣、大丈夫ですか？」

心配そうな声で聞いてくる葉月さん。ベッドで寝込む私の額《ひたい》に、葉月さんが冷たい手を置いた。

「うー、ここ数年、風邪なんて引いてなかったのに。パジャマで寝てないから、身体が冷えたのかな」

「私が毎日抱きしめて寝ているのに、まだ寒いのですか？」

「パジャマくらい用意してってて言ってるの！　……うう」

大きな声を上げたせいで、頭がくらくらする。

「病院に行きますか？　付き添いますよ」

「いや、これくらいの風邪なら、薬局の総合かぜ薬でいいと思う。あと、栄養ドリンク……」

「では、薬を買ってきますね。しばらく様子を見てから、病院に行くかどうか決めましょう。今日は寝ていて構いませんよ。事務所はいいですから、休んでおきなさい」

「……いいの？」

葉月さんを見上げると、彼は穏やかに微笑み、私の額《ひたい》を撫《な》でた。

「今は何より里衣の身体が心配です。きちんと治してから、仕事してくださいね」

葉月さんがめちゃくちゃ優しい。今回はその優しさに遠慮なく甘えさせてもらおう。

「ありがとう、葉月さん」

「いいえ。それでは私は仕事に行きますので。昼までにはお薬を買ってきますから、待っていてくださいね」

こくりと頷《うなず》くと、葉月さんは私の頬に軽いキスをして部屋を出ていった。

……ううむ、なんだろう。最近、葉月さんとのやりとりに困ってしまう。

うまく言えないけど、距離感が掴めないのだ。私と葉月さんの距離。それは、本来はもっと冷たくてドライであるはず。だけど、最近の私たちの関係は、あまりに温かかった。彼はいつも優しくて、もちろん乱暴なんてしない。そればかりか、時々まるで恋人みたいに扱ってくる。

今まで恋人がいたことはないけれど、葉月さんの扱いはそれに近いのではないだろうか。

だから、心配になる。誤解してはいけないと、自分を戒《いまし》める。あれは彼の性格なのだと、理解しなくてはならない。

私だから特別な扱いをされているわけじゃない。あの人はきっと、誰にでも優しくて、意地悪なのだ。それをしっかり心に刻んでおかないと……、私はきっと、後悔する。

私は、葉月さんに請求されたお金を支払うために、働いているのだ。お金を払い終えたら……この生活は終わる。終わらせなければならない。

この関係は、歪《いびつ》なものだとわかっているから。歪《いびつ》なものは、いつか壊れてしまうから。

はぁ、とため息をついて寝返りを打つ。熱によるまどろみが、ほどなくやってきた。


とぅるるる、とぅるるる……

――どこか遠くで、聞き慣れた音が聞こえてくる。

とぅるるる、とぅるるる……

……電話だ。事務所の電話が鳴っている。呼び出し音は鳴りやまない。

むくりと起き上がり、身体の具合を確かめる。……ちょっとだるいけど、ゆっくり寝たら少しましになったようだ。

事務服に着替え、よろよろと二階に下りる。

誰もいない事務所に入ると、電話はまだ鳴り響いていた。すでに何度か切れていて、何回目かのコールだ。余程、この事務所に用事があるのだろう。

私は受話器を取ると、その隣にあるボールペンを持った。

「大変お待たせいたしました」

デスクの席に座りながら、壁にかかった時計を見上げる。午前十一時四十五分。メモに時間を書く。

かなり待たせたにもかかわらず、電話の相手は遅いと怒り出すこともせず、また、用件を話し出すこともしない。ただ、シンと沈黙を保っている。

首をかしげ、もしもし？　と声をかけてみた。だが、やはり返事はない。

これは悪戯《いたずら》電話というやつだろうか。そう思った時、ようやく受話器から声が聞こえてきた。

「あの……、すみません」

か細い、元気がなさそうな、女の人の声だ。メモに女性と書き記す。

「そ、相談をしたいのですけど。今、事務所にどなたかいらっしゃいますか？」

「申し訳ございません。弊社の調査員は全員外出しておりまして」

「あ！　そのほうがいいです。あなたに、聞いてもらいたいんです」

ぴたりと、一瞬思考が止まる。私がいいって言われても、私は一介の事務員で素人《しろうと》だ。仮に浮気調査に関する相談をされたとして、何も答えることができない。返事に困って黙り込むと、相手の女性が先に口を開いた。

「あの、どうかお願いします」

悲痛な声で、女性は訴《うった》えてくる。もしかしたら、男性が苦手とか、何か事情があるのかもしれない。相談内容だけ聞いておいて葉月さんに報告し、後で対応してもらえば大丈夫だろうか。

「……わかりました。それでしたらこちらにお越しいただけますか？　場所は……」

「すぐにまいります」

私の言葉を途中で遮《さえぎ》り、女性は電話を切ってしまった。不思議に思いながら受話器を戻すと、事務所のチャイムが鳴り響く。

え、もう来たの？　まさか建物の前で電話をしていたのだろうか。

慌《あわ》てて事務所のドアを開けて——思わずぽかんとしてしまった。

「え」

そこにいたのは、先日ホームセンターで会った社長だ。

私が驚いて言葉を発せずにいると、社長が勢いよく迫ってくる。

「椎名、早くここから逃げるんだ。獅子島葉月は危険だぞ！」

「……ど、どういうことですか？」

なんで社長がここにいて、葉月さんのことを知っているの？　そして何を言っているの？

一瞬、私が社長の会社が潰《つぶ》れるきっかけになったことがバレて報復に来たのかと思ったが、どうもそうではなさそうだ。なかなか事態をのみ込めずにいる私に、社長が焦《じ》れたように話す。

「君を助けにきたんだ。今しかチャンスはない！　ホームセンターでも言おうと思ったが、あそこには獅子島葉月がいただろう？　さすがに危険すぎると思って、言えなかったんだ」

切羽詰《せっぱつ》まった表情の社長は、せわしなくチラチラと自分の背後を見ている。葉月さんたちがここに戻ってくることを恐れているのだろうか。

「獅子島葉月がヤクザなのは知っているか？」

社長の言葉に、私はこくりと頷《うなず》く。

「それなら話は早い。ヤツはここらの地域の中でも一、二を争う規模を持つ獅子島組組長の息子で、フロント企業を複数経営しているんだ」

獅子島組組長……つまり、大成さんのこと？　そんなに大きな組織の組長だったのか。

「ヤツにとってこの興信所は、ヤクザの御用聞きの窓口なんだ。本職は、株取引によるマネーロンダリングと、人材派遣会社の経営。それはもちろん、裏の人材派遣も含まれている」

裏の人材派遣。嫌な予感を覚えていると、社長が私の手首をグッと掴む。

「つまり、人身売買だ。お前は近いうちに売られちまうんだよ。獅子島葉月の手によってな！」

一瞬、目の前が真っ暗になった気がした。

人身売買……？　そんな、嘘だ。だって――

「ち、違う。葉月さんはそんなこと、しない。だって」

彼は私を売らないって言ったもの。それに、私の商品価値が低いからこそ、事務所で地道に働き、七百万円を返すことになったのだ。

社長の言うことが本当なら、ここでの日々はなんだったの？

「――懐《なつ》かせて、心を許したところで裏切る。獅子島葉月の常套《じょうとう》手段よ」

声とともに、カツッ、というハイヒールの音が聞こえる。声の張りは違うけれど、さっき電話で聞いた声だった。

社長の後ろを見ると、そこに立っていたのは、いつか見た女性――赤いスプリングコートに、赤いハイヒール、鮮やかな赤色のルージュを引いた女性がいた。たしか、黒百合と名乗った彼女だ。

彼女は腕を組んだまま、私の目の前まで来る。

「ど、どういうことですか？」

怯《おび》えながらも問《と》い質《ただ》すと、黒百合はニコリと微笑む。それはぞっとするほど妖艶《ようえん》な笑顔だった。

「あの方はね、真正のサディストなのよ。人の傷つく顔が何よりも好き。肉体的に傷つけるのも、精神的に傷つけるのもね。人が絶望した顔を見るのが大好きなのよ」

絶望した顔。それは、つまり……今の私のような顔？

「優しくして懐《なつ》かせて、最高に信用させたところで、奈落《ならく》へ突き落す。あの方に裏切られた人間は数えきれないほどいるそうよ。ふふ……」

全身に、怖気《おぞけ》が走る。確かに、葉月さんの私に対する態度は丁寧だ。趣味の時間は酷《ひど》いこともするけれど、基本的にはとても優しい。

……思わず心を許してしまう。そんな不思議な魅力《みりょく》を持っている。

「あなたみたいな何も持たない女にあの方が目をかけていると、本気で信じていた？　物腰は柔らかいけど、獅子島葉月は極道の男よ。笑顔で人を陥《おとし》れるし、辱《はずかし》める。あなたが想像もつかない残酷なことを、平気でやるわ」

私は何も反論できなかった。それは、心のどこかで思っていたことだったからだ。

彼は反社会的組織に身を置く人だ。私にはあまり見せないけど、裏ではきっとろくでもないことをしている。そんな予感は、どこかでしていた。

笑顔で人を陥《おとし》れることも、彼ならやりそうだ。実際に彼は、笑顔で私を調教する。

「私は別に、あなたがどこに売り飛ばされようが、どうでもいいけどね。でも、その社長さんがどうしてもあなたを助けてほしいって言うから、こうやって獅子島葉月の情報をあげて、手伝っているの。いい社長さんね」

ふふ、と黒百合が赤い口角を上げる。社長が、気まずそうに下を向いた。

「……この興信所は、前からヤクザの事務所じゃないかって噂されていたんだ。そんなところに椎名が出入りしているとわかったら、助けたいと思うのは当然だろう。お前が逃げても、足がつかないように手を回してやるから。ほら、行くんだ」

社長の言葉は、普通なら喜ぶところなのだろう。だけど私には違和感しかなかった。

少し前まで、ブラックな会社の社長だったのだ。彼が私や他の社員に、どれだけ酷《ひど》いことをしてきたかは、すべて鮮明に覚えている。そんな人が私を助けるために奔走《ほんそう》するだろうか。そもそも、ホームセンターで再会した時から奇妙な感じがしていた。

私が黙り込んでいると、今度は黒百合が口を開く。

「獅子島葉月はあなたに優しい顔を見せたのかもしれないけど、それはただの上《うわ》っ面《つら》。あなたは特別なんかじゃない。調教者である彼が、被調教者であるあなたを、好きになるなんてありえないのよ。だって彼にとってあなたは——商品なんだから」

その言葉に、頭を殴られたような感覚がした。そしてそんな自分にもショックを受ける。

ずっと頭の中で考えていたことを、彼女に暴かれた気分になったのだ。

私はもしかしたら『特別』なのかもしれないと、どこかで思っていた。そして、浅はかにもひそかに期待していた。そんな自分自身が嫌で、目をそむけていた。そう、私は——

葉月さんのことが、好きになっていたんだ。

自分の気持ちを認めると同時に、絶望した。ほのかな期待はずたずたに切り裂かれ、頭の隅で『やっぱりな』と冷静な私の声が言う。そう事がうまくいくはずがない。葉月さんはヤクザなのだ。ヤクザなんて生き物は、平気で人を裏切る。わかっていたのに、私は心を許してしまった。優しい葉月さんに安堵《あんど》を感じ、彼がそばにいると幸せに思うようになってしまった。

彼と過ごした日々はとても大変だったけど、楽しいとも感じていた。

おじいちゃんを亡くしてひとりぼっちだった私は、嬉しかったのだ。

もし黒百合の言うことが真実なら、いつか売り飛ばされるとわかっていて葉月さんのそばにいるなんて、辛すぎる。

「もたもたしていたら、獅子島葉月が帰ってくるわよ。こんなチャンスはもう二度と来ないかもしれない。あなたはいずれ、馬鹿みたいなはした金で売り飛ばされるわ。その後は、変態男の玩具になるか、ヤクザの性奴隷になるか。それを望むのなら、止めないけれどね？」

くすくすと黒百合が笑う。

気づけば、私は走り出していた。


私、どうしたらいいんだろう。

衝動のままに逃げ出してしまった。あてもなく走ってから、ようやく気づく。

「私……葉月さんとの約束、破っちゃった……」

立ち止まったのは、繁華街のはずれにある小さな公園。私は誰もいない公園を力なく歩いて、ブランコに座る。

軟禁を選んだ時、葉月さんの許可なしに外出してはいけないと言われた。もし破ったら、捕まえて、物理的に逃げられないようにする、と脅された。

あれは、私という売り物を逃《のが》さないため？　もし今、葉月さんに捕まったらどうなるのだろう。

かたかたと身体が震える。今日は暖かくて心地よい春の日差しを浴びているのに、とても、寒い。

足を切られて売り飛ばされるのかな。そして一生、苦しめられるのかな。

想像したら涙がこぼれそうになって、グッと奥歯を噛《か》んだ。

どうしてこんなことになってしまったんだろう。

人生に高望みなんてしていないつもりだ。この街で働いて、時々田舎《いなか》に帰って、おじいちゃんの山を見て、お墓参りをして、家の掃除をして、仏壇にお線香をあげて……

そんな日々が当たり前に続くのだと思っていた。それなのに、今の私は非現実的な身の危険にさらされている。

あのまま葉月さんと過ごしていても、七百万分稼いだら、売り飛ばすつもりだったのかもしれない。逃げ出しても、捕まったらもっとひどいことをされて、最後には売り飛ばされたのかもしれない。結局、最終的には絶望しか待ち受けてなかったのか。

それなのに彼を好きになるなんて、救いがないにもほどがある。

「もう、どうしたらいいの……！」

思わず声を漏《も》らしてしまう。そうだ、私は、ずっとそう思っていた。

どうすればいいのかわからない。どうやったら当たり前の日常が取り戻せるのか、わからない。

だけど、一度逃げてしまった以上、捕まったら命すら危《あや》ういだろう。とにかく私は逃げなくてはいけない。今から徒歩で、どこまで逃げられるのかな。警察は、どこまで私を守ってくれるのかな。

ケホンとひとつ、咳がでた。身体が熱い。熱が上がってきたのかもしれない。

「……警察に……行かなきゃ」

お金も身分証明証も連絡手段もない以上、私が頼れるのはそこしかない。

そしてふらりと立ち上がった時――

「何をしているんですか、里衣」

図ったようなタイミングで、涼やかな声が聞こえた。

背中にどっと冷や汗が流れていく。足が震える。見たくないけど、私は振り返ってしまった。公園の前には、いつも通りの微笑みを浮かべた葉月さんが立っていた。

「は、づき……さん」

声が掠《かす》れている。すぐに逃げなければと思ったけれど、公園の出口はひとつしかない。ざりざり、と砂を踏んで葉月さんが近づいてくる。私は思わず一歩二歩と後ずさった。声にならない声で「こないで」と呟《つぶや》く。だけど葉月さんは広い歩幅で歩き、手を伸ばしてくる。

「こないで‼　やだ、ほんとに嫌なの。私に触らないで。やめて、やめて！」

身をひるがえして逃げる。その先には公園を囲むフェンスしかないのに、私の足は止まらなかった。

逃げないと、逃げないと。きっと大変なことになる。葉月さんに捕まったら、裏切った私は酷《ひど》いことをされる。そして最後には、地獄のようなところに落とされる。

葉月さんの大きな手が、私の手首を掴んだ。私はそれを振り払うように暴れ、逃《のが》れようとする。

「いやだあ！　酷《ひど》いことされたくないの。辛い目に遭《あ》いたくないの。誰か助けて、誰か——！」

私がそう叫んだ時、ふわりと身体が包まれた。

——え？

私は、葉月さんの胸の中にいた。後ろから抱きしめて来る葉月さんは、耳元で「里衣」と囁《ささや》く。

「違いますよ、里衣。あなたが助けを求める相手は『誰か』ではありません」

耳朶《じだ》に響く葉月さんの言葉は、甘くて、優しくて、睦言《むつごと》のよう。

「里衣の味方は、私です。私だけがあなたを助けられる。……ほら、こっちを向いて？」

くるりと身体の向きを変えられた。私を正面から抱きしめて、葉月さんは鼻筋に唇を落としてくる。

「ふ、あっ……」

怖いのに、甘やかな痺《しび》れに身体が震えた。葉月さんの唇は肌を滑るように動き、ちゅっ、と耳にキスをされ、軽く甘噛《あまが》みされた。ちろちろと柔らかく耳朶《じだ》を舐《な》められ、身体がピクンと反応する。

葉月さん、と問いかける私の声が、甘い、囁《ささや》きのようなものに変わっていた。

――私、いつの間にこんな声を出すようになったの？

唇にキスをされ、彼の薄い唇が柔らかに動く。背中のあたりがそわそわして、気持ちのいいくすぐったさを感じた。隙をついて唇を割られ、とろりとした彼の舌が滑り込んでくる。

「あっ、……ん」

慌《あわ》てて唇を閉じようとしても遅い。ぎゅ、と腰に回された葉月さんの腕に力が入って、頬に手を添えられる。

抵抗をなくした私の手足はゆっくりと下がり、すべての感覚が葉月さんの唇と舌に集中した。

意識しなくても、感じようと考えなくても、快感が襲ってくる。心地よい官能が無慈悲に脳へ送られていく。

気持ち、いい。

つい先ほどまで、これ以上ないほどに恐れていた。どうしようもない事態を目の前にして、絶望を覚えていた。

それなのに、このキスはなんなのか。ありえない展開だ。だって私は約束を破った。本来なら彼に手酷《てひど》い仕置きをされて、そのまま絶望の底に蹴り落とされるはずなのに。

「ん……っ……はぁ……」

私の身体はくたりと力が抜け、葉月さんの胸に寄りかかっていた。頬に手を添えられたまま、唇の中に侵入した舌に優しく口腔《こうこう》を蹂躙《じゅうりん》される。

ちゅ、くちゅ。

平日の午後。公園で行《おこな》われる行為にしては、あまりにみだらな音。

「はっ、あ、葉月さん」

息を継ぐ間は一瞬で、再び唇が塞《ふさ》がれる。

彼はねっとりと舌を絡ませて、硬く尖《とが》らせた舌先で私の舌をまさぐる。

「……っあ、……ンっ」

……いつまでこの行為を繰り返すのだろう。

執拗《しつよう》なほどのキスに、頭の中までとろけてしまう。舌の交わりが官能を呼び、今何を考えるべきなのか——それすら、曖昧《あいまい》になっていく。

気づけば葉月さんは私を安心させるように、背中をゆっくりと撫《な》でていた。

「薬を買って戻ったらあなたがいなかったので、心配しましたよ」

「葉月さん……」

「いきなり逃げ出すなんて、あなたらしくないと思って探したんです。どうしたんですか？　何か、あったんですか？」

毛を逆立《さかだ》てて怯《おび》える動物をなだめるみたいに、葉月さんは私の頭を、背中を、穏やかにさする。

なんと言えばいいのかわからず、私は黙り込む。彼の胸に顔を埋める私の耳に、心地のよい低声が響いた。

「里衣。私は、あなたの味方ですよ。私は決してあなたを裏切りません。ひとりにもしません。周りにいる人間すべてがあなたを裏切っても、私だけは里衣を助けます。だから――」

私を信じて。葉月さんはそう囁《ささや》いた。

嘘だ。いや、本当かもしれない。――嘘だ。でも、彼の言葉には真実味がある。――嘘だ。

ちがう、私は――私は、葉月さんを、信じたいんだ。

「うっ、う、あ……っ、葉月、さんっ」

瞼《まぶた》を閉じると、涙がこぼれた。たくさんの感情が溢《あふ》れ出て、止めることができない。

葉月さんは黙ってぽんぽんと私の背中を叩き、頭頂部に唇を落とした。

「わた、し、怖くて。葉月さんも、あの人も、みんな、怖くなって。逃げて、しまって……っ！」

大きくしゃくりあげながら心のうちを話すと、葉月さんは「大丈夫ですよ」と髪を撫《な》でてくる。

「帰りましょう、里衣。私とあなたの家に」

優しい葉月さんの言葉に、私は涙を拭《ふ》いてコクコクと頷《うなず》いた。

事務所に帰る道すがら、私は社長の渡島と黒百合が事務所に来たくだりを説明する。丁度話し終えた時には、葉月さんが事務所の建物の扉を開けるところだった。

彼は「そんなことがあったんですか」と驚いたように言ったが、怒ってはいないらしい。私はほっと息をつき、胸を撫《な》で下ろす。

「正直に話してくれてありがとうございます」

「ごめんね。葉月さんは相手が絶望した顔が好きって聞いた時に、そういうこともあるかもしれないって、怖くなってしまったの」

葉月さんが好きだと自覚したことは、もちろん黙っておく。

「はは、それも酷《ひど》い話ですね。そこまで鬼畜《きちく》じゃありませんよ、私は」

くすくすと笑われ、私はもう一度小さく「ごめんなさい」と謝った。

「いいんですよ。里衣が彼女の言葉を聞き入れてしまったのは、私にも原因があると自覚しています。里衣はずっと不安だったんですね。……ちゃんと、話しましょう」

階段を上《のぼ》って、三階の部屋に入る。見慣れた部屋にあるテーブルには、薬局のマークがついた小さな袋が置かれていた。

「お薬……買ってくれたんだ」

「もちろんですよ。体調はどうですか？　里衣」

「実はちょっと、熱が上がってるみたいで……お薬、もらってもいい？」

「ええ。水を持ってきますね。ベッドに座っていてください」

ベッドに腰掛けて待っていると、葉月さんがコップに入った水を渡してくれる。それを受け取り、私が薬をのむのを見ながら、彼は隣に座った。

「黒百合や渡島があなたに話したこと――仕事の内容は、半分くらいは当たっていますよ。ですが、人身売買に手を染めているという話はまったくのでたらめです。おそらく、里衣に話して怖がらせて、私から引き離そうとしたのでしょう」

「社長は、どうしてそんなことをしたのかな……」

「残念ながら、私を敵視する人は多くて、明確な理由はまだわかりません。ただ、もしかすると金をちらつかせて、黒百合が彼をそそのかしたのかもしれません。彼女は私に執着していたようですからね」

その話は、社長が私を本当に心配していたというよりも、よほど信憑性《しんぴょうせい》があった。

「そっか。やっぱり社長は、心を入れ替えてなんか……いなかったんだね」

「人はそう簡単には変わりませんよ。でも、彼については安心してください。私のほうですべて綺麗に話をつけておきますからね。二度と、こんなことをしないように言っておきます」

あの社長が素直に葉月さんの言葉を聞いてくれるのだろうか。でも、あの人たちにはもう会いたくない。私は「うん」と言ってこくりと頷《うなず》いた。

「……会社を大きくするため、より多くの収入を得て獅子島組に貢献するため、私はいろいろなことをしてきました。確かに人を裏切ったことも欺《あざむ》いたこともあります。でも、里衣にだけは違う」

ぎゅ、と私の手を握《にぎ》ってくる。葉月さんはいつになく真剣に、私を見つめていた。

「私が里衣を裏切るなどありえない。あなたは、私のそばにいなければならない人間です」

「――葉月、さん」

「実は、これを見せるのは最後の手段にしようと思っていたのですが……」

葉月さんはおもむろにスーツの内ポケットに手を入れる。そして折りたたまれた紙を差し出した。

私はそれを受け取ると、広げる。

「これは……」

書類には文字と数字が書かれていた。そこに並んでいるのは、治療費、交通費、看護料、休業補償……などなどの名目と金額。

「正規の方法にのっとり作成された請求書です。あなたに七百万を請求する、最後の脅しの材料」

確かに、書類の最後にはきっちり七百万と書かれていた。おまけに私の実印まで捺《お》されている。

私の通帳や印鑑、身分証明はすべて葉月さんに奪われているから、それを使って作ったのだろう。

「これさえあれば、里衣は私から逃《のが》れられません。でも、見せたくはなかった。これはあなたが絶望する材料でもあるから、最終手段にするつもりでした」

「どうして……それを、今、見せてきたの？」

葉月さんなら、もっと効果的な時に見せるはずだ。私を本当の絶望に追いやれる絶妙のタイミングで出してくる。葉月さんはそういうところに抜け目がない人だろう。

彼は少し切なげに、困ったように微笑んだ。

「あなたの信用を得るため、私も必死だということです。私はね、里衣。それを破棄しようと思うのです」

「破棄……」

目を大きく見開く。私がこの場所にいる意味――私が今、葉月さんと共にいる理由をここで破棄する、と葉月さんは言っていた。

「その代わり、お願いがあります。ここにいてください。私のそばにいてください」

「……………」

「私があなたから欲しいのは、あなた自身だけなんです。里衣……あなたを、愛している」

ぎゅ、と抱きしめられる。風邪で上がった熱が、急激に上昇していく。

じわじわと葉月さんの言葉が脳に浸透して、私は「えっ……」と呟《つぶや》いた。

「里衣。私は自分がどういう立場の人間かわかっています。私のそばにいることで、あなたから『普通の日常』を奪うことも理解している。それでも、私はあなたを手放したくない。何をしても失いたくない。里衣は、私がはじめて優しくしたいと思った人だから」

「……優しくしたいって、私、に？」

「はい。最初は確かに、興味のほうが強かった。でも、あなたと日々を過ごし、毎日を前向きに生きる姿を見て、私の気持ちは変わったのです。あなたの優しさに、優しさを返したくなった。私は、酷《ひど》い嗜好《しこう》を持っています。でも、優しくしたい……その気持ちは、本当なんです」

――離れないで。そばにいて。

とくとくと響く葉月さんの心臓の音から、彼の痛切な気持ちが伝わってくるようだった。

「私が怖くても、逃げないで。私は、脅迫の材料がなくても、あなたと一緒にいたい」

「葉月さん」

勇気を出し、私も腕を大きく広げる。そして深呼吸をひとつして、彼の背中を抱きしめた。

きっと、ここが分岐点。私はもう、選択をする前に戻ることはできない。

「私も、葉月さんが好き。自分でもおかしいって思うけど、それが私の正直な気持ちだった」

私はずっと、考えまいとしていた。責め苦を受けて痛みを感じても、少しも彼を嫌いになれなかったこと。付き合いきれないと思っているのに、なぜか惹《ひ》かれてしまうこと。

葉月さんが私の身体を甘やかすたびに、これ以上ないほど心が歓喜する理由。

最初に提示された条件があったからこそ、これは期間限定の契約だと考えないようにしていた。

けれど私は、自分の気持ちに気がついてしまった。

契約が破棄されるのだとしたら、私がここにいる必要はない。それでも――

「私も、そばに、いたい。葉月さんを、ひとりにしたくない」

「里衣……」

「私、おかしいのかな。頭が変になっちゃったのかな。自分でも、こんなのは間違ってると思うの。でも考えれば考えるほど、私はこの答えに行きついてしまう」

すると、静かに、優しく、葉月さんが唇を重ねてきた。ちゅ、と小さな水音が鳴る。

彼は私の手から請求書を取り上げる。そして、目の前でびりりと破った。

「もっと私のことを考えてください。里衣の頭の中を私でいっぱいにしたい。喜びも悲しみも苦しみも楽しみも、すべて私に関することだけにしたい。私が愛するというのは、そういうことなんです」

どさりとベッドに倒される。葉月さんは私に覆《おお》いかぶさり、再び唇を重ねてきた。

「里衣。あなたを――支配したい」

葉月さんは、私のカーディガンを脱がし、リボンタイとブラウスのボタンをはずしていく。露《あら》わになった私の首筋を唇で辿り、鎖骨のあたりまで移動して、ちゅ、と吸いついた。

「私のために笑って、私のために泣いてほしい。あなたの苦しみは私だけが独占して、あなたが見せる快感の表情を、私以外に見せるのは許さない」

ブラウスの前を開き、中心部に切り込みのあるいやらしいブラジャーのリボンをはずすと、赤い頂《いただき》が顔を出す。葉月さんはそれを手で摘《つ》まみ、私の好きな力加減で甘くつねった。

「あっ、んっ！」

「里衣。あなたのすべてが欲しい」

硬くなった頂《いただき》を、指先で柔らかに擦られる。

「んんっ、あっ……」

甘い声を上げていた唇を塞《ふさ》がれた。舌を口の中に差し込まれ、ぬるりと内頬を舐《な》められる。彼は口腔《こうこう》のあらゆるところを舌で撫《な》で、やがて私の舌に絡め、ぬるぬると舌先で弄《いじ》ってくる。

「はっ、は、あっ」

息苦しくて、吐く息が荒い。葉月さんがとても艶《つや》めいたため息をついて、私の耳を食《は》む。そして両胸の頂《いただき》をギュッと摘《つ》まんだ。

「ああ、ンっ！　あ、わた、しも……っ」

息をするのに夢中で、言葉が上手く出せない。それでも、私は腕を伸ばして葉月さんの首に抱きついた。

「私も、葉月さん……の、全部、が欲しい」

ぴく、と葉月さんの肩が反応する。

「ひとりにしないで。そばにいて。……もう、ひとりは、嫌なの」

好きになってしまったから、失うのが怖くなる。私はすでに一度、大切な人を亡くし、ひとりになった。あの喪失感を再び味わうなんて、もう嫌だ。

だから決して裏切らないで。私の心を殺さないで。いつか命が尽きるまで、私の手を離さないで。

――私の感情も、十分重かった。大切な人を亡くしてから、私の頭もどこかおかしくなってしまったのかもしれない。おそるおそる身体を離すと、葉月さんは嬉しそうに微笑んでいた。

「もちろんですよ、里衣。命が尽きる最後の瞬間まで、一緒にいましょうね」

つつ、と彼の舌が顎《あご》を伝い、私の首筋にキスを落とす。そして硬くなった乳首に、ふぅ、と息を吹きかけてきた。

「ああぁっ！　ン！」

葉月さんの吐息に、身体がびくつく。ふるふると震える乳首に、ゆっくりと彼の舌先が触れる。

「ひ、あ……っ！　あぁ……っ」

硬く尖《とが》らせた舌先が胸の先端をくるりとなぞり、ちろちろと動く。生温かく、ぬめる舌に乱されて、爪先《つまさき》から背中にかけてぞくぞくした。

「ん、あっ、あぁ！」

身体を戦慄《わなな》かせていると、葉月さんが反対側の乳首を指で摘《つ》まんだ。ぐりぐりと擦り、軽く引っ張ってくる。そして、ちゅっと音を立てて乳首を吸った。

「は……、あっ、やぁ、ンっ……」

ちゅ、ちゅ。葉月さんが乳首に口づけを落とす音がやまない。彼は小刻みに、そして執拗《しつよう》に吸い、口腔《こうこう》におさめて大きく舌で転がす。

「あ、あ……は、きもち、い……っ」

快感に、頭がとろけそう。胸を弄《いじ》られるのがこんなに気持ちいいなんて、少し前まで知らなかった。

私にいやらしいことを教えたのは、葉月さん。痛みの中に確かな快感が存在していると、知りたくなかった官能を教えてきたのも、葉月さん。

そしてこれからも、彼以外で知ることはないのだろう。

葉月さんが私に求めるものは、そういうものなんだ。

私の上にのしかかっていた葉月さんが少し身体を起こす。そして足の間に膝を割り込ませた。

「……可愛い」

くすりと微笑み、葉月さんは私のスカートの中に手を入れると、ショーツに触れてくる。

それはブラと同じで、下着の真ん中がリボンで閉じられた、オープンクロッチのショーツ。

しゅるりとリボンがはずされ、真ん中が開かれた。無毛の秘所が露《あら》わになる。

「ふふ、クリトリスがすでに赤くなっていますね。胸がそんなによかったですか？」

まるで挑発するようにニヤリと笑って、彼は自分の人差し指をひと舐《な》めする。私は恥ずかしさで熱くなり、彼から目をそらしてしまった。

「ほら、答えなきゃだめでしょう？」

「う、うん。き、気持ち、よかったよ」

「胸を弄《いじ》られるのは、好き？」

「……ん、好き。葉月さんに乳首を弄《いじ》られるの……が、す、好き」

口に出した途端、照れが最高潮に達してしまう。ぷいと横を向くと、クックッと笑われた。

「いいですね。では、ここはどうですか？」

「あっ……！」

びくんと身体が震える。自分の唾液で濡《ぬ》らした指で、葉月さんは私のクリトリスに触れてきた。

指の腹でくりくりと擦り、きゅっと摘《つ》まんでくる。

「あ、あ、やぁンっ！　は……、あ！」

「ああ、身体中を震わせて。本当に可愛らしい。ほら、乳首もいじめてあげましょうね。こうされるのが、大好きなんでしょう？」

葉月さんはクリトリスを摘《つ》まんでぐりぐりと扱《しご》きながら、胸の頂《いただき》をちゅっと強く吸い上げる。

身体に電流が走るようにびりびりと戦慄《わなな》いて、何もできなくなる。葉月さんの身体が足の間に入り込み、片手でグッと膝を開かせた。

「や、あ！　そんなに、足……開かないで」

「ええ、ぱっくりと秘裂が開いてますね。いやらしくて、とても可愛い恰好ですよ」

足が大きく開くと、それだけ抵抗ができなくなる。私をそんな状態にした上で、葉月さんは容赦なく指先でクリトリスを弄《いじ》った。

「あ、あっ、……だめ！　っ、……ぁ……、そんなにしたら、いっ、ちゃ……う！」

「そんな風に言われたら、何がなんでもイカせたくなりますね」

「い、意地悪！　ん、ほんとにだめ、……あっ、あ」

くりくりと弄《いじ》る指はあくまで優しくて、私の好きな触り方ばかりしてくる。

葉月さんは乳首を咥《くわ》え、みだらに舐《な》め回す。身体中の性感帯を刺激されているみたいで、私は少しも抗《あらが》うことができないまま、高みに上《のぼ》らされる。

「は、アっ、ん――っ！」

ビクビクと身体が震えた。頭の中が真っ白になって、大きく開かれた秘所から、とろりと何かがこぼれ出る。大きな脱力感の中でくたりとベッドに身を預けると、葉月さんがくすくすと笑った。

「イク瞬間の里衣の顔って、本当にたまらないですね。可愛い」

そっと頬に触れ、大きな手で撫《な》でてくる。そして抱きしめられると、秘所のあたりに硬いものが当たった。

驚いて目をやると、それは、葉月さんの……。いつのまに準備したのか、避妊具を被っている。

顔が熱くなって、照れ隠しのように目をそらしてしまう。

葉月さんは肉杭を手に取り、私の蜜を拭《ぬぐ》うように動かした。

「あ……」

ぐり、ぐり、と蜜口のあたりを擦り、ゆっくりと腰をスライドして、割れ目の間を滑らせる。

身体が勝手に震えた。それは性感からくる反応なのか、それとも――私の本能が、期待しているのか。

葉月さんは何も言わず、ただ、秘所に肉杭を滑らせている。ぬちゃ、くちゅ、と卑猥《ひわい》な音が部屋の中に響く。

そして、クリトリスに肉杭が当たった。

「んッ」

大きく身体が反応する。葉月さんは硬い先端で、ぐりぐりとそこを擦ってくる。

「や、あ……、そこ、は……っ、ンっ」

「どうやら里衣は、ここも好きになったようですね。嬉しいことです。教えた甲斐《かい》がありました」

葉月さんは悪戯《いたずら》っぽく笑って、肉杭をあらためて蜜口に当てる。

そして、ぬちりと先端を蜜口の中に挿《い》れてきた。

「あっ！」

私が声を上げると、葉月さんの笑みが深くなり、先端がすぐに抜かれた。

「ねえ、里衣。欲しいですか？」

耳朶《じだ》を舐《な》めて乳首を摘《つ》まみ、ぐりぐりと扱《しご》きながら、もう一度「ねえ」と聞いてくる葉月さん。

彼はいつだってそうだ。私に意思を確認する。いやらしいことをされていると自覚させるように、何度も聞いてくる。

もしかしてそれは、自分を受け入れてくれるかと、確認したいからだろうか。

葉月さんは私の気持ちを確かめたいのかな。自分と同等の気持ちを持っているか。自分のことを好きかどうか。いやらしいことをされたいくらい愛していると、思っているかどうか。

私はぎゅっと葉月さんを抱きしめる。

「欲しい……。葉月さん、い、いれ……て？」

自分から望むのはとても恥ずかしいけど、葉月さんが喜ぶのなら、口にしようと思った。

「ふふ、真っ赤に照れている里衣は、可愛くて仕方がありませんね。では、望み通りに」

再び蜜口に杭が宛がわれる。葉月さんは私の両手に指を絡ませ、ぎゅっと握《にぎ》った。

「挿入《はい》りますよ」

ぐ、ぐ、と葉月さんが腰を進め、私の膣内に、ぐりぐりと彼の肉杭が侵入していく。

「ん、あぁ　や、ぁ」

身体中が震える。両手を掴まれているから、まったく抵抗できない。

葉月さんのものは奥を目指して容赦なく進んでくる。例えようもない異物感と圧迫感の中、鈍《にぶ》い痛みがあった。

「あっ、ン、いた……あ、っ」

「――里衣ははじめてでしたね。でも、何度か繰り返せば、ここも気持ちよくなりますからね」

「は……っぁ、そ、そ……っ、なの？」

膣内を擦り上げられる快感とひきつるような痛みが同時に襲ってきて、私は喘《あえ》ぎながら問いかける。葉月さんは「ええ」と言って、眼鏡の奥にある目を優しく細めた。

「ここは気持ちいいところがたくさんあるんです。いっぱい性交して覚えましょうね。何度でも何度でも、私のこれであなたの奥を突いてあげますから」

「あぁ！」

葉月さんが膣内を貫く。ぐっと勢いよく腰を進め、奥のほうに先端が当たる。彼は「はぁ」と一息つくと、次はぬぷりと杭を抜いた。そしてまた挿入してくる。

「ん、あっ！　あ……っ！」

ズルズルと膣内を擦り上げられた。太くて硬いものが何度も往復して、先端がゴツゴツと最奥に当たる。

「ひゃ、んっ！　あ、や、これ、おかし……く……っ」

頭がぐらぐらする。思考力が奪われていく。痛いのに気持ちよくて、不思議な愛《いと》しさが心の底から湧き上がってくる。

両手を握《にぎ》り合って、大きく足を広げて、私は抽挿の振動に翻弄《ほんろう》されていた。

ベッドのスプリングが軋《きし》み、ユサユサと身体が揺さぶられる。

「は……里衣……っ、こんなに締めつけて、可愛い」

ちゅ、と口づけをされる。そのまま、葉月さんは腰を大きくスライドした。

唇を塞《ふさ》がれ、私はくぐもった悲鳴を上げながら、大きな衝動に耐える。鈍《にぶ》い痛みは残っているのに、膣内を勢いよく擦られると、例えようもなく気持ちがいい。身体が歓喜する。

はっ、はっ、と、動物のように息を吐きながら、葉月さんは絶《た》え間《ま》なく私に口づけた。ぎゅっと両手を握《にぎ》る手に力を込めて、乱暴に腰を打ちつけてくる。

やがて彼の動きが、私を気持ちよくさせるだけではなく、己《おのれ》の快感を求めるものに変わる。抽挿はガツガツと貪《むさぼ》るように強くなり、肌と肌のぶつかる音が大きくなった。

「あっ……は、葉月さんッ……っ、あぁっ、……あっ」

「里衣っ、里衣っ……っ、はぁっ、く、……っ！」

葉月さんが痛いほどに私を抱きしめ、歯を食いしばった。痙攣《けいれん》するように彼の身体が震え、膜ごしに精が放《はな》たれる。

「っ、はっ、っ、葉月、さん……」

息を切らせながら彼の名を呼ぶと、葉月さんはフ、と笑った。

「もう、これからはずっと、一緒ですね」

一生、自分のもの。葉月さんの仄暗《ほのぐら》い瞳は、強い独占欲に満ちていた。

はじめての性交を終えると、ほどなくウトウトした眠気がやってくる。

そういえば、さっき風邪薬をのんだのだ。私がまどろんでいると、葉月さんがそっと私の頭を撫《な》でてくる。

「ね、葉月さん。私……これからも事務所で働きたいんだけど、構わない？」

「それはありがたいですが、いいのですか？」

「うん。私、働くの好きだし、それに……みんなと一緒にいるのが、楽しいから。お菓子も喜んでもらえて嬉しいし」

私がそう言うと、葉月さんは嬉しそうに微笑む。

「ええ、みんなも喜びますよ。特に桐谷と滝澤は、手作りお菓子に飢《う》えてますからね」

彼の言葉に、私はくすくすと笑う。私のような素人《しろうと》が作ったものでも喜んでくれるのなら、作り甲斐《がい》があるというものだ。

「でも、できれば、もう少しお給料を上げてほしいところだけど……」

「そうですね、ボーナスは考えておきましょうか」

おどけた私の言葉に、葉月さんが艶《つや》めいた瞳を向けて、楽しそうに笑う。

一つの不幸から、私はブラック企業からブラックな世界に引きずりこまれてしまった。でも、今の私は不幸じゃない。黒にまみれても、そこで自分なりの幸せを見つけ出すことができたから。

たとえそばにいる人や周りが真っ黒でも、私は何色にも染まらない。

大好きな葉月さんの胸の中は、温かくて優しかった。これ以上、何を望めというのだろう。

黒の中で得た幸せは、私に甘い痛みをもたらし続けるのだ。

数日後――

仕事のお昼休み。事務所の三階でピーと軽快な音が鳴る。

それは葉月さんに買ってもらったオーブンレンジ。ぱかりと開けると、中にはほかほかと湯気を立てるシュー生地が、ふんわりドーム型を作って鎮座していた。

「うん。成功！」

今日は夕方頃にみんな帰ってくる予定だ。手早く作り上げて二階の冷蔵庫で冷やしておこう。

私は昨日作っておいたカスタードクリームを絞《しぼ》り袋に入れて、粗熱《あらねつ》を取ったシューにクリームを詰めていく。この事務所に住みはじめてから、料理とお菓子作りは貴重な私の趣味になっていた。

……もし黒百合と社長に騙《だま》されたまま逃げていたら、こんな時間を二度と持てなかっただろう。

あの時、葉月さんが探しに来てくれて本当に良かった。

後日、彼が調べてくれたけど、あの件はやっぱり、私と葉月さんを引き離すための黒百合の策謀だったらしい。社長が黒百合に協力したのは、借金が原因。彼は多額のお金を条件に、彼女に協力していた。二度と私の前に現れないよう、社長には仕事を紹介すると葉月さんが言っていた。黒百合の件も含め、心配ないと言ってくれたので、少し安心した。

昼休みが終わって、業務を再開する。ここで仕事をはじめた頃は目が回るほど忙しかったけど、最近は慣れてきたこともあって、随分と余裕ができた。

お昼の三時過ぎ。私が給湯器からマグカップにお湯を注《そそ》いでいると、ドカドカと複数の足音が近づいてくる。やがて、ガチャリと勢いよくドアが開いた。

「たっだいまー！」

いつも元気な曽我さんだ。その後ろから黒部さん、桐谷さんが続く。そして滝澤さんがノソリと入室して、すん、と鼻を鳴らした。

「……甘い匂いがする」

その嗅覚《きゅうかく》に驚きながらも「はい」と滝澤さんに笑いかけた。

「今日はシュークリームを作ったので、よかったら食べてください」

滝澤さんの目が底光りする。怖い。

「おっ、いいねーシュークリーム。食べたい食べたい！」

「シュークリームって手作りできるもんなんだな〜。俺、店で売ってるのしか見たことないわ」

曽我さんと黒部さんがほがらかに喜ぶ。この二人はいつもあっけらかんとして明るいので、殺伐としたこの事務所の中では癒《いや》しの存在だ。

冷蔵庫からシュークリームをのせた大皿を取り出し、応接セットのテーブルにコトンと置くと、最初に桐谷さんがワシッと片手で取ってガブリと食べた。未だに、強面《こわもて》の桐谷さんとスイーツのコラボ姿が見慣れない。次に手を伸ばしたのは、滝澤さん。両手で掴んでモソモソと食べはじめ、曽我さん、黒部さんも一つずつ取ってぱくぱくとほおばった。

「おや、今日はシュークリームですか。おいしそうですね。私にもひとついただけますか？」

遅れた形で、葉月さんが事務所に入ってくる。みんなに紅茶を配り終えた私は振り返って「おかえりなさい」と声をかけた。

少し、声が裏返った気がする。実を言うと、ちょっとだけ恥ずかしいのだ。

葉月さんと両思いになったこと。そして、肌を重ねたこと。

私は葉月さんと出会って初日からイヤラシイことをされていたというのに、今さらこんなに照れてしまうだなんて。やっぱり、あの行為は特別なものなのかもしれない……

少し緊張した手でシュークリームを小皿にのせ、温かい紅茶を淹《い》れたカップと一緒に葉月さんのデスクに持っていく。

「ありがとうございます。昨夜一生懸命キッチンで何か作っていたのは、これだったんですね」

「うん、カスタードクリームを炊いていたの。お、おいしいかな？」

思わずもじもじと手を組んでしまったのは不可抗力だ。顔も赤くなっているんだろうなぁと思いながら問いかけると、葉月さんはパクッとシュークリームをほおばる。

「おいしいですよ。皮がさくさくしていて、カスタードクリームが優しい甘さです。これは、手作りならではの味なんですか？」

「そ、そうかも。逆に言えば素人《しろうと》くさい味なんだけど」

あははと照れ笑いしていると、葉月さんは微笑み、ゆっくりと紅茶を飲む。

「里衣が来るまで、手作りお菓子とお茶をいただく機会なんて皆無だったんですが、今では普通になりつつありますね」

感慨深く呟《つぶや》く葉月さん。その視線の先には、桐谷さんたちの姿がある。

お盆を胸に抱いて、なんとなくそんな彼を見つめていると、葉月さんは私のほうを振り向いた。

「これが『幸せ』ということなのでしょう」

「え？」

「幸せなんて、自分には縁遠い言葉だと思っていましたが、最近は特にそう思うんですよ」

しみじみ言う葉月さんは、ダージリンの香りがする紅茶のカップを、親指でなぞった。

「この、ささやかとも言えるような幸せが、おそらく私が一番欲しがっていたものなのかもしれないとね」

「そっか。そう言われてみると、私も大切にしていた幸せはいつも、ささやかだった気がするよ」

過去を思い出しながら言うと、葉月さんは眼鏡のブリッジを押し上げてニコリと笑った。

「ええ。私もこの日々を大切にしたいです。里衣がそばにいる、この日常を」

そうして葉月さんは私の手首を握《にぎ》り、くっと引っ張った。自然と前のめりになると、彼は私の耳に口づける。

「――愛してますよ」

内緒話のように囁《ささや》かれ、頬が熱くなる。

私も葉月さんと同じ気持ちだ。新しく見つけた幸せをじんわりと噛《か》みしめ、大切にしたいと願う。

新しい日常は、優しく穏やかに、私の中に溶け込んでいった。

愛より深い、果ての黒

事務所を逃げ出した里衣を連れ戻し、身体を重ねてから十数分。すっかり眠りに落ちた彼女の頬を、俺——獅子島葉月は指先でゆるりと撫《な》でた。

風邪を引いているのに無理をさせてしまったのだろう。里衣の顔には疲れが見えていて、少し申し訳なかった。しかし先ほどの時間を思いだせば、どうしても笑みがこぼれてしまう。

椎名里衣は、もう逃げない。

無垢《むく》で善人である彼女は、黒い世界を知らない。——教えないようにしている。知る必要がないからだ。里衣は俺の用意した檻《おり》の中で、死ぬまで俺と共に過ごせばいい。

余計な横槍《よこやり》が入ったせいで、彼女は多少俺たちの世界を知ることになってしまったが、まだ許容範囲だ。これ以上怖がらせたくない。怯《おび》えてしまってはつまらない。

里衣は俺を知らないから、こんなにも明るく、前向きに、優しくしてくれるのだ。

そしてついさっき、里衣は俺を好きだと言った。その喜びは、里衣には到底想像のつかないものだろう。

俺はかつて、汚泥《おでい》をすすり、強者に搾取《さくしゅ》され、死のほうが生ぬるいと感じるほどいたぶられた。

靴で頭を踏みにじられた時には、埃《ほこり》だらけの地面をガリガリ爪で引っかきながら、絶対にのし上がってみせると心に誓った。他人の前では地の姿を決して見せず、口調も変え、本心をすべて隠した。

愛なんてものは、笑い飛ばしてしまうほど軽く感じていて、まったく信じていなかった。

それなのに、里衣に会って変わった。

里衣さえいたら、他には何もいらない。彼女が作る、優しい料理、甘いお菓子。頭を撫《な》でた時の笑み。楽しそうに仕事をする姿。みだらな攻めを受けて苦しむ顔、甘い弄《いじ》りに恍惚《こうこつ》とする顔。全部欲しい。

こんなどうしようもない感情を覚えてしまったのは、すべて里衣のせいだ。

だから、責任を取れ。俺をここまでにしたなら、後戻りは許さない。

――俺を落としたのは、あの言葉だった。

『助けて、葉月さん』

媚薬《びやく》を使われ、ローターで攻められた彼女が口にした言葉。それは命乞《いのちご》いでもなく、責め苦からの逃避でもなく、ただひたすらに甘い懇願《こんがん》だった。

性感に初心《うぶ》な娘がどうしようもない官能に喘《あえ》ぎ、困り果て、ひたすらに助けを乞《こ》う。彼女にとっての不幸の元凶である、俺を頼ったのだ。久しく忘れていた感情が芽吹いた瞬間だった。

その後は持て余した昂《たかぶ》りを彼女にぶつけてしまいそうになり、抑えるのに苦労した。だからこそ酒を飲み、気分を紛《まぎ》らわせてから部屋に戻ったというのに――

あろうことか里衣は、自《みず》ら俺を気持ちよくしたいと言ってきた。

馬鹿か？　自分の立場をわかっているのか？

思わずそんな言葉が出そうになって、喉元《のどもと》で止めた。

これが、里衣なのだ。呆《あき》れるほど善人で、自分よりも他人を思いやる。俺は里衣に酷《ひど》いことをしているのに、優しくしてもらっているから、と彼女は言った。

虐《しいた》げられた事実よりも、優しくされたことを重視する。それは里衣の弱さでもあり、強さなのだろう。俺は里衣の過去を知っている。彼女は両親に捨てられ、祖父ひとりの手で育てられた。

無意識のうちに寂しさを内包しているのだ。人恋しいからこそ、人を拒絶できない。

そんな里衣の弱さがたまらなく欲しくなった。行き場をなくした里衣の愛情を、自分だけのものにしたい。俺だけを愛して、俺だけを求めて、俺だけに依存してほしい。

その夜、俺は、里衣への思いを自覚した。


——それから少し経った、火曜日。

「里衣！　とうとう出来上がりましたよ。じゃーん、里衣専用回転式電動ハブラシマシーンです」

一週間ほどかけて作り上げた自信作を披露《ひろう》すると、里衣の表情が驚愕《きょうがく》に満ちた。やがて額《ひたい》に手を当ててよろりとふらつく。

「本当に作っちゃうなんて……。あと、お願いだから、自分でじゃーんとか言わないで……」

心底呆《あき》れた顔で突っ込んでくる。

「ふふ、ようやくこの新作を試すことができますね？」

「やだよ、こんなの試すなんて……。どうして、こんなどうでもいいところだけまめなの！」

そんなことを言われても、これが俺の趣味だから仕方ない。単に楽しいからやっているだけだ。

「さぁ、お部屋に行きましょうね。幸い今日は事務所も休みですし、存分に楽しむことができますよ」

「ほ、本当に、やるの!?　やだ！　休みの日くらいゆっくりしたい！」

「だーめ。私の趣味に休日は存在していません」

里衣の首根っこを掴み、ずるずると引きずって趣味部屋に連れていく。嫌がる里衣を無理矢理どうにかするのは、とても楽しい。もっと抵抗してほしいと思ってしまう。

すっかり馴染《なじ》みになった特製の椅子に座らせ、手足を拘束する。リモコンで椅子を動かしつつ、ゆっくりとあたりを見渡した。

「いや、意外と感慨深いものですねぇ」

「……何が」

「この部屋は本来使う予定がなかったのですよ。単にこういうものがあれば便利だなぁと思うものを自分で作ったり、一品ものの調教具を集めたりした趣味の部屋でしたから。ですが、里衣に使うのがとても楽しい。やはり道具は使ってこそ生きるものなんですね」

しみじみ言うと、里衣がとても嫌そうな顔をした。ああ、その顔だ。その嫌悪の顔が見たかった。

彼女はいい。望み通りの反応をしてくれる。

時々ふいをついたように意外な言動をするが、それもまた楽しい。相手が人間だからこそ、そして愛《いと》しいからこその愉悦である。

この部屋のインテリアとして買ってみた、三角木馬やX型の磔台《はりつけだい》。ゴシックな拷問室《ごうもんしつ》というモチーフもいいと思って飾ってあるが、一応使えるものではある。今度しっかりメンテナンスをして使ってみよう。

「ああ、本当に毎日が楽しいですね」

「私は楽しくないよ。平穏が欲しい……」

はぁとため息をつく里衣。その姿はやはりコスプレ服で、今日はミニスカートの警察官だった。実際はミニスカートの警察官などどこにもいないが、やはりそこはコスプレならではのデザインだ。個人的には可愛いと思うので、まったく問題ない。

私服を没収したのは正解だった。普通の服も可愛いだろうが、それはまた後日の楽しみにしておこう。


――数十分後、俺は黒塗りの乗用車の後部座席に座っていた。運転しているのは黒部、助手席に座るのは桐谷。車は都内の街中《まちなか》を走っていく。

運転しながら、黒部が問いかけてくる。

「今日、里衣は？」

「放置してきました。長くても二時間ほどで帰る予定ですからね」

「ありゃー、カワイソ。今度は何をして放置してるんスか。里衣も大変だなぁ」

同情するような言葉を吐く割には、笑いまじりの黒部に、自分も笑みを返す。

「完成された既製品もいいですけどね、責め具を自作するのもまた楽しいもので。いや、嵌《はま》ってしまいそうです。次は何を作りましょうかね」

「頼むから安全設計でやれよ？　まぁ、アンタに限ってそんなヘマをするとは思えねェけど」

黒部とはまた違い、桐谷は呆《あき》れ気味に釘を刺し、タバコを吸いはじめる。

「おや、里衣を気遣っているんですか？　意外ですね」

「ちげェよ。面倒事になるのが嫌なだけだ」

「ふふ……、そうですか。面倒といえば――」

これから向かうのは、とある金融会社の親会社だ。俺と同じ立場の人間がそこにいる。何かと俺を目の敵《かたき》にしてくる、面倒な男だ。

「さて、彼はどこまで知っているのでしょうね。正直な方だと助かるのですが」

桐谷のタバコの匂いに誘われて自分も吸いたくなる。内ポケットからタバコを取り出し、フィルターを噛《か》み千切《ちぎ》って火をつけた。

「いい加減、そのフィルター千切《ちぎ》るクセやめろよ。身体に悪《わり》ィぞ」

「うーん、どうしてもフィルター臭が気になって。まぁ、本数は減ってますし、いいでしょう？」

「そういえば獅子島さん、事務所で全然タバコ吸わなくなったっスね」

運転をしながら、黒部が思い出したように口にする。確かに、本数は減った。つい数ヵ月前までは途切れることなくタバコを吸っていたのが嘘のようだ。

「そのうち里衣と子作りする予定ですからね。彼女の近くでは吸いたくないんですよ」

ごふ！　と桐谷が噴き出した。一方、黒部はハンドルに頭をぶつけている。

「おっ、おま、いつの間に！　本気なのか!!」

「里衣が可愛すぎるのが悪いんですよねぇ。もう少し段階を踏みたかったのですけど」

「いやでも、さすが葉月さんっつぅか、ま、これで安泰《あんたい》っスね。俺は純粋に祝福するっス。里衣は働き者だし、料理うまいし、言うことないっス」

「ありがとうございます。そういうことですから、桐谷も事務所での喫煙は気をつけてくださいね」

「あーわかったわかった。しかし——ホントマジでよく捕まえたわ。アイツ、まだ堕《お》ちてねェんだろ」

呆《あき》れた口調で桐谷が聞いてくる。くすくすと笑って、タバコを吸った。

「ええ、里衣は堕《お》ちてませんよ。彼女はああ見えて、意志がとても強い。痛覚にも快感にも堕落《だらく》しない姿には、感動すら覚えます。だからこそ、ここまで惚《ほ》れたんですよ」

「うへぇ、獅子島のノロケとか一生聞きたくなかった」

心底嫌そうな顔を浮かべる桐谷に、俺はわざと言う。

「ああ、早く子作りに専念したいです」

「わーったから、うっせェ、っと電話だ。もしもし……あァ、捕らえたのか。じゃあコッチまで連れてきてくれ。場所はわかるな？」

桐谷に電話が入ったらしい。おそらくは、例の女を捕まえたとの報告なのだろう。

「曽我からだ。女は逃げる気もなくマンションにいたらしい」

「そもそも逃げようなどと思っていなかったのでしょう。あの女はすでに壊れています。単純で、目先のことしか考えていない。そして従順です。そうしつけられているでしょうから」

黒百合――俺が身を置く界隈において、花の名を持つ女は、心身共に堕《お》とされた者を指す。仕事用として性調教され、逃げるという選択肢すら思いつかないほど、徹底的に上下関係を叩き込まれている。

俺も仕事として何人か調教したことがある。依頼者は完成品に満足して気前よく金を払ってくれるし、顔も覚えてもらえる仕事だ。自分の名がまたひとつ、上に知られていく。

これは自分にとってのビジネス。裏社会でのし上がるためのステップだった。

利用できるものはなんでも利用する。踏み台にできるものはなんでも踏み台にする。そうでなければ生きていけない。それがこの世界だ。極道と呼ばれる、特殊な世界。

俺は革張りのシートに背を預け、煙をふうっと吐き出した。

――ドサリと音を立ててチンピラ風情《ふぜい》の男がひとり、床に崩れ落ちる。

「まったく、このあたりのヤミ金をまとめてる割には、きったねェ事務所だなァ？　金勘定もいいが、掃除くらいしろよ」

桐谷が泥まみれの床に男の顔を踏みつけた。男がうめき声を上げる。

「ふふ、事務所の汚さにかけては、うちも人のことは言えなかったのですけどね」

「里衣ちゃんが来て、うちの事務所も見違えたよねー。ありがたい話だよ、本当に」

楽しそうに曽我が笑い、足元に転がる男を蹴っ飛ばす。ごきりと、何かが折れる音がした。

タバコと下水の饐《す》えた匂いがする、暗い事務所。入り口では、つい先ほど合流した滝澤が道を阻《はば》むように立っており、その手でしっかりと女——黒百合の腕を掴んでいた。

女はガタガタと震えて惨状を見ている。おめでたい壊れた頭では、自分が何をしたのか、俺たちがここに来るまでまったくわかっていなかったようだ。

事務所の床に倒れている男は十人ほど。その中に、壁に張りついて座り込み、唖然《あぜん》としている男がいた。

「前々から目障《めざわ》りでしたが、まあ同じ『流誠一家』に所属する仲ですし？　多少大目に見ていたのですよ。ですが今回のは、ちょっといただけないですよね」

カツカツと靴音を鳴らし、男の目の前に立つ。顔の骨格がゴツゴツした男だ。雑な角刈りで、無精髭《ぶしょうひげ》がだらしなく伸びている。威圧するように見下ろせば、男はチッと舌打ちをした。

「たったひとりの小娘にちょっかいかけたくらいで、えらく大層な挨拶《あいさつ》じゃねえか。獅子島ぁ、ここまでやっておいてただで済むと思うなよ。たとえ叔父貴《おじき》の養子だろうと、俺の親父《おやじ》は黙っていねえぞ」

「自分でどうにかする力がないから、虎《とら》の威《い》を借りる。典型的な寄生ぶりですね。そんな調子だから、いつまで経ってもあなたはチンピラ止まりなのですよ？」

「うるせえ！　お前だってチンピラじゃねえか。恰好だけはいっぱしのヤクザ気取りやがって、そっちのほうが余程みっともねえよ。不相応なんだよ、お前は！」

男は汚く唾を吐き、罵詈雑言《ばりぞうごん》を口にする。

「獅子島葉月、お前は気に入らねえ。うまいこと叔父貴《おじき》の養子になりやがって。昔はただのゴミクズだったのに、今や叔父貴《おじき》どころか親父《おやじ》までお前のことを買ってやがる。結局やってることは昔と変わらないクズのくせに！」

「えぇ、そうですね。でも、あなただって似たようなものでしょう？　この世界に身を置く者は、クズばかり。人間性などとうの昔に捨てて、畜生《ちくしょう》のようなことに手を染めているというのに……案外可愛いことをおっしゃるのですね、あなたは」

「てめ……っ」

男が目をぎらりと光らせ、懐《ふところ》から刃物を取り出す。それは、いわゆる短刀《ドス》だった。意外に古風なものを持っているのだなと感心しつつ、襲いかかってくる男の腕を取ると、逆手《さかて》に掴み上げてそのままごきりと手首を折る。ぎゃああ、と叫び声が聞こえて、短刀が床に落ちた。

ぶらりと垂れ下がる腕を掴み、痛みに震える男。……なるほど、痛みに弱かったのか。

「里衣に手を出したのは、私への嫌がらせですか？」

男は腕を掴んだまま、視線をそらして黙り込む。なんてわかりやすい。

俺は、黙って男の背中を蹴り倒す。さらに、不自然な咳をして床に倒れ込んだ男の背中に片膝を立て、グ、と体重をかけた。

「……ッ」

肺を圧迫されて酸欠状態になり、ぱくぱくと口を開閉する男。俺はそばに落ちていた短刀を拾い、逆手に持った。

「これからあなたの指を一本ずつ落とします」

「ッ⁉」

「人間、三本の指があればどうにか生活できるそうですよ。ふふ、三本残ってるといいですね」

そう言って、短刀を握《にぎ》る手に力をこめる。

――数分後、男は血に塗《まみ》れながら半泣きで声を上げていた。

「ひゃ、やめろォ！　東ケ崎《とうがさき》の親父《おやじ》が言ったんだ。椎名里衣をお前から引き離して、裏風俗に売り飛ばせって」

「ふぅん、親父《おやじ》さんの兄弟分の、東ケ崎さんですか。それで？」

「や、やり方は任せるって言うから。俺からカネ借りてた渡島と、お前に執着している黒百合を使ったんだ。椎名里衣が事務所から逃げた後は、捕らえるつもりだった」

東ケ崎は里衣に手を出すことで、俺の反応を見て楽しもうとしたのだろう。獅子島の親父《おやじ》さんと同様、彼とも浅からぬ因縁がある。

俺に執着し、俺が嫌がることを好んで行《おこな》う東ケ崎。それでも仕事上、彼との関係を断つつもりはないし、手を組むこともある。

「なるほどね……。つまりあなたは東ヶ崎さんの命令に従っただけだと？」

「あ、ああ。あいつが、椎名里衣が堕《お》ちれば、おまえが悔しがるって、言うから、俺は」

男の言葉が途切れ途切れになっていく。俺が施《ほどこ》した拷問《ごうもん》による痛みとショックで頭が混乱しているのだろう。だが、聞きたいことは聞いたから問題ない。

背中から足をどけると、男は血だらけの手を握《にぎ》りしめて睨《にら》んできた。

「……お、覚えてろよ。ここまでした報《むく》いを、絶対に受けさせてやる」

男は未だ自分の庇護者《ひごしゃ》である『親父《おやじ》』を頼るつもりらしい。自分の状況をまだわかっていないようだ。

「残念ながら、東ヶ崎さんは助けてくれませんよ。もう、あなたは切られてますからね」

「は……っ、はぁ？」

「まだわからないのですか。あの東ヶ崎さんが使えない人間に情をかけるとでも？」

サッと男の顔が青くなる。そう、東ヶ崎はそういう男だ。使えるか使えないかで駒《こま》を判断する。そこに人間らしい情などありはしない。あれは鬼に近い生き物だ。

男の表情が醜《みにく》く変わっていく。怒り、苦悩、迷い、絶望。

ああ——その顔はいい。

今までうまく取り入り、自分は利口《りこう》に生きていると思い込んでいたのだろう。そんな人間が急落する瞬間。未来が見えなくて、死を考えるその表情。

多少顔の造りが悪くても、その表情だけで十分に価値がある。この男も人間だったんだなぁと心が温かくなる。ほっこりする、という表現が最も似つかわしいかもしれない。

頻繁に嫌がらせをされて煩《わずら》わしかったし、歯牙《しが》にかける価値もない男だったが、しかしその絶望の顔ですべて帳消しにされた。

「今のうちに逃げる算段を立てたほうがいいのではないですか。東ヶ崎さんは使えない人間には無関心ですが、それが自分の視界に入るのを酷《ひど》く嫌がる人ですよ」

「う、うっ！」

「すでにもう、あなたの後任は決まっています。ヤクザの駒《こま》なんて、いくらでも替えがきくんですよ。だからうまくやらなければいけないのに——まぁ、私に手を出した時点で、こうなることは確定していましたけどね」

軽く笑って血染めの短刀を床に放り投げた。男がこれからどうするのか、俺には関係ない。好きにしたらいい。一通りの憂《う》さ晴らしはできたから、用はない。

カツカツと革靴の音を鳴らし、床に倒れる男たちを踏みつけて歩く。滝澤が腕を掴む女は、ががたと震えていた。

「ああ、そうだ。あなたと、そこの隅にいるあなた。今から移動しますので、来てくださいね」

指さしたのは、黒百合と事務所の端で頭を抱えてうずくまる男。彼は里衣の勤めていた会社の元社長の渡島だ。

「黒百合と名乗りましたね。あなたは、東ヶ崎さんに預けることにしました」

「……え？」

「あなたは商売SM《エスエム》じゃ飽《あ》き足らず、ヤクザに飼われることを望んだ、真正のマゾヒストなんでしょう？　なかなかにイカれていると東ヶ崎さんが興味を持ちましてね。差し上げることにしました」

女の表情が変わる。

俺たちが生きる界隈で、東ヶ崎の名を知らない人間は少ない。この地域の大規模組織、流誠一家直参獅子島組組長獅子島大成の兄弟分、東ヶ崎組組長。大層な肩書を持っているが、彼の噂はそれだけではない。

彼こそが、真正のサディストなのだ。悲鳴と絶望と苦痛が何よりも好きで、人間をいたぶることに愉悦を感じる。はっきりいって、その嗜好《しこう》の度合いは変態の域だ。

女はかちかちと歯を鳴らしながら、首を横に振る。

「ち、違うんです。私、そうじゃない。ヤクザに飼われたいんじゃない！　あなた様に飼われたいの。店の視察に来た時からずっと見ていた。あなたこそが、私のあるじ様だって……！」

「気持ちが悪い。あなたみたいな変態は飼いたくありません。いじめても楽しくないですし、何しても喜ぶような女なんてつまらないでしょう。でも東ヶ崎さんは違いますよ。あの人はノーマルも変態も、みぃんな等しく大事にしてくれます。ま、飽《あ》きたらゴミクズみたいに捨てますけどね」

はっはっは、と明るく笑うと、女は絶望の表情をした。ああ、その表情はいい。きっと東ヶ崎も喜ぶことだろう。

「それから渡島さん。あなたにはとある会社に就職していただきます」

「……へ？」

部屋の隅でガタガタ震えていた男が、間の抜けた声を出して顔を上げる。

「あなた、まだここの返済が終わってないでしょう。今の所長はこんな状態ですが、すぐに後任が来ます。これからはそちらに、お金を返してくださいね」

「ま、待て。違うんだ。お、おかし……話が違う!! 俺は、手伝えば借金チャラにするって言われたんだ。もう払う必要はないはずだ!!」

「それは新しい所長さんに言ってくださいよ。私は、ここの胴元《どうもと》からあなたを就職させろと言われただけです。仕事は簡単ですし、住み込みで、食事つきですよ。がんばってくださいね」

にっこりと微笑みかけると、渡島はいぶかしげな表情をした。一体どこへ連れていかれるのか、不安に思っているのだろう。

「ものは言いようだな。タコ部屋にぶちこんでひたすらコンクリート打つ仕事だろ」

タコ部屋労働とは、労働者を身体的に拘束してつかせる、過酷な肉体労働である。

「単純作業でいいじゃないですか」

桐谷に明るく笑うと、渡島は悲愴な顔をした。

「や、やめてくれ。俺には、妻が」

「内縁の妻ならご心配なく。あなたがこの話に乗った時点で、もう逃げてますから」

「なんだと!?」

渡島が激高《げきこう》する。ヤクザに協力してヤミ金からの借金をチャラにしようとする——そんな男についていく女のほうが少ないと思うのだが。

「滝澤。連れていってください。曽我、バンは用意できていますか？」

「もちろん。滞《とどこお》りなくふたりを連れていくよ～」

クルクルと車のキーを回して、曽我が事務所を出ていく。滝澤は女の腕を掴んだまま歩き、渡島の腕にも手を伸ばした。

「嫌だ！　そ、そんなところに行くくらいなら、死んだほうがましだ！　やめてくれ、金なら、今すぐには無理だが、そのうち、絶対」

ずるずると渡島が引きずられていく。女も金切り声を上げながら叫んだ。

「あ、あるじ様！　なんでもやります。どんな攻めにも耐えますから、どうか！」

「あるじ様だって」

くっくっと黒部が笑う。「本当にやめてくださいよ」とげんなりした。

「どうして！　あんな女、顔も身体も大したことないじゃない。それなのにどうして、私はこんな扱いをされて、あの女は呑気に生きているの。不公平だわ！」

ぎらぎらと前を見つめる女の目は、ひたすら恨《うら》みに濡《ぬ》れている。

商品として性調教を受けた女。心身ともに壊れてマゾヒストの悦《よろこ》びを植え込まれたとしても、決して本人は幸せとは思っていないようだ。しかし彼女には『そう』なってしまった経緯がある。ヤクザに捕まって性調教を受ける状況に陥《おちい》るなど、ろくでもない理由でしかない。

「すべては自業自得でしょう。あなたが今やるべきことは、私に何か言うことでも彼女をうらやむことでもない。新しい飼い主にしっぽを振ること――そうでしょう？」

にこりと笑って言うと、女は愕然《がくぜん》とした表情をして、滝澤に引きずられていった。ブツブツと「狡《ずる》い」だの「私のほうが」だのと呟《つぶや》いていたが、それもやがて聞こえなくなる。

黒百合があんな扱いを受けて、里衣は呑気に生きている。確かに、あの女から見れば、そうなのかもしれない。実際に里衣は、こんな薄汚れた世界なんて知らないまま、俺たちとともに日常を過ごしている。

だが、それは当たり前の話だ。なぜならすべての前提として、あの女は、椎名里衣ではない。

明確な違い。扱いの差。それは至極当たり前な理由からくるものだった。

里衣だから俺は優しくできる。里衣だから特別。とても単純で、わかりやすい理由だ。

大切にしたい女なんて、彼女以外にはいない。


曽我と滝澤がバンで渡島と黒百合を運び終わるのを待ってから、軽く仕事の打ち合わせをする。今日はそのまま解散したが、滝澤と桐谷は共に夕飯を食べに行くようだった。

俺たちの中では一番若く新参なのが滝澤だが、古参組である桐谷と意外に仲がいい。ふたりとも風俗が好きでなく、甘党という共通点もあるからだろうか。

ふたりは今、とあるファミリーレストランのデザートフェアに嵌《はま》っているらしい。夕飯もそこで済ますのだろう。

俺は里衣と楽しい時間を過ごしてから、里衣の作った料理を食べる予定だ。

事務所に帰り三階のドアノブを回すと、自然と頬がゆるんでいる自分に気づく。世の社会人もみんな、仕事からプライベートの自分に戻る時、こんな気分を味わっているのだろうか。

嬉しくてワクワクする。早く里衣の顔が見たい。

はやる気持ちを抑えながらスーツの上着を脱ぎ、ハンガーにかける。先に風呂場に入って栓をし、給湯ボタンを押した。下準備をすませた後、静かに奥のドアを開ける。趣味でいろいろな責め具を集めていた部屋。使うつもりのなかったそこは、今では楽しい、俺と里衣だけの秘密の部屋になっている。

そこには、二時間ほど放置されていた彼女が苦悶《くもん》の表情を浮かべ、ふるふると震えていた。

藍色の婦人警察官のコスプレ服を身に纏《まと》う里衣。そのタイトスカートは大きくめくれ上がっていて、足は膝を曲げたM《エム》字の形だ。上着を軽くはだけさせ、胸の部分を露出させているが、下着はつけている。しかし、胸を覆《おお》う薄布の真ん中に切り込みが入っていて、乳首だけがひょこりと顔を出していた。ある意味、裸よりもいやらしい有様だ。

手足はもちろん拘束しており、身動きは一切取れない。そんな状態で、彼女は両の乳首とクリトリスに電動歯ブラシを当てられている。

俺が部屋に入るなり、里衣は今にも泣きそうな顔をして、ひっと小さく声を上げた。

「は、葉月さん、遅い、ひどいよ……」

「すみません。仕事が長引いてしまいまして。寂しかったですか？　里衣」

笑みをこぼしつつ、彼女に近づく。里衣の見えないところに置いておいたデジタルカメラのボタンを押し、録画を止める。

それから彼女の長い髪に手櫛《てぐし》を通し、そっと唇に口づけた。

手作りの器具は、見てくれは素人《しろうと》のそれだが、割とうまくできたと思う。細い木材を二本繋ぎ合わせ、人間の肘のようにくるくると動かせるようにした。ネジを留めると固定もでき、先には電動歯ブラシを取りつけてある。これで攻めたい部分にピンポイントで当てることができるのだ。

それを拘束椅子のヘッド部分に取りつけて、里衣専用回転式電動歯ブラシマシーンのできあがり。名称はあくまで仮としたい。そのうちセンスのいい名前を考えたいものだが、里衣と一緒に決めてもいいかもしれない。

「寂しくなかったけど、早くこれ、はずして」

今にも泣きそうな顔をしながら、ムッとした表情になる里衣。その睨《にら》み顔は可愛い。

「はずしてもいいですけど、その前に確認しないとね？」

彼女の股に手を差し込む。オープンクロッチになったショーツの開いた部分にも、電動歯ブラシを当てていたのだ。

あえてクリトリスには触れず、小陰唇の内側をゆるりと撫《な》でてみる。

「おや、あまり濡《ぬ》れてませんね。もしかして歯ブラシ、気持ちよくなかったですか？」

「っ、そ、それは……あの」

みるみるうちに眉をハの字にして、困ったような顔をする里衣。彼女の表情の変化を舐《な》めるように見つめ、黙って先を促《うなが》した。

「さ、最初は気持ちよかった気もするけど、なんか、途中から慣れちゃって……」

「あぁ、それは盲点でしたね」

機械的に作動するだけなので、感覚に慣れてしまったのだろう。

「それでも最初は気持ちよかったのですね。では、今度は少しだけ使う程度にしておきましょう。痛くはなかったですか？」

「最後のほうはちょっと擦《こす》れて痛かったよ！　だから早く帰ってきてほしかったのに……っ！　ひどいよ。ほったらかしにして」

彼女は非難の声を上げる。すみません、ともう一度謝って、彼女の身体に当てていた電動歯ブラシをはずした。

「どうしてもしなければならない仕事を思い出したのですよ。けれど、よく耐えましたね。里衣」

なでなでと頭を撫《な》でてから、両手足の拘束を解いてやる。手足の自由が戻った里衣は、慌《あわ》てて胸元のブラウスを閉じ、ぴょこんと逃げるように椅子から下り立った。

どうせ後で全部脱がして全身触るのに。そう思いつつも、彼女の羞恥心《しゅうちしん》は可愛らしい。そのまま部屋からも逃げようとする里衣の手首をパシッと掴み、自分のもとへと手繰《たぐ》り寄せた。

「ひぃ、もうやだよ！　今日はこれで解散！」

「なぜですか？　まだご褒美もあげていないのに。里衣、今日はひとりでよくがんばりましたね。しかし電動歯ブラシではうまく快感が得られなかったこと、私も反省しています。だから次はちゃんと気持ちよくしてあげますよ。お風呂に行きましょうね」

「おふろ!?」

ぎょっとした顔で目を丸くする里衣。彼女はよく表情が変わって面白い。本当に、そばにいて飽《あ》きない。

「一緒にお風呂に入りましょう」

「いや!」

「まぁまぁ、いやよいやよも好きのうち、という言葉があることですし、ここはひとつ」

「なにが『ここはひとつ』よ! 私は怒ってるの! なんかよくわかんない手作り卑猥号《ひわいごう》を人に取りつけた挙句《あげく》、用事を思い出しましたーってスタスタ出ていって。酷《ひど》いじゃない。私、ひとりでこんなことされて、どんなに」

そこまで口にして、里衣はハッとしたように唇に手を当てる。彼女を後ろから抱きしめ、顔を覗き込むように見下ろした。

「どんなに?」

「どん……なに……、お、怒ったか」

「なるほど。怒っていたのですね。ではお詫《わ》びも兼ねて、さぁ行きましょう」

「お詫《わ》びって何!? やだ、どうせイヤラシイことしかしないくせにー!」

「ええ、いやらしいことをしましょうねー」

はっはと笑って里衣の身体を担《かつ》ぎ上げる。そのまま脱衣所に移動し、彼女を床に下ろして軽く覆《おお》いかぶさった。

「さ、脱ぎましょう」

「やっ、本当に一緒に入るの!?」

「本当ですよ。私は滅多《めった》に嘘はつきません。脱がされるのが嫌なら、自分で脱いでくださいね」

「うう、脱がない、という選択肢は……」

おずおずと見上げてくる里衣の瞳には、若干《じゃっかん》恐れの色が見え隠れしている。嗜虐心《しぎゃくしん》がうずいた。畏縮《いしゅく》されるのは嫌だが、その顔はいい。もっともっと困らせたくなる。

あえて言葉に出さず、にっこりと笑みを浮かべてみた。すると里衣はひくっと唇の端をひきつらせ、かっくりと首を落とす。わざわざ口に出さずとも、俺の言いたいことをわかってもらえたようでとても喜ばしい。

結局、里衣は自分で大人しく服を脱ぎ出した。すでにもう諦めの境地なのかもしれない。


そういえば風呂なんて久しぶりだなぁと、湯船につかりながらふと思う。

里衣は風呂好きなようで時々湯を張っているが、自分はもっぱらシャワー派だ。カラスの行水《ぎょうずい》に近いだろう。温泉はともかく、家の狭苦しい風呂で長湯したいとは思わない。

だが、たまにはいいのかもしれない。里衣が共に入ってくれるなら。

手狭な浴槽にふたりで入るのは窮屈《きゅうくつ》だが、むしろそれがいい。

もじ、と里衣が身じろぎをした。

両足の間で里衣を挟むように座らせている。自分の背がぴったりと俺の腹や胸に当たっているから、里衣は居心地悪く感じているのだろう。

でも俺は気持ちいいから、問題はない。ふわりと胸を掴んでみた。途端にぴくりと反応する素直な身体に笑みが深まる。

「里衣も随分と調教に慣れてきたようですね」

「慣れざるを得ないと言うか。でも、別に慣れたくないからね」

「それでいいのですよ。ただ、無駄に暴れることがなくなったのはいいことです。私は里衣の肌をむやみに傷つけたくはなかったですからね」

そっと後ろから掴むのは、里衣の手首。

彼女をここに連れてきて最初に拘束した時、里衣はかなり抵抗した。それは紅い痣《あざ》となって残ってしまい、傷が癒《い》えたのはそれから二日後の朝だった。

次に拘束した時も抵抗した。乳首をクリップで挟んだ日はかなり痛かったのだろう。かわいそうに、痣《あざ》はくっきりとついてしまって、念のためにと里衣が寝ている間に処置を施《ほどこ》し、経過を観察した。

傷の治り具合から彼女の代謝を知り、どれくらい痣《あざ》をつけたら何日で治るのか、じっくり調べること、ひと月強。そうしてようやく加減を覚えてきた。

里衣は痛覚を与えさえしなければ、あの椅子で拘束してもそう抵抗しなくなってきた。

俺の行為に対し、諦めに似た気持ちで受け入れているのだろう。

人形のようにされるがままなのは困るが、かといっていつまでも無駄な抵抗をされるのも本意ではない。

里衣の変化は俺にとっていい方向に進んでいた。拘束自体に嫌悪を覚えなくなってきたのはいいことだ。そろそろ、縄を使った緊縛も視野に入れていいだろう。

「里衣、ここ……少し赤くなってますね」

胸の乳首が不自然に赤い。二時間も電動歯ブラシで擦られ続けたせいだろう。いたわるようにそっと摘《つ》まむと、里衣の身体がぴくんと揺れた。

「っん、ちょっと、痛い。ひりひりする」

「あぁ……擦りすぎましたね。いや、あの工作品は失敗でした。申し訳ない。ホームセンターで電動歯ブラシを見かけた時は、これだ！　と思ったのですが……。やはり手作りというのは難しいものなのですね」

「普通、電動歯ブラシを見かけても、責め具にしようなんて思わないから……」

俯《うつむ》き、ブツブツと文句を言う里衣の頭を撫《な》でる。自分もまだまだだ。調教を仕事として行《おこな》っている時は、まったくそんなことを思ったことがなく、むしろ自信さえ持っていた。しかし、里衣相手になるとすべてが形なしになってしまう。

こうしたらもっと気持ちよくなるのではないか。こんな道具も使ってみたらどうか。里衣を見ていると、どんどん好奇心が湧いてきて、つい、いろいろと試したくなってしまうのだ。

優しく扱い続けることが難しい。どうしても痛めつけたいという気持ちが湧き出てしまい、攻めることに傾倒してしまう。

だが里衣には優しくしたい。可愛い俺の里衣。もっと気持ちよくさせて、もっと痛い目に遭《あ》わせたい。そして甘く慰《なぐさ》めて、すべての感情を自分のものにしたい。

怒りも苦しみも悲しみも、喜びも楽しさも、快感も、痛覚も、性感も、ぜんぶ自分で管理したい。里衣の身体と心を支配したい。

この感情を愛と呼ぶのなら――愛とはなんて深く、黒く、ヘドロのような汚い感情なのだろう。

「里衣、こちらを向いてください」

「え……？」

ゆるく振り向いた里衣の腰を取り、くるりと湯船の中で一回転させ、向かい合わせにする。

「私の肩に手を置いて。膝立ちになって……そう、あなたの胸が私の顔につくように」

「へ、そんなことしたら、うぁっ」

抵抗の声が甘い喘《あえ》ぎに変わる。彼女の胸に舌を伸ばし、赤く擦《こす》れた乳首をちろりと舐《な》めた。詫《わ》びるように、舌で優しく撫《な》でる。吸ったり噛《か》んだりはせず、ひたすらにとろりとした舌遣いで、唾液をたっぷりと塗って舐《な》め続ける。

「っ……ん、うぅっ……っ、あっ」

「気持ちいいですか？　里衣」

「っ、ン、うん……っ。……っ、はぁ……」

里衣はかくりと身体の力をなくし、俺の首に手を回したまま甘いため息をつく。

「っ、なんかもう、自分でも、わけがわからない……」

「どういうことでしょう？」

「葉月さんの前で裸になることに、抵抗がなくなってきてる自分がいるんだよ。なんか普通に、あの部屋とかで変なことして、夜だって胸とか身体を触られながら寝て……。今だって、こうやってお風呂に入って、こんなことされて……」

困ったように里衣が眉尻を下げる。それは自分に対する抵抗感。俺に羞恥《しゅうち》の感情を覚えなくなった自分への恐れだった。

「葉月さんのことは好きだけど、これは、当たり前のことなの？　みんな、こんなことしているの？」

なるほど。今日の里衣は俺ではなく、自分自身に恐れを抱いているらしい。

「今だって、当たり前みたいに胸を舐《な》められてるけど、ほんの少し前までこんなこと、されたことなかったのに。……私、こんな人間だったのかなって、へこんじゃうの」

「ふふ、そうですよね、確かに今の状況は、普通ではありえないことかもしれませんね」

軽く笑うと、かけていた眼鏡が曇《くも》ってしまった。煩《わずら》わしくてはずしたくなるが、これは自分の理性だ。里衣の顔が見えづらくなるのは嫌でも、我慢する。

「でも、里衣が気に病《や》む必要はありませんよ。だって私が普通じゃないですからね」

「……え？」

「私が里衣をそういう風に調教しているのですから、あなたが落ち込む必要はないのです。……ほら、気持ちいいでしょう？」

再び乳首に舌を這《は》わせる。何度も歯ブラシで擦られたそこは、ひりひりして痛むだろう。その痛みをすべて官能で流し切るように、ひたすらに甘く舐《な》め続ける。

「――ふ、ぅンっ」

「赤くなって、可哀想に。いっぱい舐《な》めてあげますからね。あなたはただ、私の思う通りに感じればいい。気持ちがいいと、……言ってみて？」

「きもち、……いい？」

「はい。気持ちいいですね。反対のおっぱいも寂しそうですから、舐《な》めてあげましょうね」

「寂しそうって、……ふっ…あぁ……っ」

唾液を含ませ、じゅるりと音を立てて舌を動かす。丁寧に、強く攻め立てず、あやすようにそっと。

それは直接的な官能ではない。単なる愛撫《あいぶ》に過ぎず、彼女を性的絶頂に導くものではない。だが、その気持ちよさはじわじわと蓄積されていき、次のステップを踏むことで大きな官能へと繋がるのだ。

少しずつ、少しずつ、甘い性感を受け取らせる。早く確かめたいとはやる気持ちを抑え込み、ゆっくりと時間をかけて、彼女の好きなところを丁寧に攻める。

「っ、はぁ……きもち……いいよ……」

ぱちゃんと水音が鳴る。里衣が身体を揺すって、腰のあたりを動かしたのだ。そろそろ下も欲しくなってきたのだろう。くすりと笑って、ツンツンと軽く乳首を突いてやる。

「っ、あっ」

「もう痛くないですか？　もう少し、舐《な》めましょうか」

「いっ、いいっ！　もう、いたくないから……っ」

「それはよかった。じゃあ里衣、浴槽のふちに座ってください」

へ？　と首をかしげる里衣の表情は、すっかり官能にとろけている。頭があまり動いてないうちに言うことを聞かせてしまおうと、彼女の腰を抱き上げ、ふちに座るよう促《うなが》した。

里衣と向かい合わせになるように、自分も座る位置を変える。そして大人しく浴槽に座る里衣の片足を掴んで、自分の肩にかけさせた。

目の前に露《あら》わとなった秘所。毛を剃《そ》って綺麗にしたそこを、両手で暴く。俺以外を受け入れたことのないそこはまだ綺麗なピンク色をしており、自分の中の暴力的なナニカが煽《あお》られた。

「あぁ、里衣……。乳首を舐《な》められるのが、とても気持ちがよかったのですね。とろとろな愛液がこぼれてますよ」

「うぅ、あの……そこ、は」

「なんですか？」

あえて会話を楽しむように、上を向いてみる。浴槽のふちに座った里衣は俺を見下ろし、困ったような顔をした。

「……なめ、るの……？」

「舐《な》めてほしいですか？」

意地悪く聞いてみる。ここでノーだと言うのなら、それはそれで面白い。いっそ思い切り焦《じ》らしてみようか。

里衣はわずかに俺から視線をそらし、唇を震わせた。開いた秘裂の中。膣口からとろりと透明な液がこぼれ出て、十分に彼女の身体が出来上がっているのだとわかる。

本当は欲しくて仕方がないだろうに、里衣はねだるのが恥ずかしいのだ。だが、そういった恥ずかしい言葉を言わせるのが、俺にとっての愉悦なのである。

「里衣、素直になりなさい？　ここには私とあなたしかいない。どんなに恥ずかしい願望でも、私は笑ったりしませんから」

「……っ」

かぁ、と里衣の顔が赤くなった。ここまでくると、何がなんでもねだらせたくなる。

彼女を煽《あお》るように、秘裂を開かせたまま顔を近づけ、ふぅと細く息を吹きかけた。

「あぁっ！」

びくんと反応する身体。やはり欲しくて仕方がないのだろう。

里衣は潤《うる》んだ瞳で俺を見下ろし、震える唇をようやく開いた。

「な、めて……」

「どこを？」

「そ、そこを」

困った表情をする里衣。彼女の震える指先が、秘丘を押さえる俺の親指に触れてくる。

……なるほど。単になんと呼んだらいいかわからないのか。

「里衣、ここの名称を教えてあげますよ。ちゃんと口にして、私におねだりしてみてください」

そうして少し身体を上げ、彼女の耳元で囁《ささや》く。羞恥《しゅうち》を煽《あお》るように、あえて俗語を教えてやる。里衣は思った通りに顔をいっそう赤くし、「え」と戸惑いの声を上げた。

「ほら、言ってみて？」

「……う、あの、……っ、……」

恥ずかしさが頂点に達したのか、里衣は耳まで赤くする。可愛いなぁ、としみじみ思っていると、彼女は俺の肩に手を置き、耳元で恥ずかしそうに囁《ささや》いてきた。

「――」

耳を澄ませないと聞こえないほどの小声。だが、確かに言った。

ぐっ、と自身が反応する。耳の奥に囁《ささや》かれる、甘い雌《めす》の声。卑猥《ひわい》な言葉。みだらな願望。

ああ――本当に、時々ヤバイ。

理性が飛んでしまいそうになる。ギリギリのところで踏みとどまり、はぁと息をついて本能にフタをした。

まだ、心を繋げて少ししか経っていない。ここでケダモノのように貪《むさぼ》るわけにはいかない。

そう、俺達はずっと一緒だと約束した。時間はたっぷりあるのだ。

徐々《じょじょ》に、徐々《じょじょ》に、心を解していく。もっと俺に夢中になれるよう、もっと俺を求めてもらうために。優しく丁寧に、里衣との絆《きずな》を深めたい。

舌を伸ばし、ちろりとクリトリスを舐《な》める。ほんのりした酸味、香る女の匂い。

こんな小娘でも一端《いっぱし》に大人の女だ。結婚もできる。子供も作れる。雌《めす》の本能として雄《おす》を誘う色香さえある。

見てくれだけで言うなら、里衣の姿は平均的だろう。可もなく不可もない。普段事務所で働いている時など色香のイの字もないほどで、ベビードールやオープンクロッチの下着をつけさせても、そう似合っているわけでもない。胸もないし、スタイルがいいわけでもない。個人的に、少々余り気味の腹と長い黒髪は好みだが。

ただ、こうやって官能を引き出している時の表情が、堪《たま》らなくそそる。もっと見たいとハマってしまう。

電動歯ブラシで擦《こす》れたクリトリスは、乳首と同じように少し赤くなっていた。痛みを和《やわ》らげるように舐《な》め、ゆっくりと舌先を上下に動かしつつ、人差し指を膣内に差し込む。

「ン、ぁ……っ」

里衣が甘い声を上げはじめた。顔を見上げれば、彼女は俺を切なく見つめながら瞳を潤《うる》ませている。

そうだ、その顔。その表情が好きなんだ。

里衣が官能的な表情を浮かべると、ひどく艶《なま》めかしい。ひとりのオンナだと意識して、おかしくなりそうなほど胸が高鳴る。

自分が興奮しているのだと、嫌でもわかる。抑え込んだはずの自身が再び上を向き、滑稽《こっけい》に湯船の中で脈打っている。

「はづき、さ……っ」

里衣が俺の頭をくしゃりと触る。そういえば、こんな風に触れてくる女は今までひとりもいなかった。

膣内に差し込んだ指を動かし、うねうねとした柔らかな膣壁をゆっくり辿る。やがて少しざらついた部分を探り当て、自然と笑みがこぼれた。

なるほど、この楽しさの理由が、わかってきた気がする。

自分の女を自分好みに変えていく楽しみだ。里衣だからこそ感じていた楽しさ。わくわくした気持ち。触れるたびに、執着心が強くなる。

ゆっくりと指先でくるくると円を描き、押し込むように指先に力を入れる。

里衣はまだ、俺が弄《いじ》っている場所がどういうところかわかっていないようだった。ただ、クリトリスへの愛撫《あいぶ》に震えている。

だが、そろそろ膣内も開発しておきたい。とりあえずは慣らしておこうか、と指で弄《いじ》り続ける。

潤《うるお》いは問題ない。里衣自身が分泌している愛液は十分すぎるほどで、膣内に入れた指はとてもスムーズで心地よかった。

「里衣、今、私が指で押しているところ。……わかりますか?」

「んんっ?　ん……あ、……うん」

里衣は恥ずかしそうに頷《うなず》く。その様子に軽く笑い、膣内に入れた指に力をこめる。

「ここもね、とても気持ちがよくなる場所なんですよ。でも、今はまだよくわからないですよね」

「……ん、う、ん。……ごめんなさい」

「謝る必要なんてありませんよ。そのうち、とてもよくなりますから。少しずつ慣れていきましょうね」

膣内にある性感帯。Ｇスポットと呼ばれる場所を軽く押し、刺激を与える。リズムをつけるように一定の感覚で指先に力を込め、トントンと指先で突いていく。

同時にクリトリスを舐《な》め続け、今まで蓄積されてきた快感を、さらに煽《あお》り立てる。

はぁ、と里衣がため息を吐いた。それはだんだん短い息遣いへと変わり、俺の頭を掴んだまま身体をびくびくさせる。

腰が動き、俺の口元に彼女の秘所がいっそう押しつけられてきた。しかしそれはわざとではなく、無意識にやっているのだろう。

俺が何も言わないからこそ、里衣は官能を素直に受け取ることができる。ここでいらない一言を口にすれば、彼女は途端に素《す》に戻り、快感の波は引いてしまうだろう。そんなもったいないことはしない。

――官能をおおいに貪《むさぼ》れ。余計なことは考えるな。ただ、今のよさだけを感じろ。

そうして、また里衣の心が俺から離れられなくなっていく。優しく扱って、もっと心を開かせ、里衣が俺しか見られないようにしてやる。

狭い浴室での淫行は続き、そして――

「――っ、あぁぁあぁっ……っ！」

クリトリスへの愛撫《あいぶ》によって里衣は絶頂に辿り着き、くたりと力を抜く。

調教は上々だ。この調子なら、近いうちにGスポットの快感も得られるようになるだろう。

優しい言葉でねぎらいつつ、脱力した里衣の頭を洗い、時々みだらないたずらをしながら、身体も洗ってやる。

調教はもちろん楽しいけれど、こんな風に触れ合う時間も、悪くない。


その日の夕飯はおでんだった。

「ネットスーパーのサイトを見てたら、タネものが安かったんだよー」

嬉しそうに笑う里衣。なるほど、スーパーの策略にはまってしまったらしい。

「なんだかお酒が欲しくなってしまいますね。曽我が酒道楽でいろいろ集めているのですが、一本もらっておけばよかったです」

ははは、と軽く笑って席につく。小さなふたり用テーブルの真ん中にでんと置かれた土鍋。ぐつぐつと具が踊っていて、とても食欲をそそる。

自分の前に置かれるおでん用の取り皿と、少なめに盛られた炊き込みごはん。タケノコとキノコのいい香りがした。

「里衣はお料理上手ですよねぇ」

「そ、そうかな。っていうか、葉月さんが何もしなさすぎなんだよ！」

里衣が向かいの席につきながら唇を尖《とが》らせる。

思わず苦笑し、あらためて部屋のキッチンを見た。

俺が購入した電動工具を使って、里衣は最近、工作にいそしんでいる。

カップラーメンの湯を沸かすくらいにしか使ってなかったキッチンは、今や見違えるほど台所然としていた。二口コンロと小さなシンクがある両側に、カウンターのような棚が取りつけられている。カラーボックスをふたつ並べて置き、その天井部分にはビニールクロスでコーティングした一枚板がビスで留めてある。その上で調理作業ができるようにしたらしい。

前々から思っていたが、里衣は器用だ。掃除は丁寧にやるし、仕事の姿勢も悪くない。安月給で雇っているのに、気が咎《とが》めるほど、彼女はよく働く。

春ダイコンをほおばると、上品な出汁《だし》の味が染み込んでいた。ほどよい味付けに顔がだらしなくゆるむ。

美味《うま》い飯にイイ女。これさえあれば、大体の男は幸福を感じると聞く。結局のところ人の幸福感なんてとても単純にできているのかもしれない。

「おでん、おいしいですねえ」

「味薄くない？」

「丁度いいですよ。炊き込みごはんもおいしいです。おかわりいただけますか？」

空《から》になった茶碗を渡すと、里衣はキッチンに立って炊き込みごはんをふんわり盛ってくれる。

あんなに何もないキッチンから、よくこんなに美味《うま》い飯が用意できるものだ。里衣に言われて多少調理器具をそろえたが、それでも一般家庭のそれに比べれば、いろいろ足りない。

「里衣はきっと、いい奥さんになるのでしょうね」

「おっ……くさん？」

目を見開き、驚いたような顔をする里衣。茶碗を受け取りながら「何か？」と首をかしげた。

「お料理上手で働き者で、性格もいいですし、私は周りに自慢できて鼻高々ですよ」

「そ、そんなことない。料理ができるのは、単におじいちゃんと暮らして家事を手伝ってたからで、じ、自慢できるほどじゃないよ！」

「謙遜《けんそん》しなくて大丈夫ですよ。今日も桐谷にノロケてしまいましてね。思い切り呆《あき》れられてしまいました」

ははは と笑うと、里衣は顔を真っ赤にしてストンと席に座り、もそもそとがんもどきを食べはじめた。可愛いなぁと思いながら、炊き込みごはんを食べる。

里衣は結婚に向いている性格だと言えるだろう。家庭的で欲の少ない女は手堅い人気がある。きっと数年も経たないうちに、彼女は手頃な男性を見つけて幸せになっていたはずだ。

しかし俺はもう、里衣を元の生活に戻すつもりはない。

最初こそ、俺の用事さえ終われば自由にしてやろうと思っていた。でも、俺は里衣を好きになってしまった。俺の気を変えさせたのは、間違いなく里衣自身だ。

安易に優しさを与えるからこうなった。俺を甘やかしたのは里衣だ。

彼女は最初にもっと嫌がるべきだったのだ。全力で抵抗し、涙を流して泣きわめき、俺のすべてを拒絶すればよかった。軟禁ではなく監禁を選ぶべきだった。そうすれば、今よりもずっと窮屈《きゅうくつ》な思いをしたかもしれないが、用済みになった時、解放してやったのに。

里衣は俺に歩み寄ってしまった。

優しさは、世間的には美学だと取られがちだが、俺は違うと思っている。優しさは罪だ。野良犬がふいに拾われ、優しくされたら、何を思うだろう？

――救われたと思い込む。次に捨てられるのが怖くなる。だから、優しさに執着する。

里衣にとってみれば、それは普通の行動だったのだろう。おそらく、里衣は誰にでも優しい人間なのだ。

普通の人間はその優しさを当たり前に受け止める。何故なら、それは特別でもなんでもないから。でも、俺は違った。里衣の当たり前の優しさは、俺には当たり前じゃない。欲しかったものが得られたから、捨てられなくなった。里衣が特に何も考えずに優しくした相手は、そういう男だ。

……だが、そんな事実は知らなくていい。

里衣がそばにいる限り、俺は優しくできる。それなら難しいことは考えず、ただ俺のそばにいればいい。

優しくしてあげるから、優しくしてほしい。特別なことはしなくていい。飯を作って仕事して、俺と夜を過ごして、そのうち籍でも入れたらいい。

「そういえばここ最近、滝澤がうるさいんですよ。里衣に作ってもらいたいお菓子があるそうです」

「え！　滝澤さんってそんなに喋《しゃべ》るの⁉」

「……滝澤は無駄口を嫌うだけで、喋《しゃべ》らないわけではないのですよ？　マカロンって知ってますか？　あれがどうしても食べてみたいそうです」

「マカロン……。あれは難しいって聞くけど……。うーん、わかった。がんばってみる」

こくりと素直に頷《うなず》く里衣に微笑み、ふたりでおでんを食べる。温かくて、心がほっこりする味。優しい、里衣みたいな味。

いつの間にか、事務所の所員達も里衣を認め、それなりに可愛がっているようだ。桐谷でさえ、彼女のことを気にかけている。

里衣は、きらきらした目をして、罪のない顔で、俺たちに優しさを与えていく。

彼女のおかげで、俺たちは、優しさを知っていくのだ。

——里衣が月明かりを気にするので、最近カーテンを購入した。真っ暗になった部屋の中で、唯一の光源は、手元にあるデジタルカメラ。

耳にイヤホンをはめ、隣で眠る里衣を起こさないように、動画を見る。

小さな液晶の中で里衣は両手両足を拘束され、乳首とクリトリスに電動歯ブラシを当てられている。

最初は気持ちがよかったのだろう。顔は赤く、瞳は潤《うる》んでいた。唇を震わせ、時折腰がぶるりと震えている。

甘いかすれ声を出し、短く息を刻んで、足の指先にくっと力を入れる——

液晶の中で繰り広げられる彼女の痴態《ちたい》に、自然と笑みを浮かべていた。ひとりなのだからもう少し大胆に乱れてくれてもよかったのだが、これも彼女の味だろう。

しばらくして、段々と里衣の息遣いが落ち着いていく。擦られる感覚に慣れてきたのだろう。軽く身じろぎをして、困ったようにため息をつく。

葉月さんのばか、という小さな呟《つぶや》きが聞こえて、思わず噴き出してしまった。

里衣は、きょろきょろとあたりを見渡して俯《うつむ》くと、ため息をつく。また顔を上げて、どこかを見てはため息。

電動歯ブラシの駆動音がやけに響く。足を大きく広げた滑稽《こっけい》な姿で、里衣は俯《うつむ》いた。

葉月さん。

——名を呼ぶ、囁《ささや》き声が聞こえてくる。

葉月さん。

里衣の目が潤《うる》み、泣きそうな表情をする。だが、涙は流さない。

ただ、ほんの少し鼻声になりながら、俺の名を呼び続ける。

縋《すが》るように、助けを求めるように。

それは、あの時を思い出す。自分に助けてと訴《うった》えた、あの時を。

ああ、まただ。

年甲斐《としがい》もなく盛《さか》っているのかと思うほど、最近はすぐに波が来る。

嫌になるほど、女の肌を見てきた。嬌声《きょうせい》を聞き流し、喘《あえ》ぐ声にも何も感じなくなっていた。仕事で施《ほどこ》す調教は作業だ。多少の嗜虐心《しぎゃくしん》を満たすくらいしか、愉《たの》しみを見いだせなかった。

それなのに、里衣にはこんなに反応してしまう。

一体何が違うのだろう。他の女と、里衣。仕事か否《いな》かというだけが理由なのだろうか。それとも、最初に出会った時から、里衣は特別だったのだろうか。

デジタルカメラの電源を消し、がさがさとシーツの音を立てて里衣の隣にもぐりこむ。すぅすぅと寝息を立てて眠りにつく彼女と、向かい合わせになった。里衣は、俺が隣で寝ることにすっかり慣れたようだ。なんというか、いろいろと順応力の高い娘だ。肝《きも》が据《す》わっているとあらためて感心する。

ベビードールや穴の空《あ》いた下着も普通につけているし、コスプレ衣装もどちらかと言えば楽しんでいるようだ。面白い。基本的に彼女は楽天家なのだろう。

色気が足りないのは少々残念だが、そこはまぁ、やり方次第でどうにでもなる。官能に喘《あえ》ぐ里衣はそれなりに艶《なま》めかしいのだから。

そっと彼女を抱きしめ、胸をまさぐる。寝る時は下着をつけないらしく、薄いベビードール越しに柔らかい手触りを感じて、笑みがこぼれた。

「里衣……」

呟《つぶや》き、首筋に口づける。彼女のにおいを吸い、柔らかい胸の感触を楽しみながら鎖骨に吸いつき、赤い跡をひとつふたつと、つけていく。

「里衣、この感情を愛と呼ぶのなら——私は、あなたを愛している」

闇のような、真っ黒な沼。どろどろに沈めて、唇を重ねたまま閉じ込めたい。

明日は里衣と何をしよう。俺はわくわくしながら彼女を抱きしめ、眠りについた。

幸せな結婚がしたくて何が悪い!

浪《なみ》川《かわ》琴《こと》莉《り》は、職なし金なし学なしの人生敗《ま》け組女子。けれど幸せな結婚を夢見て、日々、婚活に勤しんでいる。そんなある日、小規模な婚活パーティーで出会ったのは、年収2000万以上のインテリ美形。思わず目を輝かせた琴莉だったが……

「そんなに俺の金が欲しいのか?」

彼の最大の欠点は、その性格。かくして、敗け組女と性悪男の攻防戦が幕を開ける!

◉文庫判　◉定価：本体650円＋税　◉ISBN 978-4-434-21828-6　◉illustration: 也

桔梗 楓（ききょう かえで）
2012年頃よりWEBに小説を投稿しはじめる。2015年に連載を開始した「コンカツ！」でアルファポリス「第8回恋愛小説大賞」大賞を受賞。2016年、同作にて出版デビューに至る。

イラスト：御子柴リョウ

本書は、「ムーンライトノベルズ」（http://mnlt.syosetu.com/）に掲載されていたものを、改題・改稿・加筆のうえ書籍化したものです。

FROM BLACK《フロムブラック》～ドS《エス》極道《ごくどう》の甘《あま》い執愛《しゅうあい》～

桔梗 楓（ききょう かえで）

2017年 4月 30日初版発行

編集－見原汐音・宮田可南子
編集長－塙綾子
発行者－梶本雄介
発行所－株式会社アルファポリス
〒150-6005 東京都渋谷区恵比寿4-20-3恵比寿ｶﾞｰﾃﾞﾝﾌﾟﾚｲｽﾀﾜｰ5階
TEL 03-6277-1601（営業） 03-6277-1602（編集）
URL http://www.alphapolis.co.jp/
発売元－株式会社星雲社
〒112-0005 東京都文京区水道1-3-30
TEL 03-3868-3275
装丁イラスト－御子柴リョウ
装丁デザイン－ansyyqdesign
印刷－図書印刷株式会社

価格はカバーに表示されてあります。
落丁乱丁の場合はアルファポリスまでご連絡ください。
送料は小社負担でお取り替えします。

ISBN978-4-434-23224-4 C0093